À PROPOS DE L'AUTRICE

Originaire du Pays de Galles, Ella Matthews aime ancrer ses histoires dans les magnifiques paysages de sa terre natale. C'est en lisant elle-même des romances historiques Harlequin qu'elle a eu envie d'écrire, et nous offre aujourd'hui des romans aussi palpitants qu'inoubliables !

Éveillée par le chevalier

ELLA MATTHEWS

Éveillée par le chevalier

Traduction française de
HÉLÈNE ARNAUD

Les Historiques

HARLEQUIN

Collection : LES HISTORIQUES

Titre original :
BOUND TO THE WARRIOR KNIGHT

HARPERCOLLINS FRANCE
83-85, boulevard Vincent-Auriol, 75646 PARIS CEDEX 13
Service Lectrices — Tél. : 01 45 82 47 47 - www.harlequin.fr
ISBN 978-2-2804-9492-2 — ISSN 1159-5981

Composé et édité par HarperCollins France.
Imprimé en octobre 2023 par CPI Black Print (Barcelone)
en utilisant 100% d'électricité renouvelable.
Dépôt légal : novembre 2023.

MIXTE
Papier issu de sources responsables
FSC® C159065
FSC www.fsc.org

Pour limiter l'empreinte environnementale de ses livres, HarperCollins France s'engage à n'utiliser que du papier fabriqué à partir de bois provenant de forêts gérées durablement et de manière responsable.

1

Angleterre, août 1337

La tresse trop serrée d'Adela tirait sur ses cheveux et lui provoquait des démangeaisons insupportables sur le crâne. Elle crispait les doigts tant la tentation de se gratter était forte, mais garda les mains fermement jointes devant elle. Elle n'osait ni bouger ni même respirer. Les paroles rituelles de la bénédiction du mariage, qui allaient la lier pour toujours à l'inconnu qui se tenait près d'elle, s'élevèrent quelque part sur sa gauche.

Elle garda les yeux fixés droit devant, sur l'homme qu'elle était en train d'épouser. Il était parfaitement immobile, si l'on exceptait la respiration lente qui soulevait son torse. Si elle ne l'avait pas vu arriver à cheval dans la cour du château, quelques heures plus tôt, elle aurait presque pu le prendre pour une statue tant il paraissait inaccessible. Il était grand – bien plus qu'elle l'avait imaginé en songeant à lui durant leurs longues années de fiançailles – et puissamment bâti. Elle aurait sans doute pu rentrer deux fois dans l'immensité de sa cage thoracique… Du moins, si elle avait eu la force de lui écarter les bras pour voir s'il était réellement aussi musclé qu'il en avait l'air.

Le prêtre se tut brusquement, et toute l'assemblée l'imita. Adela prit une inspiration tremblante. C'était fait. Elle était mariée. Liée à Sir Benedictus Monceaux pour le restant de ses jours. Désormais, seule la mort les séparerait.

Elle leva alors les yeux vers lui, osant enfin croiser le regard de l'inconnu qui avait désormais tous les droits sur elle. Des prunelles sombres la contemplaient, sous d'épais sourcils broussailleux. Ses lèvres, fermes et sévères, étaient pincées. Le cœur d'Adela se serra. Elle n'avait pas espéré faire un mariage d'amour, bien sûr : elle connaissait la réputation de Sir Benedictus depuis qu'on lui avait annoncé leur union, décidée pour elle tant d'années plus tôt. Toute l'Angleterre avait entendu parler de l'homme qui siégeait à la droite du roi. Il était impitoyable, froid et ambitieux. Bref, son nouvel époux n'était certainement pas homme à accepter la contrariété.

Néanmoins, la vie qu'elle allait mener à ses côtés serait forcément meilleure que celle qu'elle avait connue jusqu'à présent. C'était d'ailleurs le seul espoir auquel elle s'était raccrochée pour surmonter la solitude désolée de sa jeunesse étouffée dans l'œuf.

Leurs regards se mêlèrent. Sir Benedictus avait des yeux presque noirs, d'une profondeur insondable et dénués de toute émotion. Un silence étrange s'installa entre eux, comme si le temps s'était soudain arrêté. Elle aurait presque pu croire qu'ils venaient tous les deux d'être changés en pierre.

Puis, d'un seul coup, le père d'Adela s'approcha et donna une grande tape sur l'épaule de son nouveau gendre, brisant le charme.

— Nous devons célébrer comme il se doit cette union de bon augure, dit-il de sa voix toujours trop forte. Que la fête commence !

Adela ne manqua pas la moue contrariée qui traversa le visage de Sir Benedictus. Celle-ci disparut très vite quand il se tourna vers son beau-père, remplacée par le masque impénétrable qu'il avait revêtu pendant la cérémonie.

— J'espérais être en route pour Windsor avant...

— Sottises ! la coupa l'autre. Ce n'est pas tous les jours que je marie ma plus jeune fille. Quel beau-père serais-je, si je ne donnais pas de festin en votre honneur ? Venez. Cela va vous plaire.

Benedictus grimaça de nouveau, et Adela sentit ses joues s'empourprer. Elle eut honte de la présomption de son père, de son entrain un peu artificiel.

— J'ai sélectionné les meilleures viandes et les vins les plus fins pour vous. Mes voisins vanteront cette soirée des années durant !

Mortifiée, Adela baissa les yeux. Son père étalait avec fierté son admiration pour son nouveau gendre – ou plutôt, pour le statut enviable de celui-ci... Il ne semblait même pas remarquer son propre ridicule. La fête n'avait pas été organisée pour *eux*. L'unique but de tout cela était de montrer aux barons voisins l'importance stratégique de cette union. Après tout, marier sa fille à un homme aussi important était un coup d'éclat pour son père, même s'il avait dû consentir à céder une dot monumentale pour y parvenir. Tout le monde savait cela et avait spéculé sur la somme exacte pendant leurs interminables fiançailles. Des fiançailles qui avaient façonné la vie d'Adela avant même qu'elle puisse en comprendre les conséquences.

Sir Benedictus avait tant tardé à accepter que la cérémonie ait lieu que l'on commençait même à douter qu'il tienne parole. À présent, le sourire fat du père d'Adela était un camouflet à ceux qui avaient osé ternir ses espoirs. Sans doute avait-il déjà oublié que Sir Benedictus ne l'avait épousée que pour sa dot... Il était bien trop obnubilé par les avantages que cette union allait lui apporter pour songer au reste.

— Très bien, concéda le jeune marié d'une voix grave et un peu rauque. Je mangerai avant de partir, mais je dois me mettre en route pour Windsor avant la nuit. D'importantes affaires m'y attendent.

Les deux hommes se dirigèrent ensemble vers la grande salle, abandonnant Adela sans un regard en arrière, comme si elle n'était pas plus importante qu'un tapis bon marché. La chapelle se vida. Les derniers témoins partirent sans même lui adresser la parole. Elle aurait dû être blessée de se voir ainsi ignorée, mais ce ne fut pas le cas. Elle avait l'habitude d'être invisible. Elle avait été fiancée à Sir Benedictus, l'héritier des Monceaux, depuis ses dix ans. Son rôle ainsi fixé, elle avait été condamnée à mener une vie retirée par son père, qui était convaincu que sa piété et sa dévotion feraient honneur à son futur – et célèbre – époux. Il avait tant voulu impressionner les Monceaux en étalant sa pureté qu'il l'avait gardée enfermée, soumise à ses interminables sermons au sujet de ses futurs devoirs conjugaux et à l'enseignement religieux du prêtre de la famille. Jusqu'à présent, les années avaient filé sans lui laisser le moindre souvenir mémorable. Elle n'avait vu la joie qu'à travers la fenêtre de sa chambre… Mais ce n'était pas le moment de se lamenter.

Elle se secoua, relâchant ses muscles qui étaient restés tendus toute la matinée. Au fond, elle était soulagée d'être seule. Elle ne savait pas comment discuter avec des inconnus et avait craint de devoir passer des heures au banquet, obligée de voir son père se pavaner et étaler au grand jour sa droiture, sa piété, son patriotisme, alors qu'elle connaissait mieux que personne son vrai visage. Il ne se souciait que de lui-même et de ses propres plaisirs. Faire mine du contraire lui demandait des efforts insurmontables. Enfin, elle allait échapper à ses griffes ! Du moins…

Elle avait clairement entendu son époux mentionner

son retour à Windsor, et pas *leur* voyage pour rejoindre la place forte du roi. Le souverain était à Anvers, occupé à provoquer le roi de France, tandis que Sir Benedictus avait été laissé en arrière avec pour mission de diriger le pays en son absence. Son nouvel époux était connu pour son intelligence et sa ruse. Il n'aurait pas oublié de parler d'elle par accident. Cela ne pouvait donc signifier qu'une chose : il n'avait aucune intention de l'emmener quand il quitterait le château.

Elle plongea enfin avec soulagement les doigts dans la masse de ses cheveux et dénoua sa tresse infernale.

Benedictus n'avait peut-être pas envie d'une épouse. Il avait tergiversé pendant des années avant de s'unir à elle et ne l'avait sans doute fait que parce que le roi avait besoin de l'argent de sa dot pour financer sa guerre absurde ; mais elle refusait de le laisser quitter le château des Valdu sans elle ! Pouvoir enfin échapper à l'emprise de son père était la seule chose qui l'avait aidée à supporter cette longue attente. Si elle voulait réellement que sa vie change enfin, elle allait devoir rassembler tout son courage et agir.

Lady Adela, la jeune épouse de Benedictus, n'assista pas au festin de mariage, et nul ne sembla remarquer son absence. Ni ses parents, trop occupés à se montrer près de lui pour se soucier de l'absence de leur fille à sa propre fête ; ni les convives, qui dévoraient la nourriture comme s'ils n'avaient pas mangé depuis des mois. Les plats présentés sur les tables n'avaient pourtant rien de particulier, mais Benedictus se doutait que ces gens n'étaient pas habitués à l'excellence de la table royale – contrairement à lui.

Lady Adela avait-elle seulement trouvé quelque chose à manger ? Il repoussa bien vite cette pointe de compassion pour cette fille, si discrète et insignifiante que nul ne pensait à elle-même le jour de son mariage.

Il n'avait pas le temps de la prendre en pitié. Trop de problèmes pesaient sur ses épaules pour qu'il se soucie de son épouse, petit oiseau fragile aux yeux stupéfiants...

Durant la cérémonie, il n'avait songé qu'au temps que prenait l'interminable litanie. Chaque instant qu'il passait ici était une vie entière loin de Windsor – où l'on avait tant besoin de lui. Le roi devait rassembler des fonds pour mener sa guerre en France, et ce mariage était le moyen le plus rapide pour amasser un peu d'or. La loyauté de Benedictus envers Edward était absolue, à tel point qu'il avait accepté sans la moindre protestation de se lier à une inconnue pour l'aider. Il s'était donc tenu en face d'elle, détaillant son visage tandis qu'elle fixait obstinément son torse. Tout son être trahissait sa pudeur, son innocence, et l'avait laissé froid. Il n'avait eu aucune envie de l'épouser et avait repoussé l'échéance aussi longtemps que possible. En la voyant, il avait compris qu'il avait eu raison. Si seulement il avait pu retarder cette union plus longtemps encore...

Puis il avait croisé son regard. Ses yeux, d'un vert sombre et encadrés par de longs cils, lui avaient donné l'impression d'être frappé par la foudre. Il n'y avait rien eu de docile, dans ces prunelles brûlantes. Au contraire, un incendie y dormait, prêt à éclater. Il avait été incapable de se détourner. Une sensation étrange lui avait noué l'estomac. Le père d'Adela, en sot pompeux qu'il était, avait brisé le sortilège, et Benedictus lui en était reconnaissant. Il ne voulait pas avoir le moindre sentiment pour sa femme : pas de pitié, pas de compassion, et encore moins de désir. Rien qui puisse le détourner de son travail et de ses devoirs.

Après un repas qui lui parut durer des semaines, durant lequel on avait vidé un nombre incalculable de tonneaux de bière, Benedictus put enfin s'échapper. De toute manière, on ne donnait pas cette fête pour lui. La famille Valdu tenait juste à affirmer ses nouveaux liens avec les Monceaux. C'était ce qu'ils désiraient depuis toujours, et ils avaient payé cet honneur au prix fort. Il aurait sans doute dû les prévenir que cette union ne leur bénéficierait pas autant qu'ils l'espéraient, mais ils allaient s'en rendre compte assez tôt. Si ses propres parents avaient accepté cette alliance avec les Valdu, c'était uniquement pour la position stratégique que leur château occupait dans le royaume. Ils joueraient cet atout lorsqu'ils en auraient besoin, et pas un instant plus tôt. Le vieux seigneur Valdu n'avait que des filles pour enfants légitimes, et les Monceaux espéraient probablement qu'un fils naîtrait de cette union, et que ce dernier hériterait un jour de ces terres. Ainsi, sa famille pourrait étendre son influence d'une côte anglaise à l'autre. Bref, cette union était un avantage pour la famille de Benedictus, et non pour les Valdu – mais ceux-ci n'avaient pas encore besoin de le savoir.

Ses parents lui en voulaient peut-être d'avoir cédé la dot substantielle de Lady Adela au roi ; néanmoins, ils comprendraient bientôt que c'était un geste politique fort et finiraient par lui pardonner. Non pas qu'il se soucie de cela. Depuis des années, leurs critiques ne l'atteignaient plus. Quoi qu'il fasse, sa famille n'était de toute manière jamais satisfaite. Seul le nom de Monceaux importait pour eux, et il avait appris à vivre avec ce poids.

Il quitta la salle et sortit dans la cour pour prendre une profonde inspiration. L'odeur écœurante des latrines proches lui arracha une grimace. Cependant, il préférait encore cela à l'atmosphère étouffante de la grande salle, où on le faisait parader comme un étalon lors d'un tournoi. Son nouveau beau-père était moralisateur et ennuyeux, mais ce dernier vivait assez loin de Windsor pour que Benedictus n'ait pas à supporter sa présence trop souvent – voire jamais.

Il n'avait pas non plus de temps à perdre auprès d'une épouse et se moquait de faire de leur mariage un succès. La relation guindée qu'entretenaient ses parents avait suffi à lui faire comprendre qu'une telle institution n'était pas pour lui. Mieux valait vivre seul qu'être noyé dans un océan d'amertume et de rancœur.

De plus, il avait toujours eu du mal à converser avec les gens qu'il connaissait, et encore plus avec les inconnus. Son célibat lui avait laissé la liberté de s'enfermer dans ses appartements quand cela le fatiguait trop. Une épouse, en revanche, serait toujours là, envahissant son intimité, cherchant à lui parler, à retenir son attention, et il ne voulait pas gaspiller son temps avec de telles sottises. Sa femme resterait donc ici, bien en sécurité sous le toit de son père et non soumise aux nombreux dangers de la vie de Cour.

Il se rendit à l'écurie. Le maître écuyer profitait sans doute des largesses de son seigneur dans la grande salle, mais cela n'avait pas d'importance. Benedictus savait se salir les mains lorsque c'était nécessaire, et plus vite il quitterait le toit de la famille Valdu, mieux il se porterait.

Il passa donc la porte avec conviction, et se figea sur le seuil. Là, perchée sur une jument baie, se trouvait son épouse, les mains refermées sur les rênes et un petit sac attaché à la selle.

— Que faites-vous ? demanda-t-il, plus sèchement qu'il l'aurait voulu.

Elle tressaillit, mais il ne s'excusa pas. Il ne voulait pas lui paraître faible. Il ne pouvait pas se permettre de céder à l'empathie qu'elle éveillait soudain en lui, en l'attendant seule ici.

Elle s'éclaircit la gorge et répondit d'une voix un peu cassée, qui semblait ne pas avoir servi depuis bien longtemps :

— Vous avez annoncé votre désir de partir pour Windsor

aussi vite que possible. Comme je ne voulais pas vous retarder, je me suis préparée immédiatement après la cérémonie.

En temps normal, Benedictus aurait été impressionné par un tel souci d'efficacité, mais cette journée n'avait rien de normal.

— Windsor n'est pas un endroit pour une jeune femme.

Elle eut une moue hautaine.

— J'ai plus de vingt ans, Sir Benedictus. Je ne suis plus ce que vous appelez une *jeune* femme.

Il sentit son estomac se nouer en entendant cela. Elle se croyait peut-être mûre, mais dix ans les séparaient, ainsi qu'une myriade d'expériences qu'elle ne connaîtrait jamais. C'était d'ailleurs l'une des raisons qui avaient poussé Benedictus à repousser leur union. Comment une femme aussi innocente pourrait-elle s'épanouir, liée à un homme tel que lui ? Heureusement, rien n'obligeait celle-ci à abandonner la sécurité de son foyer, de sa famille et de tout ce qui lui était familier.

— Vous pouvez rester ici, Lady Adela, dit-il.

Hélas, elle secoua fermement la tête.

— Vous êtes mon époux. Ma place est à vos côtés.

— Je ne vous y contrains pas.

Il ne *voulait pas* qu'elle vive sous son toit et n'avait aucune envie de la voir se sacrifier par devoir.

— Je pensais que vous préféreriez rester ici, avec votre famille, et n'ai pas préparé votre arrivée à la Cour.

Il n'était pas assez insensible pour manquer son regard blessé. Il ne souhaitait pas qu'elle se sente personnellement rejetée. Elle était peut-être tout à fait aimable, mais il n'avait simplement pas le temps d'apprendre à la connaître.

— Quand la guerre en France sera achevée et quand le royaume sera de nouveau en sécurité, vous pourrez me rejoindre, dit-il donc, conscient qu'il pourrait bien mourir avant cela et, ainsi, la libérer pour lui permettre d'épouser un homme plus digne d'elle.

Mais elle secoua de nouveau la tête avec obstination.

— Je viens avec vous. Ce soir.

— Non.

— Si !

Ils se dévisagèrent un instant. Les yeux verts de Lady Adela brillaient. Elle fut pourtant la première à se détourner, mais il ne ressentit pas ce geste comme une victoire.

— Vous ne savez pas ce que vous dites. La vie à Windsor ne vous plairait pas. La Cour est un milieu cruel, impitoyable, très différent de ce à quoi vous êtes habituée.

Elle se tourna de nouveau vers lui, les paupières plissées.

— Avec tout mon respect, Sir Benedictus, vous ignorez tout de ma vie. Néanmoins, nous sommes mariés et je dois vous suivre où que vous alliez.

— Je l'interdis.

Il tressaillit en voyant la douleur traverser son regard. Quel rustre il était, de parler ainsi ! Il avait toujours méprisé les hommes qui donnaient des ordres à leurs épouses comme si elles n'avaient pas le moindre sentiment. Il ne voulait pas leur ressembler, mais elle ne lui laissait pas le choix. S'il la laissait l'accompagner, elle lui demanderait de lui accorder du temps, et il ne le pouvait pas.

Les prochaines paroles de Lady Adela ne trahirent cependant pas sa contrariété, et une pointe d'admiration se ficha dans le cœur de Benedictus. Si peu de gens avaient le courage de le défier… Et cette fille si fragile l'osait sans hésiter !

— Vous pouvez partir, Sir Benedictus, mais sachez que je vous suivrai.

Il ignora l'étincelle de désir qui le traversa devant tant de bravoure. Il avait juste passé trop de temps sans tenir de femme dans ses bras, c'était tout. Rien d'alarmant. Son trouble passa vite, et il l'oublia aussitôt.

— Ce serait un geste bien imprudent. Savez-vous seulement combien de dangers rôdent, sur la route de Londres ? Vous n'atteindriez pas le premier village.

Il frissonna à l'idée de voir cette jeune femme si vulnérable, si naïve, seule sur les chemins.

— Dans ce cas, vous aurez ma mort sur la conscience.

Benedictus serra le poing.

— Je n'ai pas de conscience, déclara-t-il.

Bien sûr, ce n'était pas vrai. D'ailleurs, pourquoi avait-il dit cela ? Tout ce qu'il voulait, c'était qu'elle reste en sécurité chez son père. Il n'avait pas le temps de prendre soin d'elle, alors que l'avenir de l'Angleterre pesait sur ses épaules.

— Il me faudra donc éviter de me laisser distancer, répliqua-t-elle avec une fermeté surprenante.

Très raide sur son cheval, elle le contemplait avec l'autorité d'une reine. Était-ce vraiment la même jeune femme qui s'était tenue dans la chapelle, les yeux baissés ? Le corps de Benedictus s'échauffa d'une manière inquiétante.

Ils se dévisagèrent encore un long moment. Peu à peu, sa détermination faiblit. Il n'aurait pas dû accepter. Il aurait dû la ramener auprès de ses parents. Mais il en fut incapable. Elle paraissait bien décidée à l'accompagner et, étonnamment, il ne se sentit pas de taille à refuser.

Finalement, il la contourna et s'approcha de son cheval.

— J'espère que vous savez tenir le galop.

Elle ne répondit pas. Il se retourna, surpris, et vit qu'elle souriait. Ce n'était pas une expression triomphante, juste heureuse. *Sincèrement* heureuse. Son cœur se serra douloureusement. Adela n'était pas une beauté classique. Son visage était trop anguleux pour cela, mais son sourire adoucissait ses traits, les rendant beaucoup plus séduisants.

Oui, sa présence à Windsor risquait de compliquer les choses pour lui...

Il se jucha sur Flamme en quelques secondes et la rejoignit à la porte de l'écurie.

— Je n'ai pas de temps à perdre, annonça-t-il.

— Dans ce cas, nous ferions mieux de quitter ces lieux sans tarder.

Malgré lui, il sentit un sourire fleurir sur ses lèvres, pour la première fois depuis des mois. Il talonna son cheval et se mit en route. Il était grand temps de partir.

2

Ils chevauchèrent à un rythme effréné. Adela n'avait encore jamais voyagé aussi vite de sa vie. N'étant pas habituée à monter à cheval, elle sentit bientôt tout son corps devenir douloureux, mais elle refusait de se plaindre ou de demander à son époux de ralentir. Il avait été très clair : il ne voulait pas qu'elle l'accompagne et elle n'avait aucune envie de lui faire regretter sa décision. Elle était prête à tout pour rester auprès de lui et il aurait fallu qu'il la traîne de force chez ses parents pour se débarrasser d'elle. Elle avait attendu ce mariage pendant tant d'années ! Cette union était son seul espoir de liberté, et retrouver son ancienne vie l'aurait tuée... Étrangement, elle n'avait pas été blessée par les paroles de Benedictus. Sa franchise, quoique brutale, avait compensé la douleur de son rejet. Elle avait été ignorée, méprisée ou repoussée toute sa vie durant. Une telle honnêteté était une expérience nouvelle pour elle.

Les lieues avaient défilé dans un silence de plomb. À présent, le soleil estival avait fini de disparaître sur l'horizon ; mais Benedictus ne semblait pas encore décidé à s'arrêter pour la nuit.

Lorsque Adela avait rêvé de ce voyage – et cela était arrivé souvent –, elle avait toujours pensé que le changement de décor l'émerveillerait. La découverte de nouveaux paysages la remplissait en effet d'admiration... mais elle ne parvenait pas à se détourner de son époux, pour une raison qui lui échappait. Il avait retroussé les manches de sa tunique au-dessus de ses coudes et, de temps à autre, elle avait un aperçu de ses bras musclés tandis qu'il galopait devant elle. Ce spectacle la troublait d'une manière étrange et incompréhensible. Après tout, ce n'étaient que des bras, non ?

Enfin, elle réalisa qu'elle se trouvait à présent plus loin de sa maison qu'elle ne l'avait jamais été. Elle prit une profonde inspiration et sourit en sentant l'air frais lui emplir les poumons. Ici, on ne subissait pas la puanteur des foules. On ne sentait que le parfum discret des bruyères piétinées par les chevaux sur leur passage et qui envoyaient des nuages de pollen dans les airs.

Elle se moquait d'être ignorée par l'homme bougon qui la précédait. Jamais encore elle n'avait été aussi libre. À chaque enjambée de la jument, les fers qui l'avaient maintenue prisonnière pendant si longtemps se relâchaient un peu plus. Bientôt, ils tomberaient complètement et, faute de connaître enfin le bonheur, elle pourrait au moins avoir la satisfaction de mener une vie meilleure.

Elle ne remarqua même pas que son époux avait ramené son cheval à un trot rapide avant qu'il lance par-dessus son épaule :

— Nous devrions faire une halte.

Tous les os de son corps avaient beau hurler de douleur, elle était prête à chevaucher aussi longtemps qu'il le désirait. Elle était déterminée à devenir l'épouse la plus conciliante de tout le royaume dans l'espoir qu'il comprenne que l'emmener à Windsor n'était pas une erreur et ne l'oblige pas à rentrer chez elle.

— Je peux encore tenir, si vous préférez poursuivre.

— Les chevaux ont besoin de repos, grommela-t-il.

Elle fut soudain heureuse qu'il lui tourne le dos, car cela

évita à son mari de voir la rougeur lui monter aux joues. *Bien sûr.* Il pensait au bien-être des chevaux, pas au sien. Elle aurait dû s'en douter...

— Il y a une rivière, non loin d'ici, reprit-il. Nous allons nous y arrêter le temps que les bêtes boivent. Ce sera aussi une bonne occasion de nous reposer. Nous n'atteindrons pas Windsor aujourd'hui.

En dépit de la chaleur du soir, Adela fut parcourue par un frisson. Elle n'avait encore jamais dormi à la belle étoile et ne s'était pas préparée à cette éventualité. Son sac ne contenait que quelques vêtements de rechange (deux toilettes de jour et une robe élégante pour les soirées), ainsi que le savon à la lavande préféré de son père et un peigne. Rien de tout cela ne pourrait la protéger des éléments ou la défendre contre l'assaut des animaux sauvages nocturnes.

Son désir de se montrer aimable et douce vacilla un instant, puis elle se ressaisit. Si elle fut tentée de protester, de demander à passer la nuit dans une auberge, elle se ravisa bien vite. Elle ne dirait rien, ne laisserait pas cet homme voir à quel point elle était terrifiée à l'idée de dormir en plein air, sans toit pour la protéger. Au contraire, elle allait se réjouir de cette expérience car, si aucun rempart ne la défendait, aucun mur ne se dressait non plus pour l'enfermer...

Ils arrivèrent à proximité du ruisseau annoncé et Sir Benedictus mit pied à terre pour conduire son étalon au bord de l'eau. Chacun de ses mouvements était précis, empli d'une grande confiance. Il était si différent d'Adela, qui avait passé sa vie à s'effacer, par peur d'attirer l'attention de son père et de s'exposer à des remontrances perpétuelles. Elle avait conscience d'être devenue plus silencieuse, plus servile au fil des ans, et elle n'aimait pas cela. Il était temps pour elle de s'affirmer.

Elle se laissa donc glisser de sa selle à son tour et guida Églantine vers la berge. La jument but avec une avidité reconnaissante, et Adela lui caressa l'encolure, rassurée par la chaleur de ce corps près d'elle.

Dans son dos, Benedictus s'activait bruyamment et elle finit par sentir l'odeur d'un petit feu de bois.

— J'ai emporté un peu de nourriture après le festin, lança-t-il. Venez partager mon repas.

Elle se retourna et vit que les flammes claires envoyaient déjà des escarbilles dans la nuit. Sir Benedictus avait installé le feu un peu à l'écart, pour ne pas effrayer les chevaux. Elle s'approcha et s'assit par terre en face de lui. Il se pencha, évitant les étincelles, et lui offrit une tranche de tourte au bœuf. L'estomac d'Adela gronda lorsqu'elle sentit la croûte dorée sous ses doigts. Trop effrayée par la cérémonie et ce qui allait suivre, elle n'avait presque pas mangé de la journée. Leur longue chevauchée au grand air avait fini de lui creuser l'appétit. Mordant à pleines dents dans la tourte, elle poussa malgré elle un gémissement de bonheur et de satisfaction. Il lui semblait qu'elle n'avait encore rien mangé d'aussi savoureux.

Ils n'échangèrent pas un mot tandis qu'ils dévoraient leur repas improvisé. Le silence qui s'était installé entre eux devint lentement plus lourd, plus intense, jusqu'à faire vibrer l'air immobile. Elle n'avait rien à dire à cet étranger intimidant et, même si elle avait su quelles questions poser, elle n'aurait sans doute pas trouvé un moyen de les formuler. Elle avait toujours été d'une nature réservée et les années passées dans un isolement forcé l'avaient empêchée d'apprendre à discuter avec des inconnus. Elle ne savait pas par quoi commencer.

Soudain, son époux s'éclaircit la voix, et ce son inattendu la secoua comme un grondement de tonnerre.

— Vous devriez vous reposer, dit-il. Une longue journée

de voyage nous attend encore demain et je n'ai pas l'intention de m'arrêter de nouveau avant d'avoir atteint notre destination.

Elle hocha la tête sans mot dire. Cette déclaration ne semblait pas appeler de réponse. De toute évidence, il avait l'habitude d'être obéi et elle ne voyait aucune raison de protester. Elle était épuisée, mais n'osa pas s'éloigner du feu. Il ne bougea pas non plus.

— Vous avez été endurante, aujourd'hui.

Ce compliment la prit par surprise. Elle ne s'était pas attendue à ce qu'il fasse preuve de la moindre bonté à son égard.

— Merci, dit-elle, hésitante. Je n'avais pas chevauché depuis bien longtemps et je suis heureuse de ne pas avoir oublié comment on fait...

Il fronça les sourcils dans la lumière des flammes.

— Si vous n'avez pas l'habitude des longs voyages, vos muscles doivent être endoloris.

Oh oui ! Tout son corps hurlait sous la torture et elle craignait déjà la fatigue du lendemain.

— Non, répondit-elle néanmoins. Je vais bien.

Son regard noir se fixa sur elle et elle ne put s'empêcher de tressaillir.

— Je n'ai pas l'intention d'être un époux très exigeant, mais je tiens à ce que vous ne me mentiez jamais, Adela. Vous pourrez d'ailleurs attendre la même marque de respect de ma part. Mes activités m'interdiront de vous confier beaucoup de choses au sujet de ma vie, mais tout ce que je vous dirai sera la vérité.

Elle sentit ses joues s'embraser, mais soutint son regard.

— Très bien. J'accepte d'honorer votre requête.

Puis, se détournant pour contempler le feu qui dansait devant elle, elle avoua :

— J'ai mal partout...

— Ce sera pire demain.

Elle ne sut pas comment répondre à cette remarque froide et factuelle. De nouveau, le silence tomba sur leur campement.

Soudain, une autre inquiétude monta en elle - une angoisse qu'elle avait volontairement ignorée jusque-là. Sa mère lui avait expliqué que son mariage devrait être consommé pour être considéré comme valide. Elle avait ajouté qu'elle allait devoir accepter de laisser son époux venir à elle sans se plaindre ou lui résister, que son devoir l'obligeait à s'allonger, sans bouger, pour se soumettre à sa volonté. Si l'acte lui faisait mal, elle était censée ravaler sa douleur, se sacrifier pour le bien de sa relation avec Sir Benedictus. Le seul problème, c'était qu'elle ne savait absolument pas de quoi sa mère voulait parler. Elle avait bien tenté de rassembler son courage pour lui poser la question, mais celle-ci avait conclu en déclarant :

« Plus tu te soumettras aux besoins de ton mari, plus vite tu auras un enfant. La naissance du prochain héritier Monceaux sera une grande source de fierté pour notre lignée. »

Sur ce, elle avait quitté sa chambre.

La simple idée de devoir se soumettre à quelque chose qui aurait pu la faire souffrir, alors que tous ses membres étaient déjà à l'agonie, gâcha son appétit. Elle s'efforça néanmoins d'avaler sa bouchée, en dépit du nœud qui lui enserrait la gorge. Puis elle chassa les miettes de sa robe, pour la rendre parfaitement propre.

Elle *voulait* avoir des enfants, avait désespérément attendu cela pendant des années. Savoir qu'elle aurait un jour quelqu'un à aimer et à chérir avait été la seule lueur dans son existence morne et sombre. Si donner naissance à un bébé devait être pénible, qu'il en soit ainsi. Elle était prête.

Elle jeta donc un nouveau coup d'œil à Sir Benedictus.

Il contemplait les flammes, sans paraître avoir le moindre « besoin » à satisfaire auprès d'elle – ou même se souvenir de sa présence. Les paupières d'Adela s'alourdirent. Elle aurait bien aimé s'allonger, mais était-ce ce qu'il attendait d'elle ? Lentement, elle remonta ses genoux contre sa poitrine et laissa reposer sa tête dessus. Un hibou hulula quelque part, à proximité. Des chauves-souris volaient au-dessus de leurs têtes, et les chevaux s'agitèrent un peu. Mais Sir Benedictus ne disait toujours rien.

Elle ferma les yeux, laissant le monde s'assombrir autour d'elle.

Elle fut réveillée par une main forte dans son dos. Elle se crispa dans un sursaut terrifié.

— Ce n'est que moi, murmura son époux.

La terreur tendit ses muscles de plus belle. C'était bien de lui qu'elle avait peur ! Certes, elle s'était préparée à cela, mais à présent que le moment était venu, elle constatait qu'elle n'avait aucune envie qu'il lui fasse mal.

— Je ne voulais pas vous réveiller, mais vous serez aussi raide qu'une planche si vous dormez ainsi toute la nuit.

Il la coucha avec douceur. Elle se mit à trembler avec force et dut se mordre la lèvre pour ne pas hurler. Elle s'était répété qu'elle endurerait n'importe quoi pour satisfaire son époux ; que la souffrance serait un modeste prix à payer, en échange de sa liberté tant attendue. Hélas, maintenant que l'instant fatal était arrivé, elle comprit qu'elle n'était pas aussi courageuse qu'elle l'avait espéré.

— Vous avez froid, remarqua Benedictus, en se méprenant sur l'origine de ses tremblements. Où est votre cape ? Je vais vous l'apporter.

— Je... Je n'en ai pas pris.

En fait, elle n'en possédait même pas. Depuis son enfance, elle avait rarement été autorisée à quitter sa chambre ou le château. Un tel vêtement avait donc paru superflu puisqu'elle n'en avait pas l'usage.

— Avez-vous pris une couverture ? Quelque chose qui pourrait vous tenir chaud ?

— N-non...

Ses dents claquaient, à présent. Elle était affolée, horrifiée. À travers la brume de sa panique, elle entendit vaguement Benedictus grommeler quelque chose à voix basse. Elle ne comprit pas le sens de ses paroles, mais devina qu'elles n'étaient pas flatteuses.

— Nous allons devoir partager ma cape, dit-il en lançant une lourde étoffe sur elle. Ma chaleur vous aidera aussi.

Elle le sentit s'allonger près d'elle. Il ne la touchait pas ; elle fut néanmoins consciente de sa présence, depuis la racine de ses cheveux jusqu'à la pointe de ses orteils.

Le temps passa. Il ne bougea pas et elle cessa peu à peu de trembler. Elle aurait voulu se retourner, pour voir s'il dormait, mais n'osa pas faire le moindre geste. Si elle le réveillait, il risquait de se souvenir qu'il avait des besoins à satisfaire, quels qu'ils puissent être.

Lentement, son cœur ralentit et ses muscles se détendirent. Enfin, elle sombra de nouveau dans le sommeil.

Benedictus écoutait les ronflements discrets de son épouse. Il avait fallu une éternité à celle-ci pour cesser de frissonner et s'endormir. Il roula sur le dos et contempla le ciel étoilé, faisant de son mieux pour reprendre le contrôle de son corps. Il ne s'était pas attendu à ce que *cela* arrive. Il n'avait pas songé un seul instant que s'allonger auprès de sa femme pourrait réveiller un tel désir en lui. Un incendie faisait rage dans son corps. Ses mains tremblaient, pressées de la toucher, et il aurait aimé pouvoir au moins lui effleurer la nuque du bout des doigts. Mais il resta immobile, les bras croisés, pour calmer ses ardeurs déplacées.

Il était clair qu'Adela avait peur de lui. Elle avait pourtant paru si courageuse, dans l'écurie de son père… Elle l'avait défié, alors que nombre d'hommes plus grands et plus forts qu'elle n'auraient jamais osé s'opposer à lui. Le contraste avec la jeune femme timide qu'il avait rencontrée pendant la cérémonie de mariage avait été si frappant qu'il avait un instant cru qu'elle ne connaissait pas la peur. Mais il s'était trompé. Quelque chose avait dû la pousser à prendre la décision brutale de quitter tout ce qu'elle connaissait pour traverser le pays en compagnie d'un homme qui la terrifiait tant.

Le trouvait-elle attirant ? On lui avait pourtant répété bien souvent que ses traits étaient austères et intimidants. D'ailleurs, il n'avait rien fait pour la mettre à son aise ou la pousser à l'apprécier. Décidément, sa vie avait dû être atroce, pour qu'elle soit prête à voyager avec lui dans le seul espoir de fuir son foyer. Il eut soudain envie de repartir au grand galop pour Yanworth, le fief des Valdu, afin de battre son beau-père jusqu'à ce que ce dernier avoue ce qu'il avait fait subir à sa fille. Quelles épreuves avait-elle pu traverser pour que la vie en compagnie d'un étranger bougon et autoritaire lui semble à ce point préférable à la protection de sa famille ?

Il poussa un profond soupir. Même en sachant tout cela, en devinant qu'elle l'accompagnait pour une raison inconnue qui n'avait rien à voir avec lui, il ne parvenait pas à reprendre le contrôle de son corps. Il repoussa la cape, priant pour que l'air froid l'aide. Cela n'eut aucun effet.

Il ferma alors les yeux avec rage. Il y avait si longtemps qu'il n'avait pas ressenti la caresse d'une femme… Il se souvenait à peine de l'effet que cela avait sur lui, mais ça ne lui avait pas manqué. En fait, il avait à peine remarqué sa solitude. Jusqu'à ce soir, il avait cru être définitivement libéré du désir charnel. Il s'était convaincu que sa froideur naturelle et ses efforts pour éviter que le royaume tombe entre de mauvaises mains l'empêchaient de se préoccuper de ce genre de choses. Il avait eu tort, et cette prise de conscience était humiliante, gênante ; surtout lorsqu'il voyait son épouse trembler de terreur à son approche.

Un nouveau soupir lui échappa. Dans une telle situation, un autre homme aurait sans doute laissé libre cours à ses envies sans se soucier du bien-être de sa jeune épouse. Après tout, ils étaient mariés et la loi l'autorisait à la prendre quand il le voulait, dans n'importe quelle circonstance.

Mais il n'était pas ce genre d'homme.

Il refusait de forcer Adela, ou de satisfaire ses désirs tant qu'elle n'aurait pas envie de lui, quand bien même elle lui affirmerait le contraire par sens du devoir. Et si elle ne se montrait jamais consentante, prête pour lui, alors il l'accepterait. Il se massa les paupières avec lassitude. Les mois à venir risquaient d'être pires encore que ce qu'il avait craint...

Adela se réveilla à l'aube, enveloppée dans la cape. En dépit des courbatures qui alourdissaient tous ses membres, elle se sentit étrangement reposée. Elle s'assit pour jeter un coup d'œil autour d'elle. Le feu s'était éteint pendant la nuit, mais l'air matinal était déjà assez chaud pour que le crépitement des flammes ne lui manque pas.

Elle n'avait pas eu besoin de se retourner pour deviner que Sir Benedictus n'était plus auprès d'elle. Un silence absolu l'entourait. Surprise, elle examina le campement. Son mari n'était nulle part. Soudain, son cœur s'emballa. Il ne l'avait tout de même pas laissée seule ici ? Il n'avait pas voulu qu'elle l'accompagne, et maintenant qu'il possédait sa dot... Non. Impossible. Il lui avait dit la veille qu'il serait toujours honnête avec elle, et elle l'avait cru. S'il avait eu l'intention de la quitter, il l'aurait réveillée pour le lui annoncer. Elle se retourna et vit les deux chevaux côte à côte. Un immense soulagement l'envahit. Si son étalon était encore là, cela voulait dire qu'il devait se trouver à proximité.

Elle repoussa la couverture et descendit jusqu'à la rivière. L'eau était glacée. Elle s'aspergea tout de même le visage pour chasser les dernières brumes du sommeil. Puis elle remonta jusqu'au campement, dépoussiéra la cape, la plia avec soin et la rangea dans l'une des sacoches de selle de Sir Benedictus.

— Vous êtes prête à partir ?

Elle sursauta et se retourna d'un bond. Son époux se tenait derrière elle, la dévisageant d'un air étrange. Elle baissa les yeux sur ses bras, mais ses manches n'étaient pas retroussées, cette fois, et elle fut étonnamment déçue.

— Bien sûr, répondit-elle.

Il la regarda encore un instant.

— Parfait.

Elle crut qu'il allait ajouter quelque chose, mais il garda le silence.

Il se contenta d'avancer vers elle et elle recula vivement. Son instinct, affolé, la poussait à fuir ce prédateur en courant. Il se figea. Elle poursuivit sa retraite jusqu'à heurter du dos le flanc d'Églantine. Elle n'avait nulle part où aller ! Le souffle court, elle chercha du bout des doigts le pelage chaud de sa jument, puisant un peu de réconfort dans sa présence.

En face d'elle, Sir Benedictus leva les mains en signe d'apaisement.

— Je ne vais pas vous faire de mal, dit-il. Je vous promets de ne jamais porter la main sur vous.

Il resta immobile, dans la même position. Respirant posément, il la fixait de ses yeux sombres. Si son expression était aussi neutre et mystérieuse que d'habitude, sa posture au moins n'était plus menaçante.

Peu à peu, Adela sentit les battements de son cœur ralentir.

— Je suis désolée, murmura-t-elle.

Si seulement elle avait pu lui faire oublier sa réaction stupide... Elle venait de se couvrir de ridicule. S'il avait voulu l'agresser, il l'aurait sans doute déjà fait. De plus, cet homme était connu pour son talent au combat, son intelligence, mais pas pour sa cruauté ou sa violence.

— Je n'ai pas l'habitude de me trouver en présence de quelqu'un d'aussi intimidant que vous, avoua-t-elle. Mais je suis certaine que je vais m'y faire.

Il ne bougeait toujours pas et l'étudiait avec attention. Elle s'obligea à rester calme, ne voulant pas trembler sous le poids de son regard sombre. Enfin, il laissa ses mains retomber.

— Vous n'avez pas à vous excuser, Adela. J'ai passé ma vie à tenter de paraître aussi terrifiant que possible et des hommes deux fois plus grands que vous ont déjà frémi devant moi. J'aurais dû vous exposer mes intentions avant de m'approcher. Je voulais simplement vous aider à vous mettre en selle. Me le permettez-vous ?

Il attendit qu'elle acquiesce avant de s'approcher de nouveau pour passer ses grandes mains autour de sa taille. La pression de ses paumes lui brûla la peau, même à travers sa robe. Il la souleva de terre et la plaça sur la selle comme si elle ne pesait rien, puis s'écarta. Des fourmis s'attardèrent là où il l'avait saisie. Elle se passa la main sur la taille, mais rien ne lui parut changé, de l'extérieur.

— Vous devriez manger davantage, dit-il en se hissant sur son propre cheval. Vous êtes légère comme une plume.

Sa voix ne trahissait pas la moindre critique. Malgré cela, elle ne sut comment répondre.

— Les cuisiniers de Windsor sont excellents, poursuivit-il.

Lorsque nous serons arrivés, n'hésitez pas à leur dire quels plats vous préférez, et ils les prépareront pour vous.

Adela ouvrit de grands yeux éberlués. Un tel luxe était inimaginable ! Personne ne s'était jamais soucié de ce qu'elle aimait manger, jusqu'à présent. On lui apportait généralement ses repas dans sa chambre, sans chercher à savoir s'ils lui plairaient ou non. Elle avait appris depuis longtemps à avaler de force des mets qu'elle n'aurait jamais mangés, si elle avait eu le choix.

— Je ne veux pas causer de problèmes, répondit-elle. Je suis certaine que je saurai m'accommoder des repas préparés pour le reste de la Cour.

Il eut une moue presque amusée.

— Vous êtes mon épouse, et je dirige le pays en l'absence du roi. Nul ne pensera que vous causez des problèmes, quoi que vous fassiez.

Sur ces paroles, il se mit en route. Adela le suivit et se passa une main troublée sur la nuque tandis qu'Églantine accélérait docilement. Son cœur s'était remis à battre la chamade. Devenir une épouse était déjà assez étrange, mais songer que l'on pourrait chercher à la satisfaire était presque absurde. Pouvait-elle réellement croire que ses désirs allaient enfin être pris en compte ? Qu'une autre vie l'attendait, loin de la demeure de son père ?

— Que ferai-je, à Windsor ? demanda-t-elle, presque effrayée par l'immensité des possibles qui s'ouvrait devant elle.

Sir Benedictus resta silencieux si longtemps qu'elle regretta presque sa question. Après tout, il n'avait pas voulu l'emmener. Allait-il lui dire qu'elle devait rentrer chez elle ? Dans ce cas, elle refuserait. Depuis leur départ, elle avait connu des instants de gêne, de peur, mais tout cela n'était rien comparé à l'existence étouffante qu'elle avait menée avant son mariage.

— Il y a beaucoup de choses à faire, à la Cour, finit-il par répondre. J'imagine que vous passerez le plus clair de votre temps à vous lier avec les autres femmes. Je suis certain que vous saurez trouver des amies.

— Oh.

Devait-elle lui avouer qu'elle n'avait aucune expérience en la matière ? Probablement pas. Ils n'étaient pas encore assez loin du château des Valdu pour qu'elle puisse prendre le risque de le décevoir et de lui faire comprendre à quel point elle n'était pas digne de son rang. Le risque d'être renvoyée chez elle était trop grand.

Certes, elle était restée pure et innocente, comme son père l'avait souhaité, mais elle sentait que cela la rendait sans doute un peu ennuyeuse. Jamais encore elle n'avait fait rire qui que ce soit, ou su intéresser quelqu'un assez longtemps pour tenir une véritable conversation. Elle n'avait rien à offrir à Sir Benedictus – à l'exception de la dot qu'il avait déjà reçue. Bien sûr, il y avait aussi sa capacité à produire un héritier pour la famille Monceaux, mais il n'avait pas encore mentionné cela…

Elle se massa les épaules plus nerveusement. D'un seul coup, son corsage lui parut plus serré, inconfortable. Elle ne voulait pas lui donner des raisons de se plaindre d'elle ; elle aurait eu trop peur qu'il ne la raccompagne chez ses parents. Mais elle ne savait pas comment accomplir son principal devoir d'épouse. Hantée par ces angoisses, elle finit par ne plus pouvoir garder le silence. Elle *devait* savoir.

— Et au sujet de… euh… vos besoins ? demanda-t-elle timidement, le visage en feu.

Elle regretta immédiatement son audace et aurait voulu pouvoir ravaler ses paroles, mais il était trop tard. S'entendre parler ainsi lui fit comprendre à quel point elle était restée naïve.

Il se retourna à demi, les sourcils froncés.

— Quels besoins ?

Adela fut sous le choc. Il *savait* forcément ! Le contraire lui paraissait impossible. Elle ignorait son âge précis, mais il devait avoir passé les trente ans. C'était bien assez pour avoir de l'expérience avec les femmes et savoir ce qui devait se passer pour donner naissance à un bébé.

Et s'il était aussi ignorant qu'elle ? S'ils ne savaient pas que faire, ni l'un ni l'autre, comment pourrait-elle avoir un enfant ?

Depuis qu'on lui avait annoncé ses fiançailles, l'idée de devenir mère avait été un baume pour elle. Certes, apporter un héritier à la famille Monceaux était important, mais elle songeait surtout à ces petits êtres qui l'aimeraient inconditionnellement juste parce qu'elle serait leur maman. Cet espoir avait été sa seule raison d'être. Elle savait que ses enfants l'adoreraient. Après tout, n'aimait-elle pas sa mère, en dépit de l'indifférence de celle-ci ? N'aurait-elle pas été prête à tout pour recueillir une miette d'affection de sa part ? Ses enfants à elle connaîtraient la douceur de l'affection. *Jamais* ils ne seraient contraints de prouver leur valeur en restant sages et purs. *Jamais* ils n'auraient à subir des punitions arbitraires pour des fautes imaginaires. Ils connaîtraient l'amour.

Elle avait donc rêvé du jour où son époux pourrait lui donner ces bébés si longtemps désirés. Mais s'il ne savait pas comment faire... Elle n'avait pas envisagé une seule fois qu'un tel désastre puisse se produire. Essayait-il de se moquer d'elle en faisant mine de ne pas comprendre sa question ? Elle risqua un rapide coup d'œil dans sa direction. Il paraissait aussi austère qu'à son habitude. Sans doute ne possédait-il pas un grand sens de l'humour.

Elle serra ses rênes plus fermement, cherchant la meilleure manière de s'expliquer. Pour finir, elle décida d'être franche, devinant qu'il préférerait cela.

— Je parle de l'héritier dont vous avez besoin.

Pendant un instant, il se contenta de la dévisager, le regard vide. Puis ses joues s'empourprèrent jusqu'à devenir rouge vif. De toutes les surprises qu'elle avait eues depuis le début de leur voyage, celle-ci fut la plus inattendue.

Son époux se détourna et contempla obstinément l'horizon. Les chevaux poursuivirent leur route et nul ne parla. Peu à peu, la rougeur s'effaça du visage de Benedictus. Adela s'agita sur sa selle. Ce silence devenait insoutenable, mais elle n'avait pas le courage de le rompre.

Ils atteignirent un pont et ralentirent pour le traverser.

— Je...

Sir Benedictus se massa le front, sans la regarder.

— C'est...

Il secoua la tête.

— Vous n'avez pas besoin de vous soucier de mon futur héritier, pour le moment.

— Mais...

— Nous ne nous connaissons pas...

Un soupir frustré lui échappa.

— Lorsque nous serons plus familiers, nous songerons à produire un héritier, reprit-il plus fermement. Ne vous inquiétez pas pour cela. Je ne...

Il secoua de nouveau la tête. Ses joues rosirent encore, et Adela fut soulagée qu'il ne se tourne pas vers elle, car elle sentait sa peau s'embraser aussi.

— Je n'ai pas l'intention de vous imposer des choses que vous ne souhaitez pas, si c'est ce qui vous inquiète.

Ainsi, elle avait *raison* de s'interroger sur ses besoins en matière de descendance. Ce n'était pas une constatation très rassurante. Ils traversèrent ensemble le pont dans un battement de fers sur les planches, mais Adela s'en rendit à peine compte. Elle aurait dû être heureuse de savoir qu'il n'avait pas l'intention de lui imposer sa présence tant qu'ils ne se connaîtraient pas mieux... Mais s'ils se cantonnaient à ces conversations gênantes, cela risquait de prendre une éternité ! Au lieu d'être contrariée à l'idée de ne pas avoir d'enfants avant longtemps, elle décida de se détendre et d'apprécier le fait que la souffrance promise par sa mère lui serait épargnée pour l'instant. Elle avait l'habitude de se concentrer sur les choses agréables, même quand il était difficile de trouver du bon dans sa vie.

Lorsque le soleil fut à son zénith, ils firent une courte halte. Adela sentait la transpiration lui coller au front, et elle l'essuya d'un revers de manche. Benedictus lui tendit la dernière part de tourte et ne mangea pas. La sauce avait rendu la pâte humide, mais elle dévora son repas sans hésiter. Elle avait tellement faim qu'elle aurait avalé n'importe quoi.

— Nous ne sommes plus très loin, annonça son époux.

C'étaient ses premières paroles depuis leur conversation embarrassante, bien des lieues plus tôt.

— Nous devrions atteindre Windsor à la tombée de la nuit.

Elle hocha la tête.

— Je ne m'attendais pas à ce que vous m'accompagniez, ajouta-t-il, et je crains que mes appartements ne soient pas dignes d'une femme.

— Vos appartements ?

— Deux pièces ont été dévolues à mon usage personnel, dont un bureau. Mais vous n'aurez pas besoin d'y pénétrer.

Deux pièces ! Elle ne s'était pas attendue à cela. Si elle savait qu'il était un membre important de la Cour, il semblait en revanche qu'elle ait sous-estimé son influence.

— Pourquoi ne devrais-je pas y pénétrer ?

Elle ne se souciait pas réellement de la réponse. Seulement, puisque son époux paraissait enfin disposé à discuter, elle tenait à l'encourager. Leurs silences prolongés la rendaient de plus en plus nerveuse.

— C'est l'endroit où je travaille, expliqua-t-il, et je ne vous obligerai pas à vous y rendre. J'ai rendu cet espace délibérément inconfortable pour empêcher mes hommes de s'y assoupir.

— Cela semble rude...

Elle se plaqua vivement une main sur les lèvres, affolée d'avoir osé parler ainsi. Elle n'avait pas eu l'intention de le critiquer. Si jamais elle avait dit une telle chose à son père, son châtiment aurait été long – et sévère.

Mais Sir Benedictus ne parut pas contrarié. Il se contenta de pencher la tête sur le côté, comme s'il réfléchissait à sa remarque, puis but une gorgée d'eau de son outre.

— Je suis obligé de me montrer dur. Si je laissais apparaître la moindre faiblesse, on profiterait de moi, au mieux ; et au pire, on se débarrasserait de moi. Le pays court un grave danger en ce moment : nous nous dirigeons vers un conflit militaire de grande ampleur avec la France. Je ne veux pas laisser quiconque douter de ma capacité à gouverner en l'absence du roi. Paraître dur est une bonne chose.

Enfin, désaltéré, il se leva.

— Venez. Reprenons notre route.

Cette fois, elle ne recula pas quand il l'aida à se mettre en selle. Sa peau s'échauffa de nouveau sous ses mains fermes. Elle avait si peu l'habitude qu'on la tienne ainsi qu'elle mit cette réaction sur le compte de l'embarras.

Elle aurait pu lui demander à quoi lui servait la seconde pièce mise à sa disposition, mais il lui tournait déjà le dos et elle ne savait pas vraiment comment entamer une autre conversation. De plus, elle avait déjà matière à réfléchir. Benedictus se disait dur. Il n'avait pas souri une seule fois depuis leur rencontre. D'un autre côté, il avait partagé sa cape avec elle, l'avait rassurée quand elle avait eu peur de lui et lui avait promis de ne pas la brutaliser. Peut-être n'était-il pas aussi sévère qu'il aimait à le croire. Du moins, elle l'espérait. Elle voulait voir en lui un homme meilleur que son père et s'assurer qu'elle n'avait pas commis une terrible erreur en le suivant.

En dépit de l'approche de la nuit, Windsor était animé comme une ruche au soleil. La ville n'avait rien à voir avec la forteresse des Valdu, où toute activité cessait à la tombée du jour. Des torches brûlaient dans les ateliers bruyants des forgerons. Une foule d'hommes s'activaient encore dans les écuries du château, pansant des chevaux fraîchement arrivés de voyages qu'Adela n'osait même pas imaginer. Les bêtes logées dans les stalles furent abandonnées dès que Sir Benedictus se montra à la porte. Adela fut soulevée de sa selle avant même d'avoir pu prononcer un mot, privée de sa sacoche, et emmenée par son époux dans le donjon si vite que ses pieds touchèrent à peine terre.

— Mes vêtements ! commença-t-elle en voulant faire demi-tour.

— Ils vont être montés à mes appartements.

Il la guida dans le château sans ralentir, lui faisant franchir d'immenses portes de bois. Au début, elle tenta de mémoriser le chemin, mais perdit vite tous ses repères le long des interminables couloirs.

— Voici mon bureau, annonça enfin Benedictus en ouvrant une porte.

Un imposant homme brun était assis derrière la grande table chargée de parchemins. Il se leva immédiatement.

— Rien à rapporter depuis mon départ ? aboya Benedictus.

— Si, mon capitaine, répondit l'homme en coulant un regard curieux en direction d'Adela. Beaucoup de choses.

Sir Benedictus acquiesça.

— Conduis Lady Adela jusqu'à ma chambre et reviens me faire part des nouvelles.

Il s'approcha du bureau, puis vit que l'homme restait immobile, la bouche grande ouverte.

— Lady Adela est mon épouse, expliqua-t-il, ce qui parut surprendre l'homme plus encore. Adela, voici Sir Theodore, l'un des chevaliers du roi. Il a toute ma confiance. Vous ne risquez rien avec lui.

Sir Theodore retrouva enfin l'usage de la parole.

— Très bien, Ben. Je vais conduire *ton* épouse à *ta* chambre...

Ben. Adela eut du mal à concilier l'image de l'homme autoritaire qui faisait à présent les cent pas dans la pièce avec ce surnom inattendu. Cette simple syllabe avait quelque chose d'affectueux – alors que son époux ne l'était clairement pas.

Sir Theodore s'approcha d'elle, le regard pétillant.

— Bonsoir, Lady Adela. Je suis enchanté de faire votre connaissance.

Elle s'éclaircit la voix avec maladresse.

— Moi de même.

— Y allons-nous ? Vous devez être épuisée, après votre voyage.

— Je vous remercie, Sir Theodore.

— Mes amis m'appellent Theo.

— Elle n'est pas ton amie, *Sir Theodore*, gronda Benedictus, mais Theo ne parut pas troublé.

Il adressa un clin d'œil à Adela et elle dut se mordre la lèvre pour ne pas rire. Elle apprécia immédiatement ce chevalier si souriant. D'ailleurs, en dépit de sa froideur, Sir Benedictus devait l'aimer aussi. Il ne l'aurait pas tutoyé et ne l'aurait pas laissé seul dans son bureau si cela n'avait pas été le cas. Peut-être que sa nouvelle vie à la Cour ne serait pas aussi terrible qu'elle l'avait craint, après tout.

3

Benedictus se massa la nuque avec une grimace. Trois jours de voyage et une nuit occupée à s'informer de tout ce qui s'était passé en son absence mettaient ses articulations à la torture. En s'étirant, il sentit tout le poids de ses trente-deux ans. Il avait réussi à dormir un peu, assis à son bureau, mais ce n'était pas suffisant et cette position aggravait ses courbatures.

On frappa soudain à la porte et, avant qu'il puisse répondre, Theodore entra. Contrairement à son habitude, il ne souriait pas.

— Où étais-tu ? demanda ce dernier sans préambule.

Benedictus le connaissait depuis bien longtemps. Enfants, ils avaient été en apprentissage ensemble et avaient été adoubés à la même époque. Theodore était l'un des rares hommes qui osaient s'adresser à lui comme à un ami – bien que Benedictus n'ait plus ri ou abordé des sujets personnels avec lui depuis des années.

— Je travaille ici depuis hier soir, Theodore.

Ce dernier fronça les sourcils.

— *Theo*, corrigea-t-il.

Benedictus n'avait jamais su pourquoi ce surnom lui tenait tant à cœur. Mais puisque ce détail semblait important pour l'un de ses hommes de confiance, il tentait de s'en souvenir... et échouait bien souvent. Cela semblait faire enrager Theo et, même s'il préférait ne pas chercher à savoir pourquoi, c'était sans doute l'une des raisons qui le poussaient à ne pas s'en souvenir.

Ce matin, son compagnon paraissait encore plus contrarié que d'habitude par cet oubli. Il croisa les bras, ses épais sourcils froncés.

— As-tu au moins rendu visite à ta femme ?

Sa femme. Benedictus sentit son cœur s'agiter en pensant à elle. Adela avait sans doute passé la soirée seule, dormant dans le grand lit qu'il s'était offert quelques années plus tôt ; un luxe superflu, sans doute, mais il ne savait pas vraiment que faire de sa fortune.

Il avait envisagé de la rejoindre, bien sûr, mais n'avait pas été certain de pouvoir se contrôler. Elle avait besoin de temps pour s'habituer à sa nouvelle vie, son nouvel environnement. Elle n'aurait que faire de la présence d'un époux désespéré de sentir de nouveau le corps d'une femme contre le sien. Aurait-il seulement pu se montrer doux ou patient avec elle ? Rien n'était moins sûr. Le simple fait de la savoir dans son lit était un tourment. Son cœur se serait arrêté s'il avait dû s'allonger à ses côtés.

Avait-elle été heureuse qu'il ne la rejoigne pas ? Soulagée ? Une part de son esprit espérait que l'effort qu'il avait fourni pour résister à la tentation en avait valu la peine, qu'elle avait pu se détendre un peu, dans ce lieu nouveau. Mais une petite voix, désespérée et qui ne lui ressemblait pas, désirait ardemment qu'elle ait regretté son absence. Pas parce qu'il voulait qu'elle soit triste – il n'était pas aussi insensible et cruel que les gens voulaient bien le croire. Au contraire, il aurait aimé savoir que quelqu'un avait besoin de lui, de sa compagnie, et pas seulement de ses services ou de son talent de diplomate. C'était bien pour cela que sa nouvelle épouse était beaucoup plus dangereuse qu'on pouvait le croire. Il avait travaillé dur pendant des années pour se détacher de ses émotions, pour se moquer de l'opinion publique, et voilà qu'il songeait en permanence à ce qu'Adela pensait de lui. C'était ridicule !

— D'ailleurs, comment as-tu fini *marié* ? Je pensais que la chose ne t'intéressait pas.

Benedictus sursauta. Il avait oublié que Theodore se tenait encore devant lui.

— Lady Adela et moi avons été fiancés pendant des années, répondit-il.

Theo ouvrit de grands yeux. Compréhensible. Benedictus ne parlait à personne de sa vie privée, et il n'avait discuté de ses fiançailles qu'avec ses parents lorsque les négociations avec les Valdu avaient commencé.

— Combien d'années ?

— Dix.

— *Quoi ?* s'écria Theodore avant de secouer la tête. Je pensais que rien ne pourrait encore me surprendre, et tu viens de...

Il paraissait complètement abasourdi.

— Est-ce pour cela que tu n'as jamais... ? Non, je vois bien que tu n'as pas l'intention de répondre à cette question. Pourquoi diable ne t'es-tu pas marié plus tôt, si tu étais promis à Lady Adela depuis tout ce temps ?

— Elle a dix ans de moins que moi.

Son compagnon émit un petit sifflement.

— Je comprends. Elle devait encore être une enfant quand les fiançailles ont été décidées.

Benedictus tressaillit. L'idée d'avoir prévu d'épouser une « enfant » lui avait toujours donné la nausée. Hélas, cela avait dû être pire encore pour elle. Elle avait grandi en sachant qu'elle allait s'unir à un homme bien plus âgé qu'elle, un homme que tout le pays décrivait comme un monstre sans cœur. Un homme issu d'une longue lignée de seigneurs intransigeants, dont la famille s'était hissée au sommet à coups de griffes depuis des années sans se soucier des ravages laissés sur leur passage.

Il aurait pu la libérer de ces éternelles fiançailles, lui permettre de trouver un époux de son âge, s'il n'y avait pas eu cette satanée guerre et si Edward n'avait pas eu besoin d'autant d'argent. Il ravala sa salive.

Pour une raison qu'il ne s'expliqua pas, l'éclat de ses grands yeux verts se dessina devant lui. Elle avait un regard si confiant, si innocent. Clairement, Adela avait besoin d'un protecteur capable d'assurer sa sécurité. S'il ne l'avait pas épousée, elle aurait pu tomber entre les mains de quelqu'un de pire, quelqu'un qui aurait détruit sa naïveté sans le moindre remords. Ou bien quelqu'un qui aurait vu cette étincelle de vie en elle et l'aurait étouffée par pur désir de domination.

Assailli par une nouvelle douleur, il se massa la poitrine. Sans doute était-ce à cause de la mauvaise nuit qu'il venait de passer, avachi dans son fauteuil au lieu de s'étendre sur un matelas de plume. Quoi qu'il en soit, cela n'avait absolument rien à voir avec l'idée qu'Adela aurait pu finir entre les griffes d'un autre homme ou la culpabilité qu'il ressentait à l'idée de l'avoir laissée seule durant ses premières heures au château. Il n'avait pas l'habitude de se sentir coupable, de regretter ses choix et ses actions. Si jamais il laissait ce serpent insidieux s'installer dans son cerveau, il risquait de perdre la tête, hanté par le remords d'une vie de décisions difficiles.

En face de lui, Theodore fronçait toujours les sourcils.

— Quoi qu'il en soit, tu devrais tout de même passer du temps avec ta femme, Ben. Elle a peut-être grandi, mais elle est toujours aussi innocente et elle a besoin de soutien. Tu es la personne la mieux placée pour lui apporter cela.

Benedictus se massa le front.

— Je lui ai dit qu'elle aurait mieux fait de rester chez ses parents. Elle a refusé de m'écouter. Je sais que je ne suis pas un mari idéal, que je ne peux pas lui accorder toute l'attention qu'elle mérite. J'ai un pays à diriger et je n'ai pas le temps de me préoccuper de ma vie conjugale. Elle aurait été plus heureuse là-bas...

— Ce n'est pas une excuse, Ben ! coupa Theodore, les dents serrées.

Étrange. Il ne se mettait pourtant pas souvent en colère. Benedictus l'appréciait justement pour son calme et son pragmatisme. Mais son ami paraissait réellement contrarié par ce mariage.

— Je sais que tes parents ne sont pas le meilleur exemple de...

C'était assez !

Cette fois, Theo avait franchi la ligne rouge.

— Le mariage de mes parents n'est pas un sujet que je souhaite aborder avec toi.

Son compagnon émit un petit *tssk* agacé.

— Je n'allais pas en parler, répondit-il, juste te faire remarquer qu'ils ne t'ont jamais montré à quoi pouvait ressembler une union harmonieuse.

Son regard s'adoucit soudain.

— Medea me rend très heureux, tu sais.

Benedictus compta lentement jusqu'à dix dans sa tête. Il savait que le bonheur de Theodore était complet, écœurant. Ce dernier passait sa vie à sourire et à contempler son épouse avec adoration dès qu'il la croisait – à croire qu'un instant passé loin d'elle équivalait à une éternité de solitude. C'était un comportement stupide venant d'un homme adulte, en particulier un guerrier renommé et un grand chevalier comme lui.

Benedictus, lui, savait qu'il n'était pas destiné à ressentir ce genre de choses. Il avait un esprit pratique, logique, et ne se voyait pas passer des heures à contempler amoureusement une femme – fût-elle son épouse. Seuls les idiots agissaient ainsi.

D'un autre côté, il aurait sans doute dû la retrouver dans sa chambre, la veille. Il n'était pas sauvage au point de ne pas savoir contrôler ses réactions. Dormir sur son propre matelas aurait été bien plus confortable que sommeiller à son bureau, et cela lui aurait aussi permis de s'assurer qu'Adela se portait bien. Oui, il avait pensé à elle depuis la veille, seule dans ce château inconnu, et bien plus souvent qu'il n'était prêt à l'admettre ! Il s'était même levé plus d'une fois pour aller la rejoindre, avant de se souvenir que la sécurité du royaume était sa priorité et qu'il n'avait pas le temps de se préoccuper d'une jeune femme qu'il n'avait pas voulu amener ici. D'ailleurs, Theodore aurait dû lui aussi se soucier du royaume avant tout.

— Ma femme ne te concerne en rien, déclara-t-il.

— Elle est toute seule dans un lieu qu'elle ne connaît pas, Ben.

— *Benedictus*, corrigea-t-il sèchement.

Ce surnom ridicule commençait sérieusement à user sa patience.

— Pardon ?

— Tu aimes que l'on réduise ton prénom à une seule syllabe, pas moi.

— D'accord, répondit Theo en se passant la main dans les cheveux. Et... pour Lady Adela ?

— Je lui ai suggéré de demeurer sous le toit de son père. Elle tenait à venir à Windsor, bien que je lui aie expliqué que je n'aurais pas de temps à lui accorder.

Mais le lui avait-il présenté ainsi ? Peut-être n'avait-il pas été assez clair sur les raisons qui le poussaient à vouloir rentrer seul à la Cour. Certes, il lui avait dit qu'elle ne devait pas venir à Windsor. Ce n'était pas sa faute, si elle avait été trop obstinée pour écouter. Bien sûr, il aurait dû résister avec plus de force, la raccompagner chez son père et lui ordonner d'y rester ; mais étrangement, il ne l'avait pas fait. Il s'était trop laissé influencer par l'insistance d'Adela à rester auprès de lui pour réfléchir à la question. Il avait été flatté – l'émotion la plus vaniteuse et sotte du monde. En temps normal, il abhorrait les gens qui tentaient de le complimenter. Adela avait réussi à lui faire baisser la garde… C'étaient ces fichus yeux verts qui l'avaient fait fléchir ! Ils retenaient trop son attention et savaient atteindre quelque chose en lui qu'il croyait mort depuis longtemps. Et il restait convaincu qu'un drame avait dû se passer au château des Valdu. Une chose si atroce que sa femme avait eu hâte de s'en aller et avait su le convaincre de l'emmener, même si son bon sens lui criait que c'était une mauvaise idée.

Oui, il avait agi en idiot. Comme tout le monde, Adela voulait simplement obtenir quelque chose de lui et pas uniquement être *avec* lui. Elle avait été prête à tout pour s'éloigner de sa famille, et il la comprenait. Lui-même avait voulu quitter ses propres parents dès qu'il en avait eu la possibilité… mais ce n'était pas la question. Il aurait dû s'endurcir face à elle.

En temps normal, il était plutôt doué pour ignorer la voix de son cœur. Il aurait dû refuser de l'amener ici. Malheureusement, il ne l'avait pas fait et ils allaient devoir en subir les conséquences tous les deux.

— L'Angleterre ne tombera pas aux mains des Français juste parce que tu auras passé une matinée avec ta nouvelle femme.

— Tu n'en sais rien, Theod… Theo. Tu n'as pas conscience de toutes les informations qui passent par ce bureau à toute heure du jour. Je dois à tout prix me tenir prêt, sans quoi le royaume s'écroulera.

Theodore eut une moue contrariée.

— Cette responsabilité ne pèse pas uniquement sur *tes* épaules, Benedictus. Le roi est à la tête du pays, pas toi. Et Edward ne me semble pas très inquiet, n'est-ce pas ? Apparemment, Philippa et lui s'amusent beaucoup à Anvers, et rien ne nous pousse à croire qu'il a des ennuis. Peut-être devrais-tu t'inspirer de son insouciance.

— Méfie-toi de tes paroles, Theo. Ces mots pourraient dangereusement sonner comme une trahison.

Son ami leva les yeux au ciel. Sans doute devinait-il que cette menace vide n'était qu'un artifice pour détourner son attention. Benedictus sentit son visage s'empourprer. Il était habituellement plus subtil que cela.

— Le roi m'a confié les rênes de son gouvernement, reprit-il avec fermeté. Je dois à tout prix m'assurer que l'Angleterre reste hors d'atteinte des Français jusqu'à son retour. Les Monceaux n'échouent jamais.

Theodore le dévisagea un long moment, et Benedictus fit de son mieux pour rester impassible. C'était lui qui faisait frémir les autres, pas l'inverse.

— Mais, ta femme… Tu n'es marié que depuis… Cela ne peut pas faire plus de trois jours.

— La cérémonie a eu lieu avant-hier, dit-il en guise de confirmation, et je ne vois pas quel rapport cela aurait avec mon travail.

Theodore soupira et se leva de son siège.

— Si tu ne comprends réellement pas que ce que tu fais est mal, je ne peux pas t'aider.

Comment osait-il ? C'était de l'insubordination pure et simple !

— Je n'ai pas besoin d'aide, trancha-t-il.

— Nous verrons bien.

Theo se dirigea vers la porte en se massant le bas du dos avec un soupir.

— Tu devrais aussi remplacer ce banc. Il est encore plus dur qu'une pierre.

— Il n'est pas fait pour être confortable. Je ne veux pas que mes visiteurs se détendent. Lorsque quelqu'un entre ici, j'ai besoin qu'il reste alerte et éveillé.

Theodore se retourna avant de sortir. Son regard trahissait un étrange mélange de pitié et de colère.

— Benedictus, les hommes qui entrent ici te sont tous loyaux. Ce sont les meilleurs chevaliers du royaume. Ne penses-tu pas que tu leur dois au moins un semblant de confort ?

Il ne répondit pas et regarda son ami quitter la pièce, refermant doucement la porte derrière lui. Il reprit ensuite la lecture du rapport qu'il avait abandonné, mais les mots semblaient danser devant ses yeux. Il se tapota les joues dans l'espoir de retrouver sa concentration. Cela n'aida pas. Au bout d'un moment, il se leva. Une courte marche lui ferait peut-être du bien...

4

Adela croisa les mains sur ses genoux, puis les décroisa. Elle se leva, alla jusqu'à la fenêtre pour contempler la cour du château. Une foule de personnes s'agitait en bas. Des gens qui avaient un but, un travail à faire... Son estomac se noua. Voilà qu'elle se retrouvait de nouveau piégée dans une chambre tandis que le reste du monde vivait au-dehors, sans se douter de sa présence. Elle était aussi seule ici qu'elle l'avait été dans la demeure de son père. Elle n'avait fait qu'échanger une prison contre une autre – certes, plus confortable, mais cela restait une cage.

Soudain, la porte s'ouvrit dans son dos et se referma bruyamment.

Son cœur bondit et elle se figea, sans plus voir le paysage qui s'étalait sous ses yeux.

— Lady Adela, j'espère que vous vous portez bien, gronda la voix basse de son époux à travers l'espace qui les séparait.

Elle se retourna lentement. Sir Benedictus se tenait bien sur le seuil, et sa présence écrasante parut emplir toute la pièce.

— Oui, très bien, je vous remercie. Et vous ?

Ces mondanités la firent presque grimacer. Elle aurait voulu lui demander quelle tâche si importante l'avait tenu éloigné d'elle durant sa première nuit à Windsor, exiger qu'il lui accorde un peu d'attention, ou savoir ce qu'elle était censée faire maintenant qu'elle était ici. Hélas, les paroles semblèrent se coincer dans sa gorge et refusèrent obstinément de sortir.

Sir Benedictus s'éclaircit la voix.

— Parfait, dit-il. J'en suis heureux. Avez-vous bien dormi ?

Oh ! quelle torture ! Le peu d'intimité qu'ils avaient forgé durant leur voyage s'était évaporé, ne laissant qu'une gêne insoutenable entre eux.

— J'ai très bien dormi.

C'était faux. Elle avait à peine fermé l'œil. Elle avait attendu son époux pendant des heures puis, voyant qu'il ne venait pas, avait tourné dans son lit, trop inquiète pour se détendre. Elle avait réussi à somnoler aux premières heures de l'aube et avait été réveillée peu après par l'animation qui s'était emparée du château. Une animation routinière à laquelle elle ne participait pas. Seulement, bien qu'elle lui ait promis d'être toujours franche avec lui, son orgueil l'empêcha d'admettre tout cela.

Son mari examina la chambre en détail, comme pour éviter d'avoir à croiser son regard.

— Vous devriez descendre à la grande salle, tout à l'heure. Tout le monde y sera.

De nouveau, le cœur d'Adela se mit à battre plus vite contre ses côtes.

— Vous aussi ? demanda-t-elle, pleine d'un espoir nouveau.

Il hésita un instant.

— Non. J'ai des choses à faire. Mais mes hommes surveilleront les lieux à ma place.

Elle n'était pas déçue. La douleur qui se referma autour de sa poitrine n'avait rien à voir avec le fait que cet homme n'avait aucune intention de passer du temps avec elle cet après-midi non plus. Elle était simplement anxieuse à l'idée de rencontrer de nouvelles personnes, alors qu'elle avait si peu l'habitude de ce genre de chose.

— Que font les gens, là-bas ?

Elle avait du mal à imaginer à quoi pourrait ressembler une telle assemblée.

Sir Benedictus haussa les épaules.

— Ils échangent des potins, commentent les rumeurs, tentent des manœuvres politiques. La grande salle est le lieu où sont censées se dérouler les affaires de l'État, mais je vous avoue que j'ai rarement eu l'occasion de voir des décisions majeures prises là-bas.

— Et qu'y ferai-je, *moi* ?

— Il y aura beaucoup de femmes présentes. Vous pourrez profiter de cette occasion pour les rencontrer et vous lier avec elles.

Adela ouvrit la bouche pour lui signaler qu'elle ne savait pas comment s'y prendre, mais Sir Benedictus semblait croire que leur conversation était terminée. Il hocha la tête, murmura « Bon » pour lui-même, et quitta la chambre aussi brusquement qu'il y était entré. De nouveau, Adela se retrouva seule, et elle ne savait toujours pas comment elle allait bien pouvoir faire de son mariage un succès...

Piétinant près de la porte de la grande salle, Adela se frotta nerveusement les mains. Le brouhaha qui régnait à l'intérieur était assourdissant. Tous ces gens seraient certainement trop occupés pour remarquer l'arrivée d'une petite femme insignifiante comme elle ; elle ne trouvait cependant pas le courage de franchir le seuil. Dans la chambre de son époux, l'idée de venir ici lui avait semblé bonne. À présent qu'elle se trouvait là, dans le hall, cela lui faisait hélas l'effet d'une épreuve insurmontable.

La matinée s'était écoulée avec une lenteur tristement

familière. Adela était tellement rompue à l'ennui et à l'inactivité qu'elle avait failli abandonner la lutte et laisser les heures défiler sans résister, comme elle l'avait si souvent fait par le passé. Puis, Sir Benedictus était arrivé et voilà qu'elle suivait ses ordres à la lettre – sans même savoir comment elle était censée accomplir la mission qu'il lui avait confiée. Rencontrer des gens ? Se lier avec eux ? Comment aurait-elle pu en être capable, elle qui ignorait tout des relations sociales ?

Elle avait envisagé de lui désobéir. Descendre seule à la grande salle était trop difficile pour elle. Seulement, les premières heures du jour avaient été si interminables qu'elle avait fini par décider d'entamer sa nouvelle vie à Windsor sans son époux, puisqu'il ne semblait pas disposé à passer du temps avec elle. Elle s'était juré de ne plus jamais se laisser enfermer dans sa chambre après son mariage, de goûter enfin au sel de l'existence. Elle avait donc rassemblé son courage et avait suivi les voix des courtisans dans l'escalier, au milieu des couloirs tortueux du château.

Hélas, maintenant qu'elle était là, qu'elle avait décidé de mettre fin à sa solitude, ses pieds refusaient de bouger davantage.

Elle commença à tourner les talons. La chambre de son époux était chaleureuse, paisible... Personne ne lui avait encore fait de mal, là-bas. Personne n'était même venu la déranger. Elle allait y retourner et reviendrait à la grande salle quand elle aurait repris confiance en elle. Une journée ou deux d'isolement supplémentaires ne changeraient rien pour elle...

— Lady Adela !

Elle se figea. Personne, à la Cour, ne connaissait son nom ; mais cette voix était bien trop enjouée pour appartenir à son époux. Elle fit volte-face et vit Sir Theodore approcher d'un pas vif.

— Sir Theodore, bonjour, dit-elle. J'espère que vous vous portez bien en ce bel après-midi.

La politesse qu'on lui avait inculquée de force depuis son enfance surpassa sa timidité naturelle et elle parvint à prononcer ces quelques mots sans bafouiller.

— Très bien, répondit-il. Étiez-vous en chemin pour la grande salle ?

Il indiqua d'un geste l'immense pièce qui s'ouvrait près d'eux.

— Permettez-moi de vous présenter ma femme. Elle a hâte de vous rencontrer.

— Oh ?

Personne n'avait jamais eu *hâte* de lui adresser la parole, auparavant.

— Oui. Elle n'arrive pas à croire que Ben se soit enfin marié...

C'était donc cela. On désirait la voir, car elle était un objet de curiosité. Sa déception dut se lire sur son visage, car Sir Theodore perdit un instant son sourire.

— Bien sûr, Medea est une personne très amicale, et pas aussi maladroite ou ridicule que moi, reprit-il d'un air un peu gêné. Elle saura vous présenter à toutes les personnes importantes de la Cour.

— Oh ! je...

Elle fut tentée de lui avouer qu'elle avait l'intention de remonter dans la chambre de Sir Benedictus, pour ne gêner personne, mais Theodore ne lui en laissa pas le temps. Il la devança sur les dalles du hall et elle dut presser le pas pour ne pas se laisser distancer.

— Je tiens à vous dire que Ben a un grand cœur, même si cela ne se voit pas de prime abord, murmura-t-il en la guidant au milieu de la foule. Il est honnête et honorable, sous ses dehors frustes. Je suis certain qu'il saura être un époux fort loyal, à défaut d'être aimant.

Adela ne sut que répondre à cette confidence et garda le silence. Tant que Sir Benedictus ne se montrait pas brutal ou cruel, elle était certaine qu'ils trouveraient un moyen de s'entendre. Après tout, ce n'était pas comme si elle s'était attendue à tomber *amoureuse* de son mari ou à trouver le bonheur à ses côtés. Tous ses espoirs en la matière reposaient sur les enfants qu'elle espérait avoir un jour – mais comment cela pourrait-il arriver si Benedictus refusait de passer du temps avec elle ?

Theodore s'approcha enfin d'une jeune femme à la chevelure impressionnante et indomptable. Ils échangèrent un regard si intense, si tendre, qu'Adela dut se détourner, le cœur serré.

— Lady Adela, permettez-moi de vous présenter ma femme, Lady Medea.

Celle-ci lui adressa un grand sourire et la tension qui étreignait Adela depuis le matin s'effaça sous la bonté de ses yeux.

— Appelez-moi simplement Medea et, si vous n'y voyez pas d'inconvénient, vous serez aussi juste Adela pour moi.

Elle la dévisagea comme si elle craignait de l'avoir offensée, et Adela s'empressa de hocher la tête. Elle n'avait encore jamais rencontré quelqu'un d'aussi ouvertement amical au premier contact. Elle sut tout de suite qu'elle allait beaucoup aimer cette femme.

Sans doute rassurée, Medea sourit.

— Parfait ! Je suis certaine que nous allons devenir de bonnes amies. J'ai hâte d'en apprendre plus à votre sujet, mais nous devrions sans doute attendre d'être dans un lieu plus intime pour nous confier… Pour l'heure, j'aimerais vous présenter à quelques personnes. Plus vite vous saurez comment se passe la vie à la Cour, plus vite vous pourrez vous y sentir chez vous.

Sans lui laisser le temps de répondre, elle lui prit le bras et entreprit de la guider à travers les groupes qui discutaient dans l'immense salle. Sir Theodore dut s'éclipser à un moment, si discrètement qu'Adela s'en rendit à peine compte.

— Je vais devoir annoncer à tout le monde que vous êtes l'épouse de Sir Benedictus, expliqua Medea. Je crains de ne pas avoir le choix, et cela risque de faire de vous le centre d'attention. Certaines personnes seront simplement curieuses de savoir comment vous avez réussi à vous unir à un homme aussi puissant ; d'autres tenteront de vous aborder dans l'espoir de se rapprocher de votre mari... Sachez que peu de gens, ici, seront réellement sincères avec vous. C'est l'un des inconvénients majeurs de la Cour.

Adela n'osa pas admettre qu'elle n'aurait su distinguer une personne sincère d'un œuf dur. Elle se contenta de hocher la tête de nouveau et se laissa entraîner dans une exploration stupéfiante de la grande salle et des courtisans qui y naviguaient. Lorsque les serviteurs vinrent enfin dresser de longues tables au fond de la pièce pour le souper, Adela était épuisée. Jamais encore elle n'avait entendu autant de mots en une seule journée – ou même de toute sa vie. Sans Medea, elle aurait été perdue et aurait sans doute décidé de ne plus jamais quitter la chambre si rassurante de Sir Benedictus.

— D'après tout ce que j'ai pu constater, cet après-midi, il semblerait que je ne puisse réellement me fier à personne, dit-elle lorsque sa nouvelle amie l'entraîna dans un coin à l'écart.

Medea éclata de rire.

— On s'habitue à la vie de Cour. Lorsque je suis arrivée à Windsor, j'étais perdue. À présent, j'apprécie tous ces complots politiques et ces faux-semblants.

— Vraiment ?

Adela avait du mal à imaginer qu'elle pourrait un jour

aimer ces interminables conversations au sujet de la France et des activités du roi à Anvers. Elle avait eu tant de mal à suivre les opinions de chacun – et *tout le monde* semblait avoir un avis à partager sur la question. Pensait-on réellement qu'elle avait envie de connaître en détail les idées arrêtées du premier venu ?

Medea avait en tout cas eu raison sur un point : dès que la nouvelle de son mariage avec Sir Benedictus avait commencé à circuler, elle était devenue la cible de tous les regards. Après une telle épreuve, elle aurait voulu pouvoir se retirer dans le silence de sa chambre et se reposer. Hélas, cela ne semblait pas être une option : le repas du soir était sur le point de commencer.

En vivant chez son père, elle avait appris que les personnes les plus importantes siégeaient toujours sur une estrade, au fond de la salle, tandis que les autres convives s'entassaient le long des tables les plus proches de la porte. Medea la conduisit à proximité des places d'honneur, choisissant avec tact un banc bien en vue. Des délices tels qu'elle n'en avait encore jamais goûté s'étalaient devant elle, mais son appétit fragile depuis toujours l'avait complètement désertée.

Nombre des convives l'examinaient en mangeant. Un murmure grondant traversait les rangs, né du bout de sa tablée et, bien qu'elle n'ait aucun moyen de savoir de quoi l'on parlait avec tant d'animation, une part d'elle était certaine que son nom devait être prononcé.

Puis, d'un seul coup, l'assemblée se tut.

— Que se passe-t-il ? demanda dans un souffle Medea en levant les yeux de l'assiette qu'elle était en train de remplir avec entrain.

Adela ne répondit pas. Elle en fut incapable. L'air ne parvenait même plus jusqu'à ses poumons.

Sir Benedictus venait d'apparaître à la porte. De toute évidence, les regards qui le suivaient ne le préoccupaient pas et il garda la tête haute. Il examina la foule de convives. Le cœur d'Adela bondit lorsque ses yeux se posèrent sur elle. D'un seul coup, il s'approcha avec assurance. Ses grandes enjambées dévorèrent rapidement l'espace qui les séparait. Si les conversations reprirent, Adela ne s'en rendit pas compte.

Son cœur s'emballa, hors de contrôle. Lors de leur voyage en pleine campagne, Benedictus lui avait fait l'effet d'un homme puissant, imposant ; mais ici, à la cour de Windsor, sa présence devenait encore plus écrasante. Si elle ne l'avait pas connu, elle aurait pu croire qu'elle se trouvait face au roi d'Angleterre en personne.

Très vite – trop vite –, il fut près d'elle. Elle dut redresser la tête pour pouvoir croiser son regard. Ravalant sa salive, elle subit son examen solennel. Ses yeux, si sombres, ne lui permettaient pas de savoir s'il était contrarié ou heureux de la voir ici, et le froncement perpétuel de ses sourcils ne trahissait pas la moindre émotion.

— Lady Adela, dit-il de sa voix grave comme un roulement de tonnerre, accompagnez-moi à la table d'honneur.

Sans attendre sa réponse, il tourna les talons.

Incapable de bouger, elle resta clouée à son banc en le regardant s'éloigner. Comment avait-elle pu épouser un tel homme ? Et pourquoi avait-elle tant insisté pour qu'il l'amène ici ? Si elle n'y prenait pas garde, son autorité déroutante allait finir par la broyer...

Medea lui donna un discret coup de coude.

— Rejoignez-le, murmura-t-elle. Vous ne pouvez pas vous permettre de l'insulter devant tous ces gens. Cela le mettrait en rage.

Adela se leva donc et suivit Benedictus d'un pas maladroit. Il se tenait derrière un grand fauteuil richement sculpté et la regardait monter sur l'estrade, les dents serrées. Comme à son habitude, il ne souriait pas. D'un signe du menton, il lui intima l'ordre de s'asseoir sur le siège qu'il avait tiré pour elle.

— Je ne peux pas m'installer là, balbutia-t-elle, troublée par son bras, qui effleura un instant la manche de son époux. C'est la place de la reine.

— Vous êtes ma femme. Si je dois remplacer le roi en son absence, alors vous occuperez le siège de la reine à mes côtés.

Pendant un instant, elle envisagea de s'enfuir en courant. C'était trop ! Elle n'avait pas songé que son mariage avec Sir Benedictus attirerait autant d'attention sur elle. Apparemment, elle avait gravement sous-estimé son importance au sein du royaume. Elle, qui avait toujours été invisible, se trouvait propulsée en pleine lumière. Elle avait presque l'impression d'avoir été transportée dans un autre monde. Elle ne s'étonnait plus de la joie de son père, lorsque l'union de leurs deux familles était enfin devenue officielle. Les Valdu de Yanworth étaient à présent parents par alliance d'un être supérieur... Si elle avait su tout cela, Adela n'aurait sans doute pas été si pressée de fuir son ancienne vie. Hélas, elle l'avait fait et il ne lui restait plus qu'à affronter les conséquences de son choix. Elle ne pouvait plus revenir en arrière.

Il ne lui restait pas d'autre option qu'obéir. Elle se glissa dans le fauteuil et Sir Benedictus le poussa pour qu'elle soit assez proche de la table, avant de s'installer à côté d'elle avec raideur.

À présent qu'elle était assise, elle se rendit compte que le murmure des conversations avait repris dans la salle. Néanmoins, son époux restait aussi silencieux qu'une statue de marbre.

Une assiette propre fut placée devant elle, mais elle ne put que la contempler sans bouger, hantée par une myriade de pensées désordonnées.

— Puis-je vous servir à manger, Lady Adela ? demanda enfin son mari.

Elle se retourna. Il fixait obstinément le plat de viande posé près de lui. Sa mâchoire était si crispée qu'on aurait pu le croire souffrant.

— Oui, merci beaucoup.

— Y a-t-il des morceaux qui vous déplaisent ?

— Je ne sais pas.

— Vous... ne savez pas ?

Il parut attendre qu'elle s'explique puis, comme elle ne disait rien, entreprit de déposer un peu de tout dans son assiette avant de se servir à son tour.

— Les gens sont-ils toujours aussi intrigués par ce qui se passe à la table d'honneur ? demanda-t-elle lorsqu'elle retrouva l'usage de sa voix.

— Non. C'est vous qui attisez leur curiosité.

— Oh.

— Ne vous en faites pas. Cela passera.

Elle piqua sa fourchette dans un morceau de venaison et parvint à avaler quelques bouchées avant que Sir Benedictus reprenne la parole :

— Je voulais vous dire... Les petits changements de décoration que vous avez effectués dans la chambre... sont... bienvenus.

Une pointe de plaisir furtive la traversa.

— Merci.

— Avez-vous brodé la tapisserie que vous avez disposée au mur vous-même ?

— Oui. Mais ce n'est qu'un bout de tissu que j'ai un peu agrémenté...

Seigneur ! Était-elle donc incapable de concevoir une phrase complète ? Il devait la trouver stupide !

— Vous avez beaucoup de talent.

Un flot de chaleur l'envahit à ces mots. Personne ne lui avait encore fait un tel compliment.

— C'est très gentil à vous, mais ces détails si élaborés sont à mettre sur le compte du temps libre que j'ai dû occuper comme je le pouvais, ces dernières années, je le crains.

Voilà. Elle avait réussi à articuler une réponse complète – même si elle devait lui donner l'air d'être un peu ennuyeuse. Sir Benedictus dirigeait le pays, et elle brodait des carrés de tissu à peine assez grands pour lui servir de capuchon. Leurs existences n'auraient pas pu être plus opposées.

— Je suis rarement gentil, Lady Adela, et je suis certain que beaucoup de personnes vous l'ont répété, aujourd'hui. Si je dis que vous avez du talent, c'est parce que je le pense sincèrement.

— Merci, répéta-t-elle.

Benedictus hocha la tête et entreprit de couper sa viande avec une précision méthodique. La force de ses mains provoqua un étrange frémissement au creux de l'estomac d'Adela ; un frémissement qui n'avait rien à voir avec la faim.

Elle ravala sa salive de nouveau, péniblement. Elle était venue à Windsor pour entamer une nouvelle vie, pour se montrer courageuse et vivre une aventure... Mais voilà qu'elle agissait exactement comme elle l'avait toujours fait : elle se montrait timide, docile, n'osant pas prononcer le moindre mot tant que l'on ne s'adressait pas à elle. Il fallait qu'elle se reprenne. Elle devait embrasser cette nouvelle existence, comme elle se l'était promis durant son enfance, enfermée dans sa chambre et rêvant d'évasion.

— Comment s'est passée votre journée ? demanda-t-elle sans se laisser le temps de changer d'avis.

Benedictus se figea, sa fourchette presque à la hauteur de sa bouche.

— Elle a été... intéressante.

— Pouvez-vous me parler de vos activités ?

Il réfléchit un instant.

— Pas vraiment, non.

— Oh.

— N'y voyez rien de personnel, reprit-il. Je ne peux discuter des affaires de l'État avec personne, pas même mon confesseur.

— Bien sûr. Que faites-vous donc, toute la journée ? Je ne vous demande pas de détails, bien entendu. Des généralités me suffiraient. En toute honnêteté, je n'ai aucune idée de l'étendue de vos responsabilités.

Il s'éclaircit la voix d'un air un peu gêné.

— De manière générale, mon rôle est de rassembler des informations et de les communiquer au roi lorsque cela me paraît utile.

— Oh ! répéta-t-elle, un peu embarrassée.

Elle mordit dans un morceau de pain, avant d'ajouter :

— Je ne suis pas certaine de bien comprendre...

— Disons par exemple que vous avez un secret. Dans ce cas, je serais très curieux de le découvrir. Et si ce secret était que...

Il agita son couteau d'un air vague.

— ... vous n'aimez pas m'entendre chanter, alors je ne m'en soucierais pas davantage. En fait, je souhaiterais même que vous gardiez pour vous votre opinion au sujet de mes talents de chanteur.

Surprise par cette remarque aux airs de plaisanterie, elle sonda son visage à la recherche d'une pointe d'humour, mais n'en décela pas.

— D'un autre côté, si ce secret était que vous avez pour projet de voler un sac de grain à l'écurie, alors il m'intriguerait au plus haut point.

— Que ferais-je d'un sac de grain ?

— Vous pourriez vouloir l'échanger contre une chose que vous désirez, ou bien tenter de faire porter la responsabilité du vol sur quelqu'un d'autre. Quelles que soient vos éventuelles motivations, tout ce qui peut gêner la bonne marche de Windsor me gêne personnellement.

Elle prit une autre bouchée de pain, songeuse.

— Et comment rassemblez-vous ces informations ?

— De nombreuses personnes travaillent pour moi. Ces gens restent à l'affût des événements, des rumeurs, et me les rapportent. Mon travail consiste à séparer les faits des inventions. En l'absence du roi, j'ai également d'autres tâches à accomplir, et je serai probablement très occupé jusqu'à son retour.

C'était une autre manière de lui signifier qu'il n'avait pas de temps à lui consacrer, mais elle ne se laissa pas décourager. Il pensait peut-être l'avoir beaucoup délaissée depuis leur arrivée, mais le peu d'attention qu'il lui avait déjà accordé était énorme pour elle. Aucun membre de sa famille n'avait jamais parlé avec elle aussi longtemps que lui, pendant cet unique repas.

Le silence s'installa néanmoins de nouveau entre eux, et le souper se poursuivit. Adela chercha désespérément un autre sujet de conversation – n'importe lequel ! Malheureusement, son esprit restait vide tandis que les convives bavardaient joyeusement autour d'elle. Elle pria pour que personne ne se rende compte de leur malaise, tout en ayant conscience que la plupart des regards restaient tournés vers eux.

Après ce qui lui parut durer une éternité, on retira la viande pour la remplacer par d'autres plats étranges garnis d'éléments colorés comme des fruits. Elle toucha l'un d'entre eux du bout du doigt. C'était mou et délicieusement parfumé.

— Avez-vous déjà mangé ceci ? demanda Benedictus en la regardant enfin.

— Non. Qu'est-ce que c'est ?

— C'est de la pâte d'amande façonnée pour ressembler

à des fruits. La reine en est particulièrement friande. Essayez donc.

Elle prit l'une des friandises et la goba. La douceur sucrée lui envahit la bouche et elle ferma les yeux, étouffant un gémissement de plaisir. Jamais encore elle n'avait mangé quoi que ce soit d'aussi bon ! Elle aurait voulu s'en nourrir toute sa vie durant, sans jamais s'arrêter.

— Cela vous plaît ?

Elle rouvrit les yeux et contempla son époux. Pour la première fois depuis leur rencontre, il ne semblait pas sévère. Un fantôme de sourire dansait sur ses lèvres. Adela sentit son cœur bondir d'une manière inexplicable.

— Oui, beaucoup !

— Tant mieux. Vous m'en voyez ravi.

Ce n'était pas grand-chose. Si quelqu'un avait espionné leur conversation, il n'aurait pas pu deviner qu'un événement spécial venait de se produire. Mais pour Adela, ce souper fut une immense victoire. Son époux, si austère, avait souri – et elle en était la cause. Elle décida immédiatement de faire tout son possible pour le faire sourire de nouveau. Il lui suffirait de se montrer plus audacieuse et de laisser le destin la conduire.

Adela mangea un autre fruit en pâte d'amande et ferma de nouveau les yeux. Benedictus tenta de se détourner d'elle. Il ne voulait pas que tout Windsor sache à quel point il avait du mal à s'arracher à cette contemplation – car tout le monde les observait, c'était certain.

Un deuxième gémissement échappa à son épouse et il s'agrippa à la table, les dents serrées. Était-il atteint de fièvre ? Plongeait-il dans le délire ? Elle n'était pas la première femme à qui il adressait la parole, ni même la première dont il ait été si proche, et pourtant nulle autre n'avait eu une telle influence sur son corps. Il parvint enfin à détourner les yeux et contempla son assiette vide comme si elle pouvait lui apporter des réponses. Évidemment, cela ne fonctionna pas. Ce spectacle n'était d'ailleurs pas assez intéressant pour retenir son attention et il jeta un nouveau coup d'œil à Adela. Elle prenait son temps pour savourer les friandises. On aurait presque pu croire qu'elle craignait de ne plus jamais pouvoir en manger. Qu'avait donc été sa vie, avant leur rencontre ? Sa famille était pourtant riche et Adela n'avait sans doute pas été privée de ce genre de petits plaisirs. Pourtant, elle agissait comme si cela avait été le cas, comme si chaque expérience était une découverte pour elle.

Il chercha désespérément quelque chose à lui dire, ne serait-ce que pour voir ces beaux yeux verts se poser sur lui encore une fois, mais ne trouva rien. Il n'avait pas l'habitude de discuter tranquillement avec des gens ; chacune de ses conversations, ces dernières années, avait été directe, servant un but bien précis. Il n'essayait pas de mettre ses interlocuteurs à l'aise. Il n'en voyait pas l'utilité. À ses yeux, on pouvait choisir de lui parler franchement ou non, et il n'avait pas de temps à perdre avec ceux qui hésitaient. Mais Adela était différente. Il ne voulait pas l'effrayer et désirait ardemment entendre ces doux murmures de plaisir de nouveau. Oh ! ce n'était pas bon signe ! Si jamais elle se rendait compte qu'elle avait le moindre pouvoir sur lui, elle risquait de s'en servir à son avantage.

— Je dois vous laisser, annonça-t-il abruptement.

Elle se retourna et une émotion qu'il ne sut déchiffrer passa comme un éclair dans son regard.

— Avez-vous encore du travail ?

— Oui.

Non. Pas vraiment, en tout cas ; mais il ne supportait plus de rester assis près d'elle, en proie à un trouble incontrôlable. Cette envie de la toucher, ce besoin d'entendre ses soupirs, cette lutte pour trouver un sujet de conversation… C'était trop pour lui.

— Vous travaillez dur…

Il n'entendit pas de critique dans sa voix, pas de colère ou de contrariété à l'idée d'être ainsi abandonnée. Hélas, cela ne suffit pas à étouffer la pointe de culpabilité qui l'envahit.

— Oui, je suis très occupé.

Elle baissa les yeux, concentrant de nouveau toute son attention sur le plat de confiseries.

— Dans ce cas, je vous souhaite une bonne nuit.

Il se sentit étrangement seul, maintenant qu'elle ne le regardait plus.

— Bonne nuit, Lady Adela. J'espère que vous dormirez bien.

Sur ce, il quitta la grande salle sans se retourner vers sa femme, de peur qu'un seul coup d'œil dans sa direction ne le pousse à se ridiculiser en présence de toute la Cour. Car il sentait bien qu'au moindre encouragement d'Adela, au moindre signe qui aurait pu lui laisser penser qu'elle apprécierait son contact, il aurait été incapable de s'empêcher de la prendre dans ses bras pour la porter jusqu'à sa chambre.

[illegible] pour [illegible]
C'est bien joué. [illegible]
— Vous travaillez dur [illegible]
Il ne [illegible] dans [illegible] pas [illegible]
[illegible]
[illegible] petite [illegible] qu'[illegible]
— On [illegible] occupé.
Elle [illegible] les yeux [illegible]
[illegible] Ce qui [illegible]
— D'accord, je vais [illegible]
Il [illegible]
regardait [illegible]
[illegible]
[illegible]
[illegible]
[illegible]
[illegible]
[illegible]
[illegible]
[illegible]
[illegible]

[illegible] pour vous

5

Adela ajusta une dernière fois sa robe et contempla la porte. Sa détermination à se montrer courageuse menaçait déjà de faiblir. Elle se tenait dans le couloir depuis le début de la matinée, regardant des hommes entrer et sortir du bureau de son époux depuis sa cachette, dans un recoin mal éclairé. Dissimuler sa présence était superflu : les hommes qui passaient par là étaient souvent trop préoccupés pour la remarquer. Certains quittaient la pièce presque en larmes et tous étaient plus pâles en partant qu'en arrivant. À présent, presque certaine de trouver Sir Benedictus seul, elle posa la main sur le bois sculpté de la porte, le cœur emballé. Elle se pencha pour presser l'oreille contre le battant. Aucun son ne provenait de l'intérieur. C'était le moment ou jamais. Elle frappa quelques coups avant de perdre toute son assurance.

— Entrez !

La voix puissante de son mari la fit sursauter. Une part d'elle lui criait de fuir, mais elle ne pouvait plus reculer.

Elle poussa donc la porte et entra d'un pas vif, heureuse de savoir que sa jupe cachait les tremblements de ses jambes.

Sir Benedictus ouvrit de grands yeux en l'apercevant. Ceci mis à part, rien ne trahit sa surprise. Il se leva immédiatement.

— Lady Adela. Que puis-je pour vous ?

Elle prit une profonde inspiration.

— Nous sommes mariés, à présent. Je pense que vous pouvez vous permettre de m'appeler simplement Adela.

Elle fut soulagée d'entendre que sa voix était bien plus assurée qu'elle le craignait, comme si elle avait l'habitude de donner des ordres à des hommes qui auraient pu la briser d'une main s'ils l'avaient souhaité. Ses paroles résonnèrent avec fermeté, exactement comme elle l'avait prévu.

Son époux ne sourit pas, mais il ne fronça pas non plus les sourcils.

— Très bien, Adela. Avez-vous besoin d'assistance, ce matin ?

— C'est au contraire moi qui veux vous aider.

Elle tressaillit. Cette partie de son discours n'était pas sortie comme elle l'avait répétée, dans le couloir. Elle n'avait pas eu l'intention de lâcher ces mots si vite. Elle avait au contraire envisagé d'aborder le sujet avec plus de subtilité. Durant sa longue attente, elle avait pesé chaque mot et la manière de le prononcer. Pas une seule fois elle n'avait pensé que ses émotions pourraient prendre le dessus. Son discours avait été intelligent, structuré, détaillant les avantages de sa position à la Cour en tant qu'épouse du dirigeant temporaire du royaume, le fait que tout le monde semblait disposé à lui confier ses pensées les plus secrètes... Mais aucun de ses arguments soigneusement planifiés n'était venu. Cet homme avait un don étrange pour étouffer sa capacité à s'exprimer normalement. Par bonheur, il ne la prit pas pour une folle et ne la chassa pas de son sanctuaire.

Au lieu de cela, il se contenta de se frotter le menton et de demander :

— M'aider comment ?

Elle inspira de nouveau, pour calmer ses nerfs.

— Je pensais à ce que vous me disiez, hier soir, au sujet

des gens qui rassemblent des informations pour vous. J'ai pensé que, peut-être...

Elle s'interrompit, découragée par son regard. Néanmoins, elle n'avait pas fait tout cela pour renoncer sans avoir plaidé sa cause jusqu'au bout.

— J'ai pensé que je pourrais faire cela, moi aussi.

Il ne l'invita pas à poursuivre. Ne l'interrompit pas non plus.

— Beaucoup de gens veulent me parler, juste parce que je suis votre femme, continua-t-elle, enhardie. Pourquoi ne nous servirions-nous pas de cela pour sonder les secrets de la Cour ?

Il se massa de nouveau le maxillaire et le cœur d'Adela se mit à battre plus vite en attendant sa réponse. Comme toujours, elle avait beaucoup de mal à deviner ce qu'il pensait.

— Quels secrets avez-vous l'intention de sonder ?

— Je...

Son but avait été de le convaincre d'adhérer à son plan. Elle n'avait pas réfléchi au-delà de cet objectif ou songé à ce qu'elle pourrait *précisément* faire pour lui. Mais elle était là. Autant continuer.

— Qu'avez-vous besoin de savoir ? demanda-t-elle donc.

Benedictus contempla sa femme un long moment. Les doigts de celle-ci tremblaient dans les plis de sa jupe, seuls signes de sa nervosité. Il avait vu des hommes aguerris reculer devant lui... Adela, si petite et si fragile, aurait pu leur donner des leçons de bravoure. Car elle avait bel et bien peur, il en était certain. Elle était effrayée depuis son arrivée à Windsor et il n'avait rien fait pour la rassurer – il aurait d'ailleurs dû avoir honte de son insensibilité, et ce serait sans doute le cas, quand il aurait pris le temps de réfléchir à ses actions.

D'un autre côté, Theo avait raison : l'Angleterre n'allait pas s'écrouler s'il accordait quelques instants à son épouse. Si elle avait besoin d'un but pour se sentir plus à l'aise à la Cour, et s'il était en mesure de le lui donner, il le ferait. Cela pourrait au moins apaiser la mauvaise conscience qui le torturait sans relâche depuis le jour où il s'était uni à cette jeune femme si naïve. Si on lui avait posé la question, il aurait affirmé qu'il n'avait aucun scrupule, qu'il n'avait pas le temps pour ce genre de choses. Hélas, il semblait qu'il soit incapable de cesser de songer à Adela ou de se demander comment elle allait. C'était particulièrement agaçant…

— Désirez-vous vous asseoir un moment ? demanda-t-il en lui indiquant son propre siège.

— Je peux m'installer ici, répondit-elle en jetant un coup d'œil au banc.

— Je ne vous le conseille pas. Ce siège n'est pas prévu pour être confortable. Approchez.

Elle obéit et, quand elle passa près de lui, les effluves d'un parfum floral l'enveloppèrent, lui embrasant tout le corps. Il aurait voulu se pencher pour mieux l'inhaler, presser ses lèvres dans le creux délicat de son cou, l'effleurer du bout des doigts pour découvrir la douceur de sa peau. Tremblant sous l'effort, il s'obligea à rester immobile. Sans doute se serait-elle enfuie en courant s'il avait fait le moindre geste dans sa direction.

Pour la centième fois, il se rappela qu'il avait fait vœu de ne la toucher que lorsqu'elle cesserait de frémir en sa présence. Il avait passé des années seul, sans prendre d'amante. Il ne mourrait pas s'il s'interdisait tout contact avec elle – bien que sa présence le mette à l'agonie.

Elle s'assit et il la domina de sa haute taille. Il la vit tirer nerveusement sur la manche de sa robe, couvrant ses poignets fins que parcouraient des veines bleutées. Seigneur ! Elle était aussi fragile qu'une fleur des champs, et un seul geste aurait suffi à la casser en deux. Un étrange instinct de protection monta en lui. Si qui que ce soit, à Windsor, tentait de lui faire du mal (ce qui arriverait sûrement, maintenant qu'elle était liée à lui), ce criminel verrait s'abattre sur lui toute l'étendue de sa fureur. Une part de ses pensées dut le trahir, car elle leva soudain les yeux vers lui, avant de baisser précipitamment la tête.

Il se dandina un instant, gêné. Il n'avait pas l'habitude de mettre les gens à l'aise. Il n'était même pas certain d'y parvenir, en cet instant. Adela se tenait trop droite, trop crispée. Il s'écarta donc de quelques pas, lui laissant assez d'espace pour se relaxer.

Il alla s'installer sur le banc, s'attendant à le trouver particulièrement inconfortable, mais fut agréablement surpris. Ce n'était pas aussi pénible que le prétendaient Theodore et ses autres chevaliers. Certes, l'assise était un peu dure, mais cela n'avait rien à voir avec les heures qu'il avait pu passer accroupi au sol pendant ses interminables campagnes militaires. Décidément, ses hommes s'amollissaient. Peut-être ferait-il bien de les emmener dans les bois pour un exercice d'entraînement, afin de leur rappeler ce qu'était l'inconfort. Ils ne le remercieraient pas pour cela, mais ils cesseraient enfin de se plaindre de son banc. Il s'adossa au mur derrière lui et étendit les jambes, les chevilles croisées.

— Comme vous le savez, nous sommes en guerre avec la France, commença-t-il.

Elle se pencha, accoudée à la table, le menton reposant sur ses doigts entrelacés, et il dut réprimer un sourire. Sa petite silhouette, installée à cette place de pouvoir, était adorable.

— Oui, dit-elle avec emphase.

— On m'a rapporté que des navires militaires français avaient été aperçus sur la Tamise.

Ce n'était pas un secret. Cette rumeur parcourait tout le château depuis des jours, mais aucun témoignage digne de confiance n'était encore venu l'étayer, et Benedictus doutait de la véracité de cette affirmation. Un tel geste aurait été audacieux, dangereux. Il n'était pas certain que les Français soient prêts à provoquer le royaume de cette manière – pas encore. Néanmoins, cette fable agitait la Cour, et il n'avait pas besoin de cela. Plus les gens restaient calmes, plus il était facile de les gouverner. Si la panique les prenait, ils ne tarderaient pas à remettre en question les compétences du gouvernement, les *siennes* en l'occurrence, et il ne voulait pas courir le risque d'une révolte. Non seulement un mouvement d'une telle ampleur serait difficile à étouffer, mais ses parents lui en voudraient de ternir le nom des Monceaux en perdant le contrôle du pays, confié par le roi en personne.

— Je dois découvrir qui propage cette rumeur.

Elle le dévisagea d'un air surpris.

— C'est tout ?

— Oui.

— Cela ne semble pas très compliqué.

Il faillit éclater de rire face à son expression indignée, et se mordit la joue pour s'en empêcher. Il n'avait pas ressenti un tel amusement depuis des années, mais se doutait qu'elle n'apprécierait pas que l'on se moque d'elle. Surtout si cela venait de lui.

— Cela ne vous paraît peut-être pas très important, mais je vous assure que ça l'est.

Elle se redressa immédiatement d'un air concentré. Une étrange sensation de chaleur envahit Benedictus. Quelque chose qui s'apparentait au plaisir. Il avait d'autres hommes qui travaillaient déjà sur ce point, et qui possédaient plus d'informations. Qu'Adela découvre quelque chose ou non importait peu, car il savait qu'il pourrait obtenir ses réponses par un autre biais. Il était juste heureux de pouvoir lui donner un but.

Il s'agita malgré lui sur son banc. Quand il comprit qu'il tentait de se mettre plus à l'aise, il se figea. L'assise n'était pas exactement inconfortable mais, maintenant qu'il y pensait, il avait l'impression qu'elle tentait de le torturer lentement. C'était une sensation subtile et il commença à comprendre de quoi ses hommes se plaignaient tant. Bien sûr, il ne leur donnerait jamais la satisfaction de croire qu'il pourrait – éventuellement – être d'accord avec eux. Theodore avait un jour comparé ce banc à un chevalet sur lequel un supplicié était tourmenté à petit feu. Pour être honnête, Benedictus devait bien admettre que ce siège semblait bel et bien vouloir lui causer un maximum de douleur...

— Comment devrais-je m'y prendre ? demanda Adela.

Elle était perchée au bord de son fauteuil, à présent, le regard pétillant d'excitation. Benedictus, qui avait commencé à se concentrer sur sa douleur et plus sur elle, sentit son corps se tendre de nouveau sous la flamme du désir et étouffa un gémissement.

Combien de temps encore allait-il pouvoir tenir ainsi ? Il avait l'impression de redevenir un jeune homme, hanté par ses pulsions. Il ferma les yeux et se rappela avec fermeté pourquoi il s'interdisait de consommer son mariage. Cette femme avait peur de lui, et il aurait été un monstre s'il avait tenté quoi que ce soit avant qu'elle se sente parfaitement à l'aise en sa présence. Elle était aussi trop mince et allait devoir mieux se nourrir s'il ne voulait pas la briser comme un fétu de paille... Bref, il n'avait pas le temps de lui accorder les soins et l'attention dont elle avait besoin. Même lui savait que l'on ne pouvait pas déflorer une pucelle et s'en aller sans un regard en arrière. Oui, il avait tant de raisons de se retenir... et pourtant... ses efforts pour maîtriser son désir devenaient insoutenables. Peut-être pourrait-il repousser ses affaires en cours, le temps de...

— Je suis désolée.

Il rouvrit les yeux, surpris. Pendant quelques atroces secondes, il crut qu'elle avait lu dans ses pensées – mais pourquoi aurait-elle été désolée, dans ce cas ? Ce n'était pas sa faute s'il soupirait après le moindre contact avec elle.

— Pourquoi donc ? demanda-t-il.

— Je ne voulais pas alourdir le fardeau de votre travail.

Benedictus ne put cacher sa perplexité.

— Qu'est-ce qui vous fait penser cela ?

— Vous aviez les yeux fermés et vous aviez l'air de vous résigner à quelque chose de pénible.

Il sentit son visage s'embraser et fut heureux de se trouver à l'autre bout de la pièce. Avec un peu de chance, elle n'allait pas percevoir son embarras. C'était la troisième fois qu'il rougissait devant cette femme – la troisième fois qu'il rougissait, tout court. Et il n'aimait pas cela.

— Je suis juste un peu fatigué. Je vous présente mes excuses. Pour répondre à votre question, les gens semblent intrigués par votre arrivée à la Cour. Laissez-les venir à vous, vous parler, puis venez m'informer de tout ce qui pourrait vous sembler important. Lady Medea pourra vous aider : elle a déjà accompli ce genre de mission pour moi.

Adela se leva d'un bond.

— Très bien. Je vais commencer dès maintenant.

De nouveau, Benedictus fut amusé par son enthousiasme. Il n'avait pas l'habitude de cela et n'était pas certain de savoir pourquoi elle le distrayait tant.

— Inutile de vous presser. Prenez le temps de vous acclimater à la vie de Cour. J'imagine que tout ceci est très différent du monde que vous avez connu jusqu'à présent.

— En effet, répondit-elle. Mais je pense qu'avoir un objectif rendra les choses plus faciles.

Elle contourna le bureau et s'arrêta devant lui. D'une main timide, elle lui effleura la joue et cette caresse furtive lui embrasa tout le corps.

— Vous devriez vous reposer.

Il resta très raide, de crainte de l'effrayer et de briser ce premier contact.

— Je le ferai. Quand la guerre sera terminée.

Elle eut un petit sourire empreint de douceur.

— Cela pourrait être long, Benedictus.

Puis, l'air affolé, elle reprit vivement :

— Puis-je vous appeler ainsi, ou bien préférez-vous... ?

— Benedictus me va très bien.

C'était même plus que bien. Les consonances de son prénom, prononcé par une voix si délicate tandis que les doigts d'Adela reposaient sur sa joue, faillirent lui faire perdre pied.

— Merci, murmura-t-elle.

Seigneur. Était-il à ce point tyrannique que sa femme ressente le besoin de le remercier juste parce qu'il l'avait autorisée à l'appeler par son prénom ? Apparemment, oui. Cela le contraria plus qu'il n'aurait voulu l'admettre. Il n'aurait pas dû s'en soucier ; mais quand son épouse le regardait ainsi, avec tant de bonté, il avait du mal à se souvenir pourquoi il devait toujours se montrer si rude.

— Vous verrai-je au souper ?

— Oui, dit-il. Je serai là. Je suis obligé de me montrer au moins une fois par jour à la Cour, sans quoi l'on penserait que j'ai mystérieusement disparu.

Il vit une étincelle s'éteindre dans les yeux d'Adela et comprit qu'il aurait dû dire qu'il avait hâte de la voir pendant le repas. Il ne pouvait se corriger maintenant, bien sûr. Cela aurait paru maladroit et il ne voulait pas prendre le risque de la blesser davantage.

— À ce soir, donc...

Elle laissa retomber sa main. Il faillit la rattraper, mais se retint. Qu'en aurait-il fait ?

— Oui. À ce soir.

Il n'ajouta rien tandis qu'elle ouvrait la porte et se glissait dans le couloir sans un bruit.

Pénétrer seule dans la grande salle ne fut pas aussi effrayant pour Adela que la veille. D'une certaine manière, avoir une mission à accomplir lui donnait confiance en elle. À moins que ce ne soit sa conversation avec Benedictus dans son bureau. Pour la première fois depuis leur mariage, elle s'était sentie non pas son égale – pas du tout ! – mais un peu plus proche de lui.

Elle avait même eu l'audace de toucher ses muscles tendus, sous sa barbe naissante et douce. Ses doigts avaient fourmillé et il lui avait fallu un gros effort pour ne pas suivre la ligne de sa mâchoire jusqu'à lui caresser le cou, juste sous l'oreille. Aurait-il accueilli avec joie cette marque d'affection, ou bien l'aurait-il repoussée ? Elle ne le saurait jamais car elle n'avait pas eu le courage d'essayer. Néanmoins, elle se sentait de plus en plus brave. Elle avait osé entrer dans son bureau et en était ressortie chargée d'une tâche importante. C'était un progrès énorme pour une femme qui avait toujours vécu dans la peur de son ombre. À présent, tout ce qui lui restait à faire, c'était prouver à Benedictus qu'il avait eu raison de placer sa foi en elle.

Elle n'eut aucun mal à repérer Medea dans la foule qui emplissait la salle. Sa chevelure indomptable la distinguait du reste des courtisans. Adela s'approcha en tentant d'écouter les conversations sur son passage. Elle ne perçut, hélas, qu'un brouhaha indistinct et quelques paroles absurdes, sorties de leur contexte.

— Adela ! lança sa nouvelle amie avec un grand sourire. Quel plaisir de vous voir !

Son cœur s'échauffa devant cet accueil. Medea semblait sincère et Adela sentit une bouffée de bonheur monter en elle. C'était la première fois que quelqu'un paraissait si content de la voir.

— J'aimerais vous présenter quelqu'un, poursuivit Medea. Sir Hendry, approchez.

Un homme, sans doute pas plus âgé qu'elle, s'avança. Le soleil qui se déversait par les hautes fenêtres illuminait ses cheveux blonds, lui donnant l'air d'un ange.

— Sir Hendry, voici la demoiselle dont tout le monde parle, l'épouse de Sir Benedictus. Lady Adela, je vous présente Sir Hendry, qui vient d'arriver du nord de l'Angleterre et est récemment devenu chevalier au sein des armées du roi.

Les yeux bleus de l'homme scintillèrent tandis qu'il l'étudiait.

— Je suis ravi de rencontrer une autre personne nouvelle à la Cour, dit-il. Parvenez-vous à vous habituer à cette vie trépidante ?

Sa voix était chaleureuse, amicale, et son visage avenant attirait les regards éhontés de toutes les femmes qui les entouraient. Néanmoins, quelque chose en lui rappela à Adela son père. Elle ne savait ce que c'était, mais sentit ses cheveux se dresser sur sa nuque. Elle dut se faire violence pour ne pas reculer devant son examen insistant. Son père était loin, après tout. Peut-être même ne le reverrait-elle jamais. Et cet homme n'était *pas* lui.

— Tout le monde m'a accueillie avec bonté, jusqu'à présent, répondit-elle, heureuse de parvenir à cacher sa répulsion instinctive.

Après tout, Sir Hendry n'était pas responsable de sa propre apparence.

Il éclata de rire.

— Je n'en doute pas, et je vous conseille d'être prudente, Lady Adela. Les gens vont rechercher votre amitié pour se rapprocher de votre mari. Apparemment, tout le monde aimerait le connaître personnellement, et il semble avoir un don pour garder ses distances.

— Je le sais, admit-elle.

Medea et Benedictus lui avaient tous les deux dit la même chose ; mais, venant d'un inconnu, ce conseil lui parut déplacé. Sir Hendry se montrait trop familier et cela lui déplut énormément. Était-ce parce qu'il lui était encore étranger ? Ou bien parce que ses yeux clairs avaient la même teinte que ceux de son père ?

— Je vous demande pardon, reprit-il. Je dois vous paraître un peu direct. Je suis certain que vous avez déjà entendu cela et que vous ne souhaitez peut-être pas qu'on vous le rappelle.

Son ton restait amical, en dépit de la froideur d'Adela.

— En effet.

Il sourit de plus belle, et une femme soupira, près d'eux. Adela se dandina un instant, sans savoir que faire. C'était sa première occasion de déterrer les secrets d'une personne. Sir Hendry était nouveau à la Cour. Ni Medea ni Benedictus ne devaient le connaître. Puisqu'il semblait si disposé à lui parler, autant en profiter. Bien sûr, elle ne le suspectait pas d'avoir des pensées inavouables. Il ressemblait à son père, certes, mais c'était un accident. D'un autre côté, s'il était venu à Windsor pour de mauvaises raisons et si elle découvrait lesquelles… Benedictus verrait sans doute qu'il avait eu raison de l'amener au château !

Hélas, maintenant qu'elle y pensait, la pression qu'elle s'imposait la priva de la parole. Aucun sujet de conversation ne lui vint à l'esprit. C'était pire encore que sa timidité coutumière. Sa gorge était littéralement nouée. Elle ravala sa salive, en vain.

— Vous sentez-vous bien, milady ? demanda-t-il d'un air inquiet.

Elle porta machinalement une main à son cou.

— J'avoue que non. J'ai le vertige...

— Cela ne m'étonne pas. Dans une telle chaleur, une telle foule, n'importe qui serait troublé. Permettez-moi de vous escorter dehors, pour respirer un peu d'air frais.

Elle faillit lui répondre qu'elle était tout à fait capable de sortir toute seule, mais se retint. Il semblait pressé de l'aider et, une fois dans la cour, elle parviendrait peut-être à se détendre suffisamment pour lui parler.

6

L'heure du souper n'avait pas encore sonné. En général, Benedictus se présentait dans la grande salle une fois que tous les convives étaient déjà installés. Ce soir, néanmoins, il descendit plus tôt, d'un pas étrangement enjoué. Il s'obligea à ralentir. S'il arrivait trop tôt, il serait contraint de discuter de la pluie et du beau temps avec les courtisans pendant une éternité, tout en essayant d'atteindre la table d'honneur. Mieux valait attendre que tout le monde soit assis avant de remonter l'allée entre les tables : cela témoignait davantage de son statut d'autorité. En tout cas, c'était ainsi que la chose avait fonctionné jusqu'à présent. Les gens cessaient de parler pour le regarder passer. Il n'aimait pas être ainsi la cible de l'attention générale, mais cela avait son utilité. Oui, il préférait arriver tard et se distinguer.

Hélas, en dépit de sa détermination, son pas s'accéléra de nouveau, comme s'il avait hâte de s'attabler, ce soir. Il n'avait pas assez faim pour prétendre que la perspective du souper le motivait à ce point. Quelque chose d'autre le rendait fébrile et il savait malheureusement quoi. *Il avait envie de voir son épouse, de lui parler, d'en apprendre plus sur elle.* Elle l'avait surpris en venant le voir dans son bureau. Il ne s'était pas attendu à ce qu'elle désire faire partie de son monde. Elle paraissait bien trop réservée pour occuper une telle place, et pourtant elle était venue lui parler avec une confiance inattendue. Son comportement, tour à tour courageux et terrifié, était une énigme pour lui.

Il y avait aussi autre chose. Ce désir perpétuel de la toucher, de découvrir la sensation de sa peau fine sous ses doigts, la saveur de ses lèvres, de l'entendre gémir lorsqu'il pourrait enfin explorer tout son corps...

Il se figea brutalement. Rêver d'embrasser sa femme juste avant de pénétrer dans une salle remplie d'une centaine de convives n'était pas du tout une bonne idée – surtout quand les convives en question allaient le dévisager avec attention, comme ils le faisaient toujours. Si jamais l'un d'entre eux devinait à quel point il avait envie de sa femme... Non, il préférait ne pas songer à une telle humiliation ! Il attendit donc un long moment, s'obligeant à songer à tous les problèmes qu'il avait à résoudre avant le soir pour tenter de reprendre le contrôle de son corps.

Lorsqu'il fut enfin certain de ne pas se ridiculiser, il passa le dernier angle du couloir et se figea brutalement. Là, au bras d'un bel homme qui semblait tout droit tombé du ciel, se trouvait son épouse. Un flot de jalousie l'envahit avec la violence d'un raz-de-marée. Il baissa les yeux, s'attendant presque à voir un poing enfoncé dans son estomac tant il avait du mal à respirer.

Adela souriait à son compagnon, d'un air parfaitement détendu. Jamais encore Benedictus ne l'avait vue sourire ainsi – sans doute à cause de sa propre froideur. Il ne l'avait pas exactement accueillie à bras ouverts et n'avait même pas tenté de la mettre à l'aise. Sans doute aurait-il dû, car ce sourire transformait tout son visage. Elle devenait si belle, si incroyablement charmante, qu'il sentit sa poitrine se serrer. Elle rit à une parole du jeune homme, et Benedictus fut traversé par une envie brûlante d'arracher les bras de cet inconnu pour le jeter dans la Tamise.

Il s'approcha d'eux, les poings serrés. Adela se retourna en l'entendant, son sourire s'évanouit et le poing qui pressait le ventre de Benedictus s'enfonça un peu plus loin encore. Il réprima de justesse un grondement farouche.

— Sir Benedictus ! Je ne m'attendais pas à vous voir si tôt, dit-elle. Sir Hendry, permettez-moi de vous présenter mon mari. Sir Benedictus, voici Sir Hendry. Je viens d'apprendre qu'il est nouveau à la Cour, tout comme moi. Nous comparions justement nos premières impressions de Windsor.

Benedictus dut faire appel à toutes ses années d'entraînement pour rester de marbre tandis qu'il examinait l'autre homme. Sir Hendry semblait plus proche de l'âge de sa femme et – qu'il soit maudit ! – ses traits faisaient honneur à sa jeunesse. Il était compréhensible qu'Adela cherche à passer du temps avec un tel homme. Quelle femme aurait été insensible à son charme ? En particulier quand son époux lui adressait à peine la parole et restait trop concentré sur le travail qu'il accomplissait au nom du roi pour prendre la peine de la séduire...

— Vous rencontrer est un honneur, Sir Benedictus. J'ai beaucoup entendu parler de vous.

Non seulement Sir Hendry était beau, mais il semblait amical et avenant. Que les choses auraient été simples s'il s'était montré désagréable !

Benedictus le salua de la tête. Il était incapable de faire plus. Où donc se cachait son calme légendaire ? Pourquoi ne parvenait-il pas à s'en servir ? Qu'y avait-il donc de si dérangeant, dans cette situation somme toute banale ? Et, plus important encore, pourquoi diable Adela ne s'écartait-elle pas de cet homme ?

— Le souper va bientôt commencer, fut tout ce que Benedictus trouva à dire. Y allons-nous ?

Il tendit son bras à sa femme et, enfin, elle s'approcha de lui pour le prendre. Comme toujours, le poids subtil de sa main au creux de son coude provoqua une vague de plaisir en lui. Il serra les dents, faisant de son mieux pour l'ignorer. Tout cela était absurde.

Sur un petit signe de tête en direction de Sir Hendry, il pénétra dans la grande salle en silence.

Les doigts d'Adela reposaient avec légèreté sur sa manche, mais c'était comme s'il sentait leur caresse sur tout son corps. Cette situation dépassait le stade du ridicule. Il aurait dû consommer son mariage, mettre sa femme enceinte, et ce tourment se serait arrêté. Après, il aurait enfin été libre de reprendre le cours normal de sa vie, de redevenir lui-même, et ne se serait plus soucié du charme ravageur des jeunes chevaliers.

Ce soir, les cuisiniers ne proposèrent aucun plat sucré ou particulièrement doux, et Adela se contenta de picorer le contenu de son assiette.

Il allait devoir faire passer des consignes aux chefs, songea Benedictus.

Sa femme aimait clairement les friandises et, si la nourriture qu'on lui proposait ne lui plaisait pas, il était de son devoir de régler le problème. Soudain, un soupçon l'assaillit. Était-elle réellement rebutée par le menu, ou par sa présence ? Peut-être aurait-elle mangé et ri de bon cœur si elle avait été placée près de Sir Hendry. Il but une gorgée de vin, mal à l'aise.

— Comment s'est passée votre mission, aujourd'hui ? demanda-t-il.

C'était le seul centre d'intérêt qu'ils partageaient, et il avait bien l'intention de l'exploiter en attendant de trouver d'autres sujets de conversation avec son épouse. Ils devaient bien avoir d'autres points communs, non ?

— Très bien, je pense, répondit-elle.

— Avez-vous des choses à me rapporter ?

Bon sang ! Voilà qu'il l'interrogeait comme l'un de ses

chevaliers. Avait-il réellement passé si longtemps sans discuter avec quelqu'un qui ne travaillait *pas* pour lui ? Était-il devenu si maladroit en société ? Il réfléchit, mais ne put se souvenir de sa dernière conversation mondaine. Du temps où il n'était qu'un jeune écuyer, il avait eu l'habitude de rire avec ses compagnons d'armes, mais tant d'années s'étaient écoulées depuis...

— Possible, dit-elle. J'ai entendu quelque chose de très étrange, mais je préférerais attendre d'être sûre de moi avant de vous en parler. Je ne voudrais pas incriminer un innocent en répétant les mauvaises paroles à la mauvaise personne.

Benedictus hocha lentement la tête. Voilà qu'elle le surprenait de nouveau.

— J'apprécie votre délicatesse. La plupart des gens me répètent toutes les informations triviales qu'ils découvrent, persuadés que le moindre détail m'intéresse. Mais je ne me penche que sur ce qui est vraiment important. Dites-moi... Comment connaissez-vous Sir Hendry ?

Il grimaça, choqué par sa propre question.

Si elle remarqua sa rudesse, elle n'en laissa rien paraître et se contenta d'expliquer :

— Medea nous a présentés. Il s'est tout de suite montré très attentionné.

Benedictus mordit à pleines dents dans son pain pour s'empêcher d'aggraver la situation par une remarque déplacée. L'attention que ce Hendry portait à sa femme pouvait être motivée par deux raisons – et aucune n'était agréable à considérer. Ce dernier pouvait chercher à se rapprocher de lui à travers elle, mais cela n'aurait pas été très logique. En tant que nouveau chevalier, Sir Hendry était libre de lui demander audience quand il le souhaitait et, à sa connaissance, il n'avait pas tenté de le voir.

L'autre option – la pire – était que Sir Hendry tentait de

profiter de la jeunesse d'Adela et de son mariage avec un homme plus âgé souvent absent pour essayer de la séduire. En temps normal, les hommes qui agissaient ainsi attendaient que les épouses aient eu quelques enfants avant de tenter leur chance. Mais pas toujours.

Sir Hendry était-il hanté par le même désir ardent que lui, lorsqu'il se trouvait en présence d'Adela ? Il reposa son pain d'un geste méthodique. L'idée de manger une bouchée de plus le rendait soudain malade. Il aurait pu charger l'un de ses espions de suivre Sir Hendry et de découvrir ses réelles motivations, bien sûr, mais cette pensée aggrava son malaise. On pouvait traquer un homme suspecté de trahison, pas un homme dont le seul crime était d'être beau ! Et Benedictus n'avait pas l'intention de devenir un de ces époux mus par la jalousie qui tentent par tous les moyens de restreindre la liberté de leur femme. De plus, pour être jaloux, il aurait fallu qu'il ait des sentiments pour elle, et ce n'était pas le cas. Toutes les émotions étranges et nouvelles qu'il subissait depuis leur mariage étaient uniquement dues aux changements majeurs que cette union apportait dans sa vie. Il avait toujours été célibataire, jusque-là. Il était donc logique qu'il se sente un peu perdu.

Un contact léger vint réchauffer le dos de sa main et le tira de ses amères pensées.

— Est-ce que tout va bien, Benedictus ?

Adela le contemplait, ses yeux couleur de lichen emplis d'inquiétude. Il baissa la tête et vit qu'il serrait nerveusement le poing. Il fit l'effort de détendre ses doigts, de les étirer un instant, puis laissa sa main retomber sur sa cuisse.

— Pardonnez-moi. Je suis très préoccupé, en ce moment. Mais rassurez-vous : tout va bien.

Il avait juste besoin de reprendre le contrôle de ses pulsions. Sir Hendry était probablement intrigué par Adela à cause de ses liens avec lui. Rien ne laissait supposer qu'il veuille en faire sa maîtresse.

Il la regarda un instant. Lorsqu'ils s'étaient rencontrés, il avait trouvé qu'elle ressemblait à un petit oiseau, mais c'était surtout dû à sa timidité. Il n'avait pas pris le temps de l'étudier en détail. À présent, il constatait que ses grands yeux étaient sans doute au cœur de sa beauté. Ils étaient si expressifs ! S'il l'avait mieux connue, il aurait vraisemblablement pu lire les secrets de son âme au fond de ses prunelles. De longs cils noirs les encadraient. Et sa bouche, tendre et douce… Sa bouche le faisait penser à des choses tout à fait inappropriées.

Elle était toujours aussi mince. Elle n'avait pas encore passé assez de temps à Windsor pour s'arrondir et il aurait voulu la pousser à mieux se nourrir ; non pas parce qu'il ne la trouvait pas jolie ainsi, mais parce qu'il avait envie de la voir en bonne santé et heureuse. Il voulait qu'elle devienne assez robuste pour porter sans danger les enfants qu'ils pourraient avoir. Malédiction ! Voilà qu'il se laissait de nouveau glisser sur une pente dangereuse. Il se tourna vers son assiette et contempla son contenu avec grand intérêt dans l'espoir de parvenir à se maîtriser.

Il savait que son corps la désirait mais, jusqu'à présent, il avait mis cela sur le compte de leur mariage. Maintenant qu'il lui était permis de coucher avec sa femme, après ses années de célibat, il avait besoin de soulager ce besoin frustré. Y avait-il autre chose ? Le discret parfum floral d'Adela était délicieux. Sa peau semblait si fine qu'il aurait eu peur de l'abîmer avec ses mains calleuses – du moins, si elle lui permettait un jour de la toucher.

S'il pouvait ainsi voir sa beauté, combien d'autres hommes en seraient capables ? Son cœur s'emballa. Et s'il la perdait, à force d'attendre ? Si un autre parvenait à la charmer à sa place ? Un homme qui saurait la faire rire, qui aurait des intérêts communs avec elle.

En tant que mari, il aurait dû faire des efforts pour qu'elle le désire à son tour, ou même qu'elle l'apprécie, mais il ne savait pas comment opérer. Il n'avait jamais cédé à l'attrait des idylles de Cour, contrairement à ses compagnons d'armes. Il n'avait pas vu l'intérêt de demander à une demoiselle sa faveur avant un tournoi. Même si ce genre de chose était souvent une simple plaisanterie innocente, il n'avait pas le temps de s'adonner à de telles frivolités – pas s'il espérait se hisser au sommet de l'État. Il se massa le front avec une moue désemparée. La situation lui échappait. Il s'inquiétait au sujet d'une femme, alors qu'il ne s'autorisait jamais le loisir de songer à ses relations, sentimentales ou amicales.

— Vous êtes-vous fait des amis, à Windsor ? demanda-t-il soudain, dans l'espoir de faire enfin taire toutes les voix qui semaient le doute dans son esprit.

— À l'exception de Medea, la plupart des gens qui vivent ici ne m'abordent que pour mieux se rapprocher de vous, je le crains.

Le cœur de Benedictus se serra. Il connaissait bien cette déception, cette solitude. Son existence à la Cour l'avait empêché d'avoir des amis intimes, des confidents, et voilà qu'il condamnait Adela au même sort.

— Votre famille vous manque-t-elle ? Vous pourriez retourner auprès de vos parents, si vous le souhaitiez.

En un éclair, son épouse pâlit et elle s'agrippa au rebord de la table.

— Je ne veux pas retourner là-bas. Je pourrai me rendre utile auprès de vous. Je vous en supplie, accordez-moi une chance...

Oh ! c'était un désastre. Il avait juste tenté de parler avec elle, et voilà qu'il l'avait blessée.

— Je ne vous obligerai jamais à faire une chose que vous ne désirez pas, répondit-il pour la rassurer.

— Merci.

Elle reposa sa cuillère au bord de son assiette.

— Je suis très fatiguée. Veuillez m'excuser.

Sans un mot de plus, elle se leva et s'éloigna de la table, la tête basse. Benedictus étouffa un juron. Il avait juste voulu la mettre à l'aise et il avait empiré la situation. Comment allait-il bien pouvoir l'inciter à l'apprécier, s'il continuait à enchaîner les faux pas de cette manière ?

Adela essaya de dénouer les lacets de sa robe, mais ses mains tremblaient si fort qu'elle était incapable de tirer sur les boucles serrées. Elle abandonna et se laissa tomber au bord du lit. Elle avait cru que Benedictus et elle progressaient, qu'il voyait enfin sa valeur, mais elle avait eu tort. Rien n'avait changé depuis le premier instant, et il voulait toujours la faire disparaître de sa vie.

Elle ravala ses larmes avec peine. La tristesse ne l'avait jamais conduite à rien et elle refusait d'y céder maintenant. Elle avait pourtant fait des progrès, aujourd'hui. Certes, elle n'avait pas encore découvert d'information utile à son époux, mais elle avait commencé à nouer des relations et c'était un bon début. Sir Hendry avait été enchanté de pouvoir la présenter à certaines de ses connaissances qui, à leur tour, avaient été ravies de lui parler. Une ou deux personnes avaient tenu à l'entretenir au sujet de la France et des navires de guerre. Rien d'extraordinaire n'avait été dit, hélas ; mais un homme avait commencé à lui confier quelque chose, pour être rapidement interrompu par ses amis. Évidemment, il pouvait y avoir de nombreuses raisons à cela... Adela avait l'intention de poursuivre ses investigations et, quand elle aurait enfin prouvé son utilité à son époux, celui-ci ne suggérerait plus de la renvoyer chez ses parents.

Elle prit une profonde inspiration et recommença à tirer sur son laçage. Cette fois, elle parvint à le défaire. Demain serait un autre jour. Elle découvrirait un détail important, quel qu'il soit. Benedictus devait juste se rendre compte qu'elle pouvait être un atout pour lui. Ainsi, il serait plus enclin à la garder auprès de lui. Elle ne pouvait pas rentrer chez son père – pas maintenant ! Passer une nouvelle fois la porte de la forteresse la tuerait. S'ils la voyaient revenir, ses parents risquaient de penser qu'elle avait failli à son devoir d'épouse vis-à-vis de l'homme qu'ils étaient si fiers d'appeler leur gendre.

Elle passa sa robe par-dessus sa tête et la plia avec soin pour la poser au bord du lit.

Un broc d'eau fraîche avait été déposé sur la table et elle remplit sa bassine. Elle se laverait avec plus de soin au matin, mais apprécia le contact apaisant de l'eau après cette longue journée. Si seulement cela avait pu suffire à effacer ses angoisses.

Elle était déjà en train de s'essuyer le visage quand la porte s'ouvrit. Poussant un petit cri de surprise, elle se retourna d'un bond et, instinctivement, tenta de se couvrir de ses mains.

Benedictus se trouvait sur le seuil, tenant quelque chose dans sa paume. Il se figea en la voyant et ouvrit de grands yeux. Elle devina qu'il ravalait sa salive au mouvement de sa pomme d'Adam. Lentement, si lentement qu'elle le sentit presque sur sa peau, son regard descendit jusqu'à son cou, ses épaules, et plus bas encore. Elle aurait été incapable de bouger, même pour tout l'or du royaume. Les yeux de son mari remontèrent enfin jusqu'aux siens. Ses prunelles sombres étaient brûlantes, intenses, et la clouèrent sur place. Les doigts d'Adela se mirent à trembler sur sa chemise et son jupon. Ce n'était pas de la peur, mais plutôt une réponse au feu qui semblait soudain l'envahir tout entière. Un feu qui la rendait plus nerveuse et l'empêchait presque de respirer.

Il cligna des paupières, et son regard redevint froid, distant, austère. Avait-elle imaginé le reste ? Il s'éclaircit la voix.

— Je suis désolé. Je n'avais pas l'intention de vous effrayer.

Elle pressa une main contre son cœur. Il battait fort sous sa paume, mais ce n'était probablement pas un signe de panique…

— Cette chambre vous appartient, dit-elle. Vous êtes libre d'y entrer quand bon vous semble.

Il hocha la tête, puis tendit la main.

— Je vous ai apporté des friandises. Vous êtes partie avant qu'on les serve et je me suis souvenu que vous les aviez appréciées, hier.

Il ouvrit les doigts et elle s'approcha, intriguée. Il tenait deux fruits en pâte d'amande, de ceux qu'elle avait en effet tant aimés. Son cœur s'emballa un peu plus. C'était une attention délicate de sa part, et elle n'aurait jamais pensé que Benedictus soit capable d'une telle prévenance. Elle en prit un, lui effleurant la paume du bout des doigts. Ce contact éveilla une nuée de fourmis le long de son bras.

Lorsque le sucre se déposa sur sa langue, elle ne put réprimer un léger gémissement de plaisir. Elle leva les yeux vers son époux, qui la dévisageait de nouveau avec fièvre. Elle n'aurait su dire ce que signifiait ce regard mais son corps y répondit immédiatement et se tendit vers lui. Puis, en un éclair le charme fut rompu et elle se redressa. Que lui arrivait-il ? Elle était certaine de ne pas avoir rêvé cette fièvre, cette flamme, mais pourquoi tenait-il à l'étouffer ? Ce regard si furtif signifiait-il qu'il la désirait ? Dans ce cas, pourquoi ne pas agir ? Elle savait déjà qu'elle ne protesterait pas s'il la touchait. Elle avait longuement imaginé le contact de ses longs doigts sur sa peau…

Il se massa le menton. Malheureusement, ses paroles brisèrent la bulle qui l'enveloppait.

— Je ne voulais pas vous contrarier en suggérant que vous pourriez rentrer chez vos parents. Tant que vous souhaiterez vivre à Windsor, vous y serez la bienvenue.

Elle s'obligea à rester très droite, même si tous ses muscles se liquéfièrent de soulagement. Ce n'était pas une déclaration passionnée. Il ne la suppliait pas de rester. Mais elle se contenterait de cela pour l'instant.

— Je ne veux jamais retourner là-bas, avoua-t-elle.

Benedictus soutint son regard un long moment avant de lâcher :

— Très bien.

Puis il lui tendit de nouveau la main.

— Voulez-vous manger cette seconde gourmandise ?

Elle contempla le petit fruit luisant au creux de sa grande paume calleuse. Oui, elle en avait très envie !

— Aimeriez-vous la partager avec moi ?

Elle prit la confiserie et la coupa en deux tout petits morceaux. Son époux saisit l'une des moitiés, non sans lui effleurer de nouveau les doigts. Ressentait-il le même picotement quand il la touchait ? Si c'était le cas, il n'en montra rien et tourna rapidement les talons.

— Je vais vous laisser vous reposer. J'ai encore beaucoup de travail à faire, ce soir.

Elle n'eut pas le temps de répondre avant qu'il franchisse la porte et la laisse de nouveau seule.

7

Peu à peu, une sorte de routine s'installa. Le matin, Adela restait dans les appartements de Benedictus (elle avait encore du mal à penser que c'étaient aussi les siens, désormais) et brodait une couverture qu'elle voulait un jour pouvoir étaler sur le lit. Ensuite, elle descendait à la grande salle pour se plonger dans le flot perpétuel de conversations et de ragots. Elle commençait déjà à repérer les personnes fausses, celles qui souhaitaient juste obtenir des informations au sujet de son époux, et celles qui avaient réellement envie de devenir ses amies. Seuls Medea et son mari Theo appartenaient à cette dernière catégorie pour le moment, mais cela lui suffisait. Après tout, elle n'avait jamais eu d'amis, avant, et appréciait la liberté de plaisanter avec Medea sans devoir regarder par-dessus son épaule. La seule présence de celle-ci la mettait en joie.

Sir Hendry, de son côté, restait un personnage énigmatique. Il était très apprécié des dames de la Cour, qui semblaient ne jamais se lasser de son sourire charmeur. Néanmoins, dès qu'Adela faisait son apparition dans la grande salle, il s'empressait de venir la saluer. Elle ne savait toujours pas si elle l'aimait bien ou non. Il ne disait jamais rien d'offensant ou d'insultant ; au contraire, il était toujours gentil et attentionné, mais... Mais elle n'était pas certaine de savoir ce qu'il attendait d'elle. Il ne pouvait tout de même pas la trouver séduisante ! Son père lui avait assez souvent rappelé qu'elle avait de la chance de pouvoir compter sur une dot importante, car elle n'aurait jamais pu trouver un époux sans cela. Au fil des ans, elle avait appris à laisser ses diatribes couler sur elle sans l'atteindre, mais celle-ci en particulier avait été la pire de toutes et restait ancrée en elle – sans doute parce que son mari ne paraissait pas attiré par elle. Certes, ils avaient vécu quelques instants troublants dans sa chambre, le deuxième soir, mais rien de tel ne s'était plus produit. Elle commençait même à croire qu'elle avait imaginé l'étincelle de désir au fond de ses yeux.

Ainsi, même si Medea plaisantait souvent au sujet de la romance de Sir Hendry, Adela ne pouvait croire qu'il la fréquentait avec autant d'assiduité parce qu'il ressentait de la tendresse pour elle. D'un autre côté, il ne lui parlait jamais de Benedictus, contrairement aux autres courtisans qui semblaient fascinés par son époux et voulaient l'approcher par son entremise. Oui, vraiment, elle ne savait pas ce qu'il lui voulait. Elle aurait aimé en parler à son mari, pour lui demander s'il trouvait ses agissements suspects, mais elle craignait d'attirer son attention sur un homme sans doute parfaitement innocent. Comme elle se montrait courtoise avec lui, Sir Hendry la voyait probablement comme une amie ; même si elle était incapable de lui retourner cette faveur.

Benedictus ne figurait pas non plus parmi ses amis. Il agissait à peine en époux – et elle ne savait pas comment changer cela. Leurs dîners étaient toujours un moment de torture, entre conversations guindées et silences pénibles. La veille, ils avaient réussi à discuter pendant quelques instants sur la qualité du bœuf servi à table, ce qu'elle ne pouvait pas vraiment considérer comme un précieux moment d'intimité... Leurs échanges les plus intéressants ne les avaient jamais directement concernés.

Un après-midi, alors qu'elle se promenait dans l'enceinte du château, elle aperçut son époux devant elle. Il était si inhabituel de le croiser hors de son bureau que son cœur fit un bond. Du moins, elle mit sa réaction sur le compte de la surprise... Quelle autre raison aurait-elle eu de réagir ainsi ?

Sans doute aurait-elle poursuivi sa route, ignorant son trouble et faisant de son mieux pour éviter une nouvelle conversation gênante avec son mari si elle n'avait pas entendu une femme crier :

— Par pitié !

Sa voix était si déchirante qu'Adela souffrit pour elle. Benedictus était-il réellement en train de faire du mal à quelqu'un ? Cette simple pensée lui retourna l'estomac.

Sans réfléchir, elle se réfugia dans un coin d'ombre de peur qu'on ne l'aperçoive. Elle ne pouvait pas partir sans savoir ce qui se passait.

À quelques pas d'elle, en pleine lumière, un garde tenait fermement un garçonnet à peine capable de marcher par le bras. Une femme était agenouillée près de l'enfant, comme si elle cherchait désespérément à le soustraire au regard de Benedictus. Celui-ci les contemplait, plus imposant que jamais et le corps tendu comme un arc.

— Je l'ai surpris en train de voler, dit le garde en secouant le bras maigrichon de l'enfant.

La femme gémit et s'agrippa à son fils.

— Il ne pensait pas à mal, milord. Il a vu des pièces par terre et les a trouvées si brillantes. Il voulait juste m'offrir quelque chose de joli. Il ne savait pas qu'elles appartenaient à quelqu'un d'autre. Ce n'est qu'un bébé. Je vous en supplie...

Devant les prières de la pauvre mère, le garde se montra encore plus brutal et Adela vit ses articulations blanchir sur le bras du garçon.

— Je lui ai dit que nous ne pouvions pas nous montrer plus souples, juste parce qu'il s'agit d'un enfant. N'est-ce pas, Sir Benedictus ? Il doit perdre sa main ou son oreille pour ce crime. Nous devons en faire un exemple !

Adela sentit ses genoux se dérober sous elle et se rattrapa au mur pour ne pas tomber. Benedictus ne pouvait tout de même pas accepter de mutiler un garçon de cet âge ! Il était à peine plus grand qu'un bébé… Sa mère, en revanche, redoubla ses sanglots. Elle semblait convaincue qu'il allait le faire. Tout le monde prétendait que Benedictus était un homme dur, mais une telle action aurait été purement cruelle – pire encore que tout ce que son père avait fait, lorsqu'elle vivait sous son toit. Jamais elle n'aurait cru son mari capable de telles atrocités. D'un autre côté, que savait-elle réellement de lui ? Était-elle mariée à un tyran ? Non ! Elle ne pouvait pas l'envisager.

Le garde tenta d'arracher l'enfant à sa mère et Adela vit le visage de celui-ci pour la première fois. Ses joues poupines étaient inondées de larmes.

— Par pitié ! cria encore la femme en se jetant aux pieds de Benedictus. Prenez ma main ou mon oreille et épargnez-le !

Elle tendit son bras tremblant, comme si elle s'attendait à ce que la sentence soit appliquée sans délai.

— Lady Adela, dit calmement Benedictus, s'adressant à elle pour la première fois.

Elle sursauta. Elle n'avait pas pensé qu'il puisse avoir remarqué sa présence mais – évidemment – c'était le cas. Cet homme savait tout.

— Approchez et soulagez Thomas de l'enfant.

Elle obtempéra et tenta de libérer le garçonnet des mains du garde. Celui-ci parut d'abord décidé à lui résister puis, au bout de quelques instants, lâcha le bras du petit et recula d'un pas. Adela en profita pour soulever l'enfant et le serrer dans ses bras. Son corps minuscule tremblait contre elle. Elle comprit soudain que si Benedictus tentait de lui faire du mal, elle se dresserait sans hésiter en travers de son chemin. Comment pourrait-elle lutter contre lui ? Elle n'en savait rien, mais elle ferait tout son possible pour assurer la sécurité du garçon et de sa mère.

— Thomas, reprit son époux. J'ai une mission très spéciale à vous confier.

Adela ferma les yeux. Son mari voulait-il réellement *récompenser* le garde ? Considérait-il qu'il avait accompli du bon travail en terrorisant cette pauvre famille ?

— J'ai envoyé une patrouille à Douvres pour rechercher les navires français que l'on croit avoir aperçus dans les environs. Je pense qu'un homme aussi observateur que vous pourrait se montrer très utile, là-bas.

Elle jeta un coup d'œil à Thomas. Celui-ci semblait se rengorger, fier comme un paon, et Adela – qui n'avait jamais connu le moindre sentiment violent de sa vie – fut très tentée de le frapper.

— Allez prévenir votre capitaine, puis venez prendre vos ordres dans mon bureau, poursuivit Benedictus en ignorant la mère qui sanglotait toujours à ses pieds.

— Bien, milord.

Le garde tourna les talons et s'éloigna, oubliant en un instant le petit garçon et la pauvre femme.

Benedictus s'accroupit alors face à elle. Ce n'était pas le geste d'un homme qui s'apprêtait à exécuter une sentence cruelle... Adela retint son souffle en voyant sa main hésiter au-dessus de l'épaule de la mère, comme s'il avait envie de lui tapoter le dos pour la rassurer. Il serra le poing et laissa retomber son bras sans la toucher. Puis il leva un regard déconfit sur son épouse. Elle aurait pu rire de son trouble, si la situation n'avait pas été aussi tragique...

Finalement, Benedictus se contenta de s'éclaircir la voix. La mère redressa la tête, clairement surprise de le découvrir si près d'elle.

— Il ne voulait pas voler, Sir Benedictus, répéta-t-elle. Il ne s'est pas rendu compte qu'il prenait de l'argent. Il voulait juste m'apporter quelque chose de joli. Il...

Benedictus leva de nouveau la main pour interrompre ses suppliques. Des larmes roulaient sur les joues de la malheureuse sans qu'elle prenne la peine de les essuyer. L'enfant s'agita dans les bras d'Adela et elle le posa au sol pour qu'il puisse courir se réfugier dans ceux de sa mère. Libérée, Adela se campa entre eux et son mari. Dans cet espace confiné, elle se retrouva plus proche de lui qu'elle ne l'avait jamais été. Il aurait pu l'écarter d'un simple geste, mais elle fit de son mieux pour paraître aussi grande et imposante que possible. S'il voulait s'attaquer au garçon, il devrait passer par elle !

— Thomas est nouveau, à la garde, et il prend ses devoirs très à cœur, dit-il.

Personne ne répondit. Benedictus soupira.

— Je n'ai pas l'intention de mutiler votre fils, madame. Vous pouvez vous lever.

Voyant qu'elle ne bougeait pas, il ajouta :

— Si j'étais vous, j'essayerais simplement de ne plus me retrouver en travers du chemin de Thomas. Ceci mis à part, vous pouvez retourner à vos tâches.

La petite famille recroquevillée par terre ne réagit pas, et Adela dut lutter de plus belle pour étouffer un grand éclat de rire nerveux. Elle était si soulagée que ses membres s'amollissaient comme des linges. Apparemment, son époux était un homme bon malgré tout. Il ne savait simplement pas comment le montrer, et son embarras était sans doute le spectacle le plus attendrissant qu'elle ait jamais vu.

Elle se pencha pour poser la main sur son bras. Ses muscles étaient tendus, crispés. C'était la première fois qu'elle le touchait volontairement et elle aurait voulu rester là des heures, pour explorer la fermeté de son corps... Mais ce n'était pas le moment pour cela.

— Je pense que les événements de ce matin leur ont fait peur, dit-elle avec douceur. Voulez-vous que je m'occupe d'eux pour que vous puissiez retourner travailler ?

Il la contempla un long moment. Peu à peu, ses traits s'adoucirent.

— Merci, Adela. Je vous en suis reconnaissant.

Il s'apprêtait déjà à repartir quand elle le retint par la manche.

— Pourquoi ne punissez-vous pas le garçon ?

Benedictus observa un instant les deux silhouettes enlacées dans la poussière du chemin.

— Je ne suis pas un monstre, Adela. Cet enfant est à peine capable de marcher. Je ne pense pas qu'il ait eu de mauvaises intentions en prenant cet argent. Sa mère s'assurera qu'il ne refasse pas une telle erreur, à l'avenir, et il grandira sans doute pour devenir un atout parmi le personnel de Windsor.

De toute évidence, il devait considérer que ses explications suffisaient car il tourna les talons et s'éloigna sans un mot de plus.

Il fallut du temps à Adela pour convaincre la mère et son fils qu'ils ne risquaient rien ; et plus longtemps encore pour se libérer des effusions de la malheureuse, une fois qu'elle eût compris ce que Benedictus venait de faire pour sa famille. Sans doute allait-elle passer le reste de sa vie convaincue que cet homme était une sorte de dieu...

Durant les jours qui suivirent, Adela guetta la moindre rumeur concernant ces événements, dans la grande salle. Elle se montra prudente, attendant d'entendre des critiques au sujet de la compassion de son époux, mais nul n'aborda le sujet. Si elle n'avait pas été témoin de la scène, jamais elle n'aurait pu deviner que Benedictus puisse être capable d'empathie et aurait continué à croire qu'il était aussi froid que la pierre.

Mais le drame évité de justesse dans la cour changea quelque chose en elle. Elle ne tremblait plus lorsqu'elle lui adressait la parole durant les repas. Elle parvenait même à mieux supporter les longs silences qui émaillaient si souvent leurs conversations, car elle savait qu'ils étaient dus à sa gêne en société. Qu'il avait simplement du mal à exprimer ses émotions. Du moins l'espérait-elle... Avaient-ils plus de points communs qu'elle l'avait d'abord cru, finalement ?

Elle redoubla aussi ses efforts pour découvrir qui répandait des rumeurs au sujet des navires de guerre français, mais n'apprit rien d'intéressant. Benedictus ne la pressait plus de questions. Parfois, elle se demandait même s'il n'avait pas oublié la mission qu'il lui avait confiée. À l'exception des banquets du soir, il s'intéressait à peine à elle. C'était pour cela qu'elle supportait chaque jour l'animation épuisante de la Cour : pour tenter de trouver de nouveaux sujets de conversation, plus intéressants que les plats que l'on servait à table.

Plusieurs semaines après l'incident dont elle avait été témoin, elle se retrouva une fois de plus dans la grande salle, attendant qu'on l'aborde. Elle avait souvent remarqué qu'elle n'y restait jamais longtemps seule. Les gens semblaient pressés de lui parler. Dans un coin de la pièce, elle aperçut Sir Hendry qui riait avec un ami. Il viendrait certainement la voir, au bout d'un moment. Elle examina le reste de la foule mais, comme d'habitude, Benedictus était absent. Les échanges de ragots et d'informations triviales ne l'intéressaient pas. Elle fut envahie par une petite déception déjà familière, mais choisit de l'ignorer.

Très vite, Medea vint à sa rencontre.

— Sir Hendry est vraiment bel homme, remarqua-t-elle en observant les femmes qui se pressaient autour du chevalier.

— Hmm.

Oui, il était beau. Néanmoins, ses charmes laissaient Adela de marbre, contrairement à ceux de son époux, dont la seule apparition avait le don de lui embraser le corps.

— Et il semble beaucoup s'intéresser à vous, ajouta son amie. Je sais que vous n'êtes pas convaincue, mais je pense qu'il a un faible pour vous.

Perdue dans ses pensées, Adela crut un instant qu'elle parlait de Benedictus, et son cœur fit un bond... Jusqu'à ce qu'elle réalise que Medea observait toujours Sir Hendry.

— Un faible pour moi ? Je n'y crois pas une seconde !

Du moins, elle priait pour que ce ne soit pas le cas. Elle n'avait pas besoin d'ajouter ce genre de complication à sa vie.

— Ne soyez pas sur la défensive. Il vous suit partout et vous cherche toujours des yeux quand vous n'êtes pas là. Il a même demandé à Theo si Benedictus et vous étiez heureux en ménage. Une question bien dangereuse, si vous voulez mon avis...

Medea rit, mais Adela ne parvint même pas à s'arracher un sourire.

— Cela ne fait qu'étayer ma théorie. Personne ne se risquerait à provoquer la fureur de Benedictus, à moins d'avoir *très* envie de connaître la réponse.

Adela se mit à entortiller nerveusement un pli de sa robe entre ses doigts.

— Que lui a répondu Theo ?

— Je l'ignore. Je sais qu'il avait envie de mener une enquête sur Sir Hendry après cela, mais Benedictus l'a interdit. Il lui a dit que ce n'était pas un crime, pour un homme, de vous trouver séduisante.

Adela se dandina de plus belle. Elle ne savait pas réellement quelle partie de cette confidence la mettait le plus mal à l'aise.

— Néanmoins, je suis certaine que Theo lui a clairement

fait comprendre que vous n'étiez pas disposée à prendre un amant, si c'est ce qui vous inquiète.

— Un amant ? Pensez-vous réellement que Sir Hendry veuille que je devienne sa maîtresse ? s'écria Adela sans pouvoir retenir un grand rire chargé d'amertume. Vous avez perdu la tête, Medea !

Son amie rit aussi, plus fort.

— Ce n'est pourtant pas si absurde. Vous êtes une jolie jeune femme, et l'on vous a mariée à un homme plus âgé réputé pour sa froideur. Un homme qui ne se montre presque jamais à vos côtés et qui passe toutes ses journées à s'occuper des affaires du royaume. De nombreux courtisans vous tournent autour, mais Sir Hendry est clairement le plus persistant. À la place de votre mari, je m'inquiéterais.

Le regard de Medea pétillait de malice, mais Adela sentit son estomac se nouer.

— Ma chère, je plaisante, ajouta rapidement son amie en voyant son trouble. Ne pâlissez pas autant.

— Jamais je ne trahirai mes vœux.

— Bien entendu.

— Pourquoi les gens pensent-ils donc que je pourrais faire une telle chose ?

Medea haussa les épaules.

— Vous ne seriez ni la première ni la dernière à vous laisser tenter par les promesses d'une liaison. Ce n'est pas aussi choquant que vous l'imaginez, ici. Quoi qu'il en soit, je pense que l'homme qui oserait rendre Benedictus cocu devrait être très brave… ou très stupide.

— Ce genre de liaisons est-il donc si courant, pour que tout le monde pense que je pourrais y succomber ?

Le cœur d'Adela battait la chamade. Jamais elle n'aurait deviné que l'infidélité puisse être si répandue, à la Cour.

Son amie fronça les sourcils, songeuse.

— Non, tout le monde ne s'attend pas à cela. Moi la

première. Je sais aussi que Theo ne me trahirait jamais ; néanmoins, ces choses-là restent tout de même assez habituelles.

— Mais… C'est mal !

Elle se souvint de son choc lorsqu'elle avait découvert que son père, si sévère dans la conduite de ses affaires et si porté sur la morale en ce qui la concernait, avait non seulement des maîtresses, mais aussi plusieurs enfants bâtards. À l'époque, elle avait pensé qu'il était une aberration, un cas heureusement isolé.

— C'est vrai, admit Medea. Cependant, songez aussi que la plupart des gens ne se marient pas par amour. Lorsqu'ils découvrent ce sentiment auprès de quelqu'un d'autre, quelqu'un capable de les rendre heureux, pouvons-nous vraiment les condamner ?

Un frisson glacé parcourut l'échine d'Adela.

— Pensez-vous que… ? Croyez-vous… ? Pensez-vous que Benedictus pourrait avoir une amante ?

Medea gloussa, puis se reprit très vite.

— Désolée, je ne voulais pas en rire. Non, ma chère. Je ne pense pas un seul instant que votre mari puisse fréquenter une autre femme. Jamais.

Elle secoua la tête avec beaucoup de fermeté.

— Pourquoi est-ce si impossible à croire ?

Était-ce pour cela qu'il n'avait pas encore souhaité consommer leur mariage ? Parce qu'il avait déjà quelqu'un pour combler ses besoins ?

D'un seul coup, la grande salle se mit à tourner autour d'elle. Elle dut s'appuyer contre l'un des piliers pour ne pas tomber. La pierre froide la calma un peu, mais ne suffit pas à effacer les horribles images qui défilaient dans sa tête. Benedictus, souriant à une mystérieuse femme sans visage. Ses doigts puissants lui caressant le visage, la joue. Son mouvement pour se pencher sur elle et l'embrasser. Si c'était vrai, jamais elle ne se relèverait de cette humiliante trahison.

— Je le vois à peine, avoua-t-elle dans un souffle. Il vient dans notre chambre tard, quand je dors déjà, et se lève avant moi. Je ne sais qu'il a été là qu'en voyant les draps froissés de son côté du lit. Pendant la journée, il est toujours occupé et ne me rend presque jamais visite. Le seul moment que nous passons ensemble est le repas du soir, et nous ne parlons jamais de choses importantes. Je pensais que c'était juste à cause de son caractère réservé, mais...

Elle ne put achever sa phrase. De nouveau, Medea secoua la tête avec détermination.

— Non, Benedictus n'a pas de maîtresse.

— Comment pouvez-vous en être sûre ? Vous avez dit vous-même que nous ne devrions pas juger ceux qui se marient par devoir et découvrent l'amour hors du lit conjugal. C'est exactement ce qui s'est passé pour nous. Je ne suis même pas certaine qu'il m'apprécie.

— *Adela*, la coupa son amie avec douceur. Un homme marié à une jolie femme comme vous n'ira pas chercher ailleurs son...

Elle agita vaguement la main pour indiquer sa silhouette.

— Croyez-moi, il n'a pas besoin d'aller voir ailleurs.

Adela soupira. Medea semblait convaincue que Benedictus ne la trahirait jamais car ses besoins étaient comblés par sa jeune épouse. Hélas, elle ne savait pas toute la vérité.

— Il n'a pas... Je veux dire... Nous ne l'avons pas fait.

Sa compagne ouvrit de grands yeux en comprenant ce qu'elle essayait si maladroitement de lui dire.

— Oh.

Adela sentit ses joues s'empourprer.

— Il prétend qu'il veut attendre que nous nous connaissions mieux pour cela.

— Eh bien, c'est très noble et cela ne m'étonne pas,

venant de lui. Il doit mourir d'impatience, ajouta-t-elle avec un petit sourire. Je comprends mieux qu'il soit toujours de si mauvaise humeur.

Elle réfléchit un instant, puis reprit :

— Je pense que vous devriez lui parler franchement.

— Pour lui demander s'il a une maîtresse ? Je ne pourrais jamais faire une telle chose !

— Non, pas du tout ! Je suis certaine qu'il ne voit personne d'autre. Mais si cela peut vous tranquilliser, je demanderai son avis à Theo. Il est très doué pour deviner les secrets des gens et il a un regard aiguisé. Non, je voulais dire que vous devriez informer Benedictus que vous êtes prête pour la prochaine étape.

Adela frémit.

— C'est bien le problème. Je ne suis pas sûre d'être prête. Il a raison : nous ne nous connaissons pas très bien. Quant à l'autre chose... N'est-ce pas... ?

Elle prit une profonde inspiration. Elle avait voulu connaître les détails de cet acte mystérieux depuis qu'elle avait reçu les conseils nébuleux de sa mère, mais poser la question à haute voix lui parut soudain très difficile.

— On m'a dit que c'était douloureux, et Benedictus est si grand...

Medea pinça les lèvres, comme si elle luttait pour ne pas sourire. Quand elle se détourna, Adela regretta d'avoir abordé le sujet et rougit de plus belle.

— Cela peut faire mal, au début, mais ça en vaut la peine et...

Elle la regarda de nouveau, les yeux pétillants.

— Quand c'est... grand, c'est souvent mieux.

Adela n'était pourtant pas encore convaincue.

— Mes sœurs en ont parlé comme d'une épreuve à endurer.

Le visage de son amie devint soudain plus grave, plus triste.

— Les pauvres, dit-elle. Pour certaines femmes, cela peut en effet rester déplaisant. Pour certains hommes aussi, peut-être, si le couple n'est pas uni par l'amour ou au moins une forme de respect mutuel. Je comprends que des couples puissent voir cela comme un devoir plus qu'un plaisir. Cependant, dans le cas contraire, l'acte intime entre deux époux peut...

Un nouveau sourire entendu flotta un instant sur ses lèvres.

— Disons que cela peut devenir la plus belle facette d'un mariage. Je ne devrais pas dire ça, et je vous supplie de ne jamais répéter mes paroles à Theo, mais j'imagine que cet acte pourrait être délicieux et intense, avec Benedictus.

Adela aurait voulu lui poser d'autres questions, mais elle vit Sir Hendry s'approcher et se tut. Était-elle soulagée ou déçue par cette interruption ? Elle n'aurait su le dire. Elle n'était même pas sûre qu'elle aurait trouvé le courage de demander à son amie plus de détails, si elle en avait eu l'occasion. À l'entendre, le fameux acte dont elle parlait était quelque chose de bon, mais Adela voulait savoir comment cela se passait, comment elle aurait pu s'arranger pour que la chose se produise et pouvoir sourire à son tour en pensant à son époux.

Oui, peut-être valait-il mieux qu'on les empêche de poursuivre cette discussion.

Certaines choses n'étaient pas faites pour être confiées, et Adela devinait que Benedictus n'aurait pas aimé qu'elle raconte à qui que ce soit le détail de ce qui se passait entre eux. Du moins, s'il se passait un jour quoi que ce soit d'intéressant...

8

À chaque fois que Benedictus entrait dans la grande salle, il trouvait sa femme en train de parler à Sir Hendry. Il se répétait que ce n'était pas important, qu'il s'en moquait. Après tout, Adela et lui n'étaient pas amoureux et il n'avait aucune raison de jalouser les hommes qui parvenaient à retenir son attention. Tant qu'elle respectait ses vœux de mariage, il pouvait bien l'autoriser à avoir quelques conversations complices avec d'autres courtisans. Et si ses poings se serraient quand il était témoin de ce genre de choses, c'était *son* problème. Aujourd'hui comme hier.

Il s'obligea à s'arrêter pour échanger quelques mots avec Theodore, alors même que tout son corps lui criait d'aller secouer le chevalier aux cheveux d'or et de le traîner loin de sa femme.

Theodore avait passé la matinée à discuter avec certains des barons présents à la Cour, ces derniers jours, et Benedictus voulait entendre son rapport. Il n'avait pas besoin de rejoindre Adela immédiatement. Au contraire, son devoir exigeait qu'il écoute tout ce que son subordonné avait à lui dire.

— Je pense que Munroe est enfin disposé à nous accorder des fonds. Il...

— Très bien.

Sir Hendry venait-il de toucher les cheveux d'Adela ? Non, ce chiot impudent n'aurait pas osé badiner avec elle d'une manière aussi flagrante ! Il devait savoir que lui, *son mari*, était dans la grande salle, qu'il était l'un des meilleurs combattants du royaume et qu'il ne laisserait jamais une telle provocation passer sans demander réparation.

— Est-ce que tu m'écoutes ? demanda Theodore.

— Bien sûr que oui.

Cela devenait intolérable. Si jamais Sir Hendry s'approchait davantage de sa femme, il serait contraint de lui arracher un bras.

— Tu peux aller lui parler, tu sais. Je ne me vexerai pas.

— Je ne comprends pas.

Hélas, malgré le masque indifférent qu'il tentait de conserver, il était incapable de détacher ses regards d'Adela et de Sir Hendry. Theodore n'aurait aucune difficulté à déceler son mensonge.

— Mmm. Je vois.

Son ami parut réfléchir un instant, puis ajouta :

— Sir Hendry est bel homme. Du moins, c'est ce que pensent les femmes de la Cour. On lui trouve un visage d'ange, et j'ai cru comprendre qu'il avait fait chavirer plus d'un cœur depuis son arrivée. Es-tu certain de ne pas vouloir que j'enquête sur lui ?

— Absolument certain.

Sir Hendry ne commettait pas de crime, bien que son insistance auprès d'Adela puisse y ressembler aux yeux de Benedictus.

— Tu pourrais l'envoyer dans un avant-poste isolé pour te débarrasser de lui, suggéra Theo.

Benedictus répondit par un grognement.

— Si la décision me revenait…

— Ce n'est pas le cas.

— Néanmoins, je dois dire que je n'apprécierais pas que Sir Hendry passe trop de temps avec *ma* femme. Medea pourrait finir par comprendre qu'elle a commis une terrible erreur en s'enchaînant à moi et à mon hideux visage pour le restant de ses jours.

— Je pense qu'elle en a déjà conscience.

Theodore éclata de rire. Ce rustre se moquait de lui ! Hélas, comment le blâmer ? Dévisager ainsi sa femme de loin en rongeant son frein ne lui ressemblait pas. Sans doute aurait-il dû se concentrer sur Munroe – c'était bien plus important pour le royaume.

— Je vais parler à Adela, annonça-t-il pourtant, malgré lui.

— Bonne idée.

Theodore paraissait bien trop enjoué au goût de Benedictus, mais il l'ignora. Il n'avait pas le temps de se disputer avec son ami et s'éloigna d'un pas décidé. Il crut entendre Theo rire dans son dos, sans pour autant ralentir.

— Lady Adela, lança-t-il dès qu'il se trouva assez près d'elle.

Elle se retourna et un immense sourire illumina son visage. Sa douceur lui monta droit au cœur. Depuis combien de temps n'avait-il pas vu quelqu'un exprimer une telle joie à son approche ? Quel idiot il avait été, de ne pas venir la voir plus tôt !

— Sir Benedictus, quelle agréable surprise, dit-elle. Je ne pensais pas vous voir ici de si bonne heure.

— Je désirais savoir si vous accepteriez de dîner avec moi en privé, ce soir.

Elle rougit un peu, mais son sourire se fit plus lumineux encore, et il se sentit particulièrement stupide. Pourquoi ne lui avait-il encore jamais proposé ce genre de chose ? Sans doute serait-il plus facile de discuter avec elle en tête à tête, sans personne pour tenter d'espionner le moindre de leurs mouvements. Allait-il enfin parvenir à échanger plus que quatre mots secs avec elle ? Leurs précédentes soirées dans la grande salle avaient été si longues et fastidieuses… Il voulait croire que sa gêne était due aux nombreux regards fixés sur eux, et non parce qu'il n'était pas assez imaginatif pour tenir une conversation intéressante avec sa femme. Hélas, il craignait fort de se voiler la face.

— Cela me ferait très plaisir, répondit-elle.

Son cœur se mit à battre étrangement vite en entendant cela. Elle paraissait sincèrement ravie à l'idée de passer du temps avec lui.

— Parfait. Je vais m'arranger pour que l'on monte un plateau dans nos appartements et je vous y retrouverai tout à l'heure.

Il tourna les talons et s'éloigna, sans même avoir salué le jeune chevalier aux cheveux si blonds. Il l'avait délibérément ignoré pendant ce court échange. Il ne voulait pas lui faire le plaisir de lui montrer à quel point sa présence ici le dérangeait. Cette froideur lui permettait de sauver la face – même vis-à-vis de lui-même.

Adela lissa le devant de sa robe en s'asseyant lentement au bord du lit. Puis, dès que ses fesses eurent touché le matelas, elle bondit de nouveau sur ses pieds. Valait-il mieux qu'elle se tienne près de la fenêtre ? Attendre son époux assise sur le lit pourrait lui donner l'impression qu'elle avait des espoirs précis, pour cette soirée. C'était *vrai*, bien sûr, mais elle ne voulait pas que Benedictus le comprenne dès son arrivée dans la chambre. Sans doute serait-il plus prudent de progresser en douceur, pas à pas… si elle en avait le courage.

Elle ne savait pas vraiment comment interpréter cette demande inhabituelle, ce souper en privé. Benedictus et elle n'avaient presque jamais été seuls ensemble ; excepté les nuits qu'ils passaient couchés côte à côte, rigides et gardant prudemment leurs distances. Durant ces longues heures, elle restait souvent éveillée, douloureusement consciente de la présence de ce grand corps puissant tout près d'elle. Elle ne parvenait presque jamais à fermer l'œil avant l'aube.

Elle s'approcha donc lentement de la fenêtre. En bas, dans la lumière mourante du soir, de nombreuses silhouettes traversaient la cour. Tous ces gens se préoccupaient de leurs affaires quotidiennes sans se douter un seul instant des événements délicats qui allaient se dérouler au-dessus de leurs têtes.

Si Adela ne savait pas encore à quoi s'attendre, ce soir, les paroles de Medea – « délicieux et intense » – ne cessaient de tourner dans son esprit comme une rengaine entêtante.

Enfin, la porte s'ouvrit et Benedictus entra, portant un plateau garni de nourriture. Un domestique le suivait, chargé d'une carafe et de deux verres, mais elle n'eut d'yeux que pour son époux. Il ne portait pas de tunique, ce soir, et elle devinait la forme de ses larges épaules sous ses vêtements. Elle aurait tant voulu caresser sa clavicule exposée et plonger les doigts dans le col de sa chemise. Comment aurait-il réagi si elle avait fait cela ? L'aurait-il trouvée étrange, impulsive ? Ou bien aurait-il accueilli ce contact avec la même fièvre qui la hantait, elle ?

Elle s'approcha de la table et contempla avec surprise la nourriture qu'il avait apportée.

— Il n'y a presque que de la pâte d'amande ! s'écria-t-elle.

— J'ai remarqué que vous aviez un faible pour les douceurs...

Le cœur d'Adela se serra. Elle ne pensait pas qu'il l'aurait observée avec autant d'attention. En effet, elle préférait les mets sucrés, depuis toujours.

— Merci, reprit Benedictus en s'adressant au domestique. Je m'occupe du reste.

Il prit le vin. L'homme le salua et quitta la chambre. Le cliquetis discret de la poignée tandis que la porte se refermait derrière lui résonna comme un coup de tonnerre dans la pièce. Benedictus remplit les deux verres de vin rouge sans un mot. Quand il lui en tendit un, leurs doigts s'effleurèrent un instant et ce contact secoua Adela comme un éclair. Elle goûta le vin, apaisée par la riche saveur fruitée qui coula sur sa langue.

— Permettez-moi de couper une pomme pour vous, dit son époux en tirant un couteau de sa ceinture. J'ai pensé que vous préféreriez les fruits au pain.

De petites bulles de plaisir pétillèrent en elle. À l'entendre, il se souciait sincèrement de son bien-être – au point d'avoir mémorisé ses goûts.

Il lui tendit une tranche de pomme croquante et elle la saisit d'une main un peu tremblante, ce qui lui attira un froncement de sourcils.

— Est-ce que je vous effraie encore ?

— Non, pas du tout, répondit-elle, les yeux baissés. Pour être honnête, je suis juste un peu nerveuse...

— Dites-moi ce que je peux faire pour vous mettre à l'aise. J'aimerais vous voir détendue, en ma présence.

Elle ne put identifier précisément l'émotion qui perça dans sa voix. Son ton était différent de celui, plus mesuré et précis, qu'il employait pour s'adresser au reste du monde. Était-il aussi nerveux qu'elle ? Cette pensée la calma un peu et lui donna presque l'impression d'être enfin son égale.

— Parlez-moi, suggéra-t-elle. Dites-moi une chose que je ne sais pas, à votre sujet.

Elle mordit dans le fruit, délicieusement sucré après la saveur intense du vin.

Benedictus se laissa tomber au bord du lit.

— Je ne saurais pas par où commencer.

— Je ne vous demande pas de me dévoiler des secrets

d'État, le rassura-t-elle. J'aimerais juste en savoir plus sur vous. Avez-vous des frères et sœurs ?

Il parut légèrement surpris, mais répondit :

— J'ai un frère encore en vie. Je pensais que vous le saviez déjà.

Adela secoua la tête, presque amusée.

— Je ne sais rien de vous. Vous dites « encore en vie »... Avez-vous perdu un membre de votre fratrie ?

Il acquiesça avec lenteur.

— Je ne...

Son regard se fit plus trouble, plus lointain.

— Je n'ai pas parlé de lui depuis de nombreuses années.

— Je ne vous y oblige pas, si cela vous attriste, murmura-t-elle.

— Non, c'est bon. Je peux vous parler de lui. Je... J'avais un frère aîné, Neleos. Il était intelligent, courageux, et aimé de tous. Il était capable de mettre n'importe qui à son aise en quelques mots. Il était... parfait. Même mes parents l'appréciaient.

Un petit sourire amer flotta sur ses lèvres.

— Sachez que c'est assez exceptionnel, venant d'eux. Le nom de Monceaux est plus précieux que tout le reste à leurs yeux, mais Neleos était spécial. Ils nourrissaient de grands espoirs pour lui.

Il rit, sans une once d'humour.

— Que s'est-il passé ?

— Il était page, attaché à la maison du roi. Il a eu un accident et ses plaies se sont infectées. Mes parents ont été très déçus de n'avoir plus que moi pour héritier, après sa mort.

Adela fronça les sourcils, étonnée par cette remarque.

— Vous avez atteint le statut le plus respecté dans ce royaume et êtes le plus proche conseiller du roi. Comment pouvez-vous être une déception pour qui que ce soit ?

Il haussa les épaules.

— Je suppose que je ne le suis plus, *maintenant*, mais ils se sont tellement habitués à cette idée qu'ils ne savent plus s'adresser à moi sans amertume, dit-il avec un demi-sourire. Ne soyez donc pas si triste, Adela ! Je m'y suis fait, vous savez.

Elle n'était cependant pas convaincue. Il avait beau prétendre que l'indifférence de ses parents ne le gênait plus, elle ne le croyait pas. Elle savait mieux que personne ce que l'on ressentait lorsque l'on ne répondait jamais aux exigences de sa famille – et ce n'était pas une sensation que l'on pouvait aisément ignorer.

— Vos parents ont tort de vous faire porter ce poids.

— Peut-être, admit-il, mais ils ne changeront pas. Ils pensaient avoir l'héritier parfait avec Neleos et ils l'ont perdu. D'ailleurs, ils en ont tellement souffert qu'ils ne prononcent jamais son nom et je ne suis même pas certain qu'Alewyn, mon petit frère, se souvienne de lui.

Adela n'avait jamais entendu parler de lui non plus, depuis son arrivée.

— Alewyn ne vit pas à Windsor, n'est-ce pas ? Je l'aurais sans doute déjà rencontré, sinon.

— En effet. Il appartenait au corps des chevaliers du roi, mais nous a quittés il y a près de six mois.

Une petite moue traversa son visage et Adela dut s'empêcher de lui caresser la joue pour la faire disparaître.

— On dirait que vous désapprouvez sa décision. Pourquoi est-il parti ?

— Il a rencontré une femme, l'a épousée... Et non, je ne désapprouve pas entièrement sa décision.

Si c'était le cas, pourquoi ne pas parler de sa belle-sœur en l'appelant par son nom ?

— Pas entièrement ? releva-t-elle.

— Je suis juste un peu déçu.

— Pourquoi ?

Il se massa un instant le menton, songeur.

— Alewyn était un bon chevalier. Un des meilleurs. Je suppose qu'il l'est toujours : il sert encore dans l'armée, mais plus sous mes ordres. Je lui faisais entièrement confiance et, maintenant qu'il est parti, le nombre de personnes à qui je peux me fier ici est réduit à deux.

Le cœur d'Adela se serra pour lui. Il avait perdu deux frères, qu'il appréciait beaucoup, apparemment. Se rendait-il seulement compte de la tristesse qui perçait dans sa voix ?

— Qui sont ces gens ?

— Theo, que vous connaissez déjà, et Sir William. C'est le dernier membre des chevaliers du roi. Il accompagne actuellement Edward à Anvers, mais vous devriez le rencontrer dès son retour.

Elle l'observa un moment, puis murmura avec douceur :

— Vous pouvez aussi vous fier à Medea. Elle a toujours vos intérêts à cœur.

Il hocha la tête d'un air pensif.

— Oui, je pense que je peux lui faire confiance.

— Et vous pouvez vous fier à moi.

Il soutint son regard, sans répondre.

— Cela fait donc quatre personnes qui vous sont fidèles, à la Cour, conclut-elle.

— La plupart des gens ne peuvent pas en dire autant...

Il lui coupa une autre tranche de pomme et elle s'assit près de lui pour la manger. Sa cuisse se pressa furtivement contre la sienne.

— Qu'aimeriez-vous savoir d'autre à mon sujet ?

Cette franchise les avait conduits à entamer une conversation plus intime que toutes les autres, et elle sentit enfin le courage de poser la question qui la hantait.

— J'aimerais savoir pourquoi nous n'avons pas encore consommé notre mariage.

Benedictus sursauta comme s'il avait été frappé, mais elle poursuivit. Elle était allée trop loin pour reculer, de toute manière…

— Y a-t-il quelqu'un d'autre avec qui vous faites ce genre de choses ?

Il eut un hoquet de surprise.

— Me demandez-vous si j'ai *une maîtresse* ?

Une part d'Adela, celle qui avait toujours fui les confrontations, lui cria de cesser de parler. Mais son instinct de bravoure et de sincérité la poussa à continuer.

— Je le comprendrais, vous savez.

C'était faux, mais elle refusait de lui avouer à quel point cela l'aurait blessée. Elle fit de son mieux pour rester calme et factuelle.

— Après tout, vous ne m'avez pas épousée par amour. Je sais que le roi avait besoin de l'argent de ma dot. Si jamais vous étiez amoureux d'une autre femme avant de me rencontrer, je ne pourrais pas vous le reprocher.

Son mari se leva brusquement et alla se camper à l'autre bout de la pièce, les mains fermement jointes dans son dos et les épaules tendues.

— Me demandez-vous cela parce que *vous*, vous aimez quelqu'un ? Désirez-vous avoir la liberté de le fréquenter ?

Il lui tournait le dos, mais sa voix était glaciale. Si Adela avait eu un amant, elle aurait été terrifiée. Heureusement, elle pouvait lui répondre sans mentir.

— Non, mon cœur est libre. Et même si j'avais des sentiments pour un homme, je ne trahirais jamais mes vœux.

Le corps de Benedictus parut se détendre un peu.

— Moi non plus, Adela. Ni maintenant ni plus tard.

Elle sentit tout l'air s'échapper de ses poumons d'un coup et fut heureuse qu'il ne la regarde pas, car le soulagement lui fit un instant perdre ses moyens.

— Dans ce cas, s'il n'y a personne, pourquoi n'avons-nous pas... ?

Le mot se coinça dans sa gorge et le peu de courage qu'elle avait encore s'envola.

— Je vous ai dit que je voulais attendre que nous nous connaissions mieux, répondit-il. Je ne veux pas que vous ayez peur de moi.

— Et je vous assure que ce n'est pas le cas.

Il se retourna enfin pour s'approcher de nouveau.

— Alors, c'est peut-être moi qui suis effrayé.

— De quoi ? demanda-t-elle doucement.

Du bout de ses doigts calleux, il lui caressa la joue, faisant naître un flot de frissons délicieux sous sa peau.

— J'ai peur de vous faire mal. Vous êtes si fine, si vulnérable...

Sa main passa dans son cou et s'enfouit dans ses cheveux. Elle ferma les yeux.

— Je suis sûre que vous ne me blesserez pas.

Il laissa retomber sa main, et elle regretta immédiatement ses caresses.

— Je ne saurais pas comment être doux, souffla-t-il.

Elle rouvrit les yeux, surprise, et vit que son regard d'ordinaire si calme paraissait étrangement torturé.

— Que voulez-vous dire ?

Il hésita un long moment avant de lui répondre.

— Je n'ai jamais partagé ma couche avec une femme, lâcha-t-il enfin, les joues rouges.

Néanmoins, il ne se détourna pas et toucha tendrement la ligne de sa clavicule, dénudée par sa robe.

— J'ai tellement envie d'être avec vous que je crains de me montrer trop brutal. Je veux que vous preniez du plaisir et je n'ai aucune envie de vous faire souffrir. Je suis beaucoup plus grand que vous. Et si... ?

Il secoua vivement la tête.

— Je voudrais que vous appréciiez l'expérience autant que moi, mais je ne saurais pas par où commencer.

Le cœur d'Adela gonfla tant qu'elle eut peur de le sentir exploser. Il avait… *tellement envie d'elle.* Elle aurait voulu rire, bondir, danser triomphalement. Rien n'était plus précieux pour elle que cette confession.

De plus, il venait d'avouer qu'il n'avait jamais couché avec une femme… Le caractère inattendu de cette confession l'avait d'abord choquée, mais une possessivité farouche remplaçait peu à peu sa surprise. Ils allaient partager cette première fois ensemble – si le ciel le voulait. Elle le contempla quelques instants, et il rougit de plus belle. Qu'un homme aussi fier laisse apparaître une telle fragilité était presque incroyable, et elle devinait que cela avait été dur pour lui. Il avait eu le courage de se dévoiler entièrement devant elle. À présent, c'était à elle de faire le grand saut, d'oublier la joie que lui apportait cet aveu et d'aller de l'avant. Elle lissa le drap, près d'elle.

— Venez vous asseoir.

Il obéit. Elle se pencha vers lui quand le matelas se tassa sous son poids, mais ne se redressa pas. Au contraire, elle savoura le contact de leurs deux corps. Benedictus ne s'écarta pas non plus.

— Je ne sais pas en quoi consiste ce fameux acte conjugal, que nous sommes censés accomplir, avoua-t-elle à son tour en ravalant sa gêne. Peut-être pourriez-vous me l'expliquer, et nous chercherons ensemble un moyen d'y prendre du plaisir. Medea m'a dit que c'était l'un des aspects les plus agréables du mariage…

Elle eut peur qu'il ne se moque d'elle et de son inexpérience. Cette crainte ne l'avait pas quittée depuis la cérémonie, dans la chapelle de ses parents. Mais il se contenta de lui prendre la main. Ses doigts, si puissants, usés par le travail, lui apportèrent un réconfort dont elle avait eu besoin sans le savoir. Il baissa les yeux sur leurs doigts entrelacés.

— N'avez-vous jamais vu un couple faire l'amour ? demanda-t-il. Ce qui se passe dans la grande salle, tard le soir, laisse peu de place à l'imagination.

— Mon père m'a toujours surveillée de près. Je n'avais pas le droit de pénétrer dans la grande salle de sa forteresse, à l'exception des soirs de fête où mon absence aurait suscité des questions. Tout ce que l'on m'a dit, c'est qu'il faut être couché pour accomplir la chose.

Benedictus rougit de plus belle. Le spectacle était tout à fait adorable - plus doux encore que tous les fruits en pâte d'amande qu'Adela avait pu goûter, ou que les premières journées enivrantes qu'elle avait passées loin de la forteresse de ses parents.

— Nous ne sommes pas obligés de faire cela couchés, répondit-il, mais je pense que ce serait un bon point de départ. Avez-vous déjà embrassé quelqu'un ?

— Comme ça ?

Elle se pencha pour lui effleurer la joue du bout des lèvres. Sa barbe naissante lui picota la bouche. Elle le sentit serrer sa main plus fort.

— Pas tout à fait...

Il se tourna, glissa un doigt sous son menton pour l'inviter à redresser la tête.

— Me permettez-vous ?

Elle acquiesça, sans vraiment savoir ce qu'elle venait d'accepter. Cela importait peu. Elle lui faisait confiance et elle savait qu'il ne lui ferait pas de mal... Pas après ses aveux.

Il se pencha sur elle à son tour et posa avec douceur ses lèvres sur les siennes. Ce fut un contact furtif, délicat, très différent de ce à quoi elle s'était attendue de la part de cet homme. Sa bouche bougea contre la sienne, tantôt tendre et tantôt ferme, prudente et aventureuse à la fois. Tout son monde parut se réduire à ce point où leurs lèvres se touchaient et dansaient. Lentement, il ralentit ses mouvements, puis se redressa. Son regard sonda le sien, interrogateur.

— Oh ! murmura-t-elle, c'était charmant.

Il sourit et le cœur d'Adela s'emballa. Ce sourire solaire, rayonnant, qu'elle n'avait encore jamais vu, la combla de bonheur. Il l'embrassa de nouveau, avec un peu plus de force et d'urgence que la première fois. Ce fut merveilleux. Elle sentit son corps fondre quand il passa un bras dans son dos pour la presser contre lui. L'expérience devint plus intense et parut durer de longues minutes. Quand il s'écarta, elle tenta de le retenir et le sentit sourire de nouveau contre sa bouche. Il pressa son front contre le sien, plongeant dans son regard.

— Je vois que vous savez comment faire, malgré tout, dit-elle.

Il rit et tout son être vibra de joie. Sa bonne humeur illuminait ses prunelles et détendait enfin ses sourcils toujours sévèrement froncés. Depuis combien de temps ne s'autorisait-il plus à exprimer sa joie aussi simplement ?

— Je ne suis pas tout à fait novice. J'ai embrassé des femmes et j'ai...

Il baissa les yeux en s'éloignant insensiblement.

— ... et j'ai aussi fait d'autres choses.

Un éclair de jalousie la frappa en plein cœur en songeant à ces mystérieuses « autres choses », mais elle préféra l'ignorer. Il était plus âgé qu'elle, et beaucoup plus expérimenté. Il était logique qu'il ait connu différentes femmes. Le fait qu'il se soit préservé pour leur mariage durant toutes ces années tenait déjà du miracle.

— Pourquoi n'avez-vous jamais... ?

Elle indiqua son corps, les joues en feu.

— J'ai failli, avant nos fiançailles, admit-il. Je ne voudrais pas vous pousser à croire que je suis un saint. Je le voulais, énormément mais, hélas, ma personnalité et mes traits ont découragé les prétendantes.

Il sourit, ses yeux se plissant un peu.

— N'essayez pas de protester, Adela. Je sais que je ne ressemble en rien aux Sir Hendry de ce monde…

— Non, vous êtes meilleur qu'eux.

Il était très important pour elle qu'il le sache. Sir Hendry était peut-être beau, mais il n'avait jamais réussi à la faire frissonner de plaisir comme son époux.

Malheureusement, Benedictus ne la crut pas et rit.

— Une épée à la main, probablement, mais en ce qui concerne l'amour et les jeux de la séduction, je connais mes lacunes. Je n'ai ni la volonté ni la patience de faire la cour à une femme.

Il secoua la tête et poursuivit :

— Peu importe. Quelles que soient les causes, la chose n'est jamais arrivée. Ensuite, après nos fiançailles, j'aurais eu l'impression de vous trahir en prenant une amante. Après tout, nous étions promis l'un à l'autre.

De nouveau, le cœur d'Adela s'emballa. Plus le temps passait, plus elle appréciait cet homme rude et franc. Était-il réellement aussi bon et honnête qu'il le prétendait ? Et pourquoi agissait-il d'une manière si différente en privé et à la Cour ? L'homme que tout le monde pensait connaître, celui qu'elle voyait le plus souvent, semblait froid et sévère. Mais l'époux qu'elle apprenait à découvrir, de temps à autre, paraissait attentionné, gentil, loyal. Un prétendant tel que toutes les jeunes filles en rêvaient…

Il caressa du pouce le dos de sa main et son estomac se noua. Elle aurait voulu l'embrasser encore, mais n'avait pas le courage de presser sa bouche contre la sienne. De plus, elle avait des questions à lui poser et il n'aurait pas pu lui répondre pendant un baiser.

— Je sais que vous n'avez pas accompli l'acte avant, mais vous savez que faire, n'est-ce pas ?

Il eut un sourire étonnamment mutin, comme un petit garçon.

— Oui, répondit-il.

— Dites-moi donc ce qui se passe, après les baisers sur la bouche.

— Rien ne m'interdit de vous embrasser ailleurs, murmura-t-il avec malice. Ici, par exemple.

Il écarta ses cheveux et laissa courir ses lèvres le long de son cou. Elle étouffa un petit cri quand sa barbe frotta la peau sensible de sa gorge, la faisant vibrer comme les cordes d'un violon sous l'archet. Elle s'agrippa à son bras, sentit ses muscles se tendre sous ses doigts. Il poursuivit son exploration jusqu'à sa clavicule et le plaisir la fit presque défaillir. Jamais elle n'aurait pu imaginer une sensation aussi exquise.

Il lui lâcha la main pour lui caresser la peau, là où ses lèvres étaient passées, et effleura le décolleté de sa robe.

— Puis-je vous ôter ceci ?

Sa voix était plus grave et plus rauque qu'à son habitude.

— Oui. Faites !

Ses vêtements lui paraissaient soudain trop serrés et l'irritaient. Comment pouvait-on apprécier de porter autant de tissu sur soi ? Elle se leva et se plaça dos à lui pour lui permettre d'atteindre les laçages de son corsage.

Il les dénoua très vite et lui retira sa robe. Elle sentit l'air lui manquer. Elle se retourna et vit qu'il l'observait tout entière. Ses épaules se soulevaient au rythme fiévreux de sa respiration, comme s'il venait de courir. Elle sentit ses propres doigts trembler – pas de peur, mais d'une excitation bien plus intense. Déjà, elle ne pouvait plus résister au désir de le toucher. Elle se pencha, l'embrassa et glissa les mains sur sa nuque, au milieu de ses cheveux. Il gémit et la serra contre lui. Elle sentit bientôt la chaleur de ses grandes mains au bas de son dos.

Pendant une éternité, ils laissèrent leurs baisers parler pour eux. Un gémissement étouffé emplit la chambre et elle s'écarta, surprise de comprendre qu'il provenait de sa propre gorge. Elle contempla son époux, ses lèvres rougies et son regard embrasé. Un vertige lui monta à la tête, comme si elle avait bu trop de vin – seulement, c'était encore meilleur que cela. Elle aurait pu rire si Benedictus n'avait pas commencé à tirer sur sa chemise et son jupon.

— Je veux vous toucher, dit-il dans un souffle caressant.

Elle hocha la tête. Elle aurait été incapable d'articuler un mot. Puis elle l'aida à ôter le reste de ses vêtements pour se tenir nue devant lui.

Une timidité soudaine la saisit. Jamais personne ne l'avait vue dans le plus simple appareil. Elle fut tentée de couvrir sa poitrine avec ses mains, mais le regard admiratif de son époux la retint. Il examina son corps entier et sa peau se mit à frémir sous la braise de ses yeux. Enfin, il ravala sa salive, redressa la tête et plongea dans son regard.

— Tu es si belle.

En cet instant, devant ce tutoiement étrangement intime et la révérence de sa voix, elle le crut.

Il s'humecta les lèvres.

— Nous parlions de baisers…

Elle acquiesça.

— Cela me plaît.

— À moi aussi, répondit-il avec un regard plus ardent encore. As-tu aimé que je t'embrasse ici ?

Il lui caressa le cou du bout du doigt et elle frémit de nouveau.

— Oui. La sensation de votre… ta barbe sur ma peau…

Elle ne put achever sa phrase.

— Je pourrais aussi t'embrasser ici, dit-il en effleurant l'arrondi de son sein. Ou là.

Il lui toucha le ventre.

— Ou même là...

Sa main flotta au-dessus de son intimité.

Elle sursauta, choquée, et il laissa retomber son bras.

— Pourquoi voudrais-tu m'embrasser ici ?

Il eut un petit sourire, l'air rêveur.

— Pour te donner du plaisir.

— Je ne vois pas quel plaisir je trouverais à cela.

Cette fois, le sourire de Benedictus fut encore plus franc. Jamais elle ne se lasserait de le voir transformer ainsi ses traits. Ses yeux presque noirs se mettaient à pétiller et lui réchauffaient le cœur.

— Je pense que tu pourrais apprécier, si je fais les choses convenablement. Puis-je poursuivre ?

Il attendit qu'elle lui donne la permission d'un hochement de tête avant de poser les mains sur ses hanches.

— Pour consommer notre mariage, expliqua-t-il, je vais devoir te toucher là.

Il revenait caresser la peau sensible, à l'intérieur de sa cuisse.

— Il y a une partie de toi, ici, qui est plus sensible que le reste et qui pourrait aimer que je la touche.

Elle prit alors conscience d'une étrange tension entre ses jambes. Sans doute avait-il raison, mais elle ne parvenait pas à imaginer que ça puisse être vrai.

— Une fois que tu seras détendue, une partie de mon corps entrera en toi et j'espère que cette union nous apportera à tous les deux beaucoup de joie.

Elle fronça les sourcils, momentanément déstabilisée.

— Quelle partie de ton corps ?

— Mon...

Il s'éclaircit la voix, rosit de nouveau. Oh ! qu'elle aimait le voir rougir !

— Ce serait plus facile si je... Acceptes-tu que je... ?

Il lui prit la main, le regard interrogateur.

— Je veux tout savoir, dit-elle.

Si elle tenait à ce que leur mariage fonctionne, elle *devait* tout savoir. Elle le laissa donc guider sa main jusqu'à son bassin.

— Ici, murmura-t-il.

À travers ses vêtements, elle sentit un membre dur et dressé. Benedictus retint son souffle quand elle referma les doigts dessus. Elle écarta brutalement la main, convaincue de lui avoir fait mal.

— Je ne pense pas que ceci trouverait sa place quelque part dans mon corps !

Il parut réprimer un éclat de rire.

— Quand tu seras prête, oui. Mais d'abord, nous devrions sans doute poursuivre nos baisers.

Il l'attira en douceur sur ses genoux et pressa de nouveau sa bouche contre la sienne. Très vite, ce ne fut plus suffisant pour Adela. Elle saisit sa tête et le serra plus fort.

Il gémit, rendant leur baiser plus passionné en glissant la langue entre ses lèvres. Elle fut surprise mais, quand il tenta de s'écarter, elle le retint avec fermeté. Ce fut d'abord étrange, puis très vite, elle sut qu'elle n'avait encore jamais rien expérimenté de plus merveilleux.

Il pressa une paume contre sa taille, remonta sur le côté et vint couvrir son sein. Elle soupira tandis que ses doigts se refermaient sur son téton et le pressaient légèrement.

Au bout d'un moment, il redressa la tête, le souffle rendu plus lourd.

— J'aimerais...

Il la souleva sans peine et l'allongea sur le lit, s'étendant face à elle.

— Cela ne te dérange pas ?

— Je promets de te prévenir si quelque chose ne me plaît pas mais, pour l'instant, n'arrête pas.

Il hocha la tête et se pencha sur sa poitrine. Elle cria presque quand sa bouche goba son téton. C'était une sensation si inattendue, si délicieuse qu'elle aurait pu se contenter de s'abandonner à ce plaisir tandis qu'il explorait son corps. De petits gémissements emplirent de nouveau la chambre et elle se plaqua une main sur la bouche quand elle comprit qu'ils venaient d'elle. Seulement, ses efforts échouèrent très vite. Elle ne pouvait se retenir. Son corps semblait revenir à la vie sous les caresses de Benedictus.

Tout en l'embrassant, il descendit jusqu'à son ventre, s'arrêta le temps de lui jeter un coup d'œil. Elle ne tenta pas de l'arrêter. Tout ce qu'il avait fait jusqu'à présent avait été divin, et s'il prétendait que…

Le premier coup de langue la fit se cambrer sur le matelas. Le second lui arracha un long cri. Elle crispait les poings dans les plis des draps, tandis que le plaisir déferlait en elle. Plus rien ne comptait, mis à part ce que son époux faisait. Elle murmura son nom avec fièvre et la pression s'intensifia encore un peu.

Ses doigts étaient pressés contre l'entrée de son sexe. Elle se tendit un peu quand ils la pénétrèrent, mais sous les baisers, son corps se relaxa de nouveau. Quand elle sentit son index pousser plus loin en elle, elle crut exploser. Elle se cambra davantage, gémit, envahie par un raz-de-marée d'extase qui l'emplissait tout entière, jusqu'au bout de ses orteils. Le souffle court, les talons enfoncés dans le matelas, elle perdit toute notion du temps. Jamais encore elle n'avait rien ressenti d'aussi bon, d'aussi divin. Benedictus ralentit le mouvement, espaça ses baisers, jusqu'à ce que les dernières vagues viennent mourir, laissant Adela retomber sans force sur le lit.

— Qu'est-ce que c'était ? demanda-t-elle tandis qu'il remontait le long de son corps en déposant une myriade de baisers sur son passage.

À chaque contact, de nouvelles petites vagues de plaisir la traversaient.

— Ceci, murmura-t-il tout contre son cou, est la raison pour laquelle les hommes et les femmes aiment passer du temps ensemble...

Il s'allongea près d'elle et l'attira dans ses bras. Elle était si épuisée, si somnolente et profondément satisfaite... Jamais encore elle n'avait éprouvé une telle sensation. Enveloppée par ses bras puissants, elle avait l'impression d'être protégée du reste du monde et aurait voulu ne jamais quitter ce lit.

— Ce n'est pas tout, n'est-ce pas ? demanda-t-elle encore d'une voix presque pâteuse, comme si elle avait été ivre. Il y a autre chose ?

— Oui, dit-il.

— Est-ce encore meilleur ?

— Je te le promets.

— Je ne suis pas certaine que je pourrai y survivre.

Elle sentit le rire de Benedictus vibrer dans son dos et sourit. Cette soirée avait été merveilleuse, et pas uniquement grâce aux caresses qu'il venait de lui prodiguer. Elle avait réussi à le faire sourire, rire, et savait déjà qu'elle allait passer le reste de sa vie à tenter de le rendre aussi heureux qu'elle.

Benedictus aurait dû bouger. Il aurait dû rouler sur le côté et recouvrir le corps d'Adela. Elle dormait à poings fermés, à présent. Elle s'était assoupie dès l'instant où il l'avait prise dans ses bras. Cependant, il n'avait pas le courage de s'arracher à la douceur de sa chair sensuelle.

Cette soirée avait été plus extraordinaire que tout ce qu'il avait imaginé. Son épouse lui avait fait confiance, s'était abandonnée à lui et avait répondu avec fièvre à ses caresses, ses baisers. À présent, il ressentait un contentement plus intense que ce qu'il aurait cru possible.

Incapable de s'en empêcher, il pressa les lèvres dans le creux de son cou. Elle remua un peu contre lui et se cala davantage entre ses bras, frottant ses fesses contre son membre dressé pour le torturer de désir. Son corps le poussait à la réveiller pour terminer ce qu'il avait commencé, mais il se souvenait aussi de sa promesse. Il allait prendre son temps, avec elle, et quand la chose arriverait enfin, elle serait encore plus douce pour eux deux.

La nuit avait beau être chaude, pour une fin de mois d'août, il remarqua qu'elle avait la chair de poule. Quand il lui toucha le bras, il le trouva froid et, à contrecœur, s'écarta de son épouse pour remonter la couverture sur elle. Adela était si fine, si petite. Il pouvait presque voir ses côtes sous la peau délicate de son buste. Un flot de colère monta soudain en lui. Sa famille ne s'était jamais souciée d'elle. Ses parents auraient dû s'assurer qu'elle mangeait suffisamment. N'avaient-ils pas assez d'argent pour lui offrir les mets qu'elle appréciait le plus ? Elle avait certes pris un peu de poids depuis son arrivée à Windsor, mais les os de ses hanches saillaient toujours d'une manière inquiétante.

Il la borda avec soin avant de se lever et de quitter la chambre. Il était déjà arrivé à mi-chemin des cuisines quand il se rendit compte de ce qu'il était en train de faire. Il venait chercher plus de nourriture pour qu'elle ait un petit déjeuner prêt à être dévoré dès son réveil. Il se figea dans l'escalier. Il ne faisait cela que parce que c'était juste, et pas parce qu'il était tombé amoureux d'elle. Certes, il avait de l'affection pour elle, mais ses sentiments étaient très différents de ceux que son frère éprouvait pour sa femme. Il n'était pas comme Alewyn. Il n'abandonnerait jamais tout ce qu'il avait construit à la demande d'Adela. Non, ce danger ne le menaçait pas – heureusement. S'il tenait tant à la nourrir, c'était parce qu'il avait toujours été animé par le besoin de protéger ceux qui ne pouvaient se défendre seuls. Il reprit sa route, se promettant de veiller sur elle, de s'assurer qu'elle ne manque jamais de rien et de la défendre contre le monde entier s'il le fallait. Hélas, une petite voix lui murmura qu'il était lui-même en grand danger. L'amour flottait autour de lui, plus proche que jamais.

[illegible] demande à l'Aulne [illegible]

[illegible]

[illegible]

[illegible] besoin de [illegible]

[illegible]

[illegible]

[illegible]

[illegible] grand [illegible]

flottait auprès du plus [illegible]

9

Adela s'étira, gardant les yeux fermés pour se protéger de la lumière du soleil qui filtrait déjà à travers les fentes des volets. Elle savait qu'elle était seule. Le matelas ne penchait pas sous le poids de Benedictus et la chambre était plongée dans un profond silence. Elle ne s'était pas attendue à trouver son époux toujours à ses côtés à son réveil. Il se levait aux aurores et ce qui s'était passé entre eux la veille n'allait sans doute pas le pousser à changer ses habitudes. Elle se massa la poitrine, tentant vainement de dissiper la petite douleur qui s'y était installée quand elle avait compris qu'il n'était plus là.

Cette dernière soirée lui avait apporté plus de choses qu'elle n'avait osé l'imaginer, et elle allait devoir s'en satisfaire. Elle s'était réveillée une première fois, avant l'aube, et avait senti le poids du bras de son époux sur elle, la chaleur de son corps contre le sien. Jamais encore on ne l'avait tenue ainsi. Jamais elle n'avait puisé autant de réconfort et de sérénité au contact d'un autre être humain. Elle avait voulu repousser le sommeil pour profiter plus longtemps de cette nouvelle sensation, mais elle avait été si détendue que les rêves l'avaient de nouveau saisie. À présent, il était parti et elle ne pouvait plus qu'espérer voir cette soirée divine se reproduire. Comment pourrait-elle supporter de retrouver leur ancienne relation distante et guindée, après cela ?

Elle se leva, étouffant un petit cri quand l'air froid l'enveloppa, puis prit le temps de s'examiner. Benedictus l'avait contemplée comme s'il la trouvait belle, et elle s'était sentie si puissante ! Mais, dans la violente lumière matinale, elle ne vit aucun changement notable en elle. Elle était toujours aussi maigre, avec une poitrine à peine existante et un ventre trop plat qui laissait apparaître ses os. Malgré tout… il y avait bien une différence. Au-dessus de sa hanche, elle aperçut une rougeur. Lorsqu'elle passa les doigts dessus, ce ne fut pas sa main qu'elle sentit, mais la barbe rude de Benedictus qui s'y était frottée, lui arrachant des frissons d'extase.

Elle remarqua alors une miche de pain sur la table, accompagnée par une corbeille de fruits. Son époux les avait sans doute laissées là pour elle. Elle s'habilla rapidement et mordit dans une pomme. Le jus lui coula sur le menton et elle l'essuya d'un revers de la main.

Étrangement, elle n'était pas embarrassée par ce qu'ils avaient fait, cette nuit. Benedictus avait pourtant glissé son visage entre ses jambes et elle aurait dû en mourir de honte ; mais le simple fait de repenser à cela éveilla au contraire un profond désir au creux de son estomac. Elle avait hâte qu'il recommence – encore et encore.

Qu'aurait dit son père, face à un comportement si indécent ? Elle secoua la tête. Pourquoi donc pensait-elle à lui ? Il ne méritait pas qu'elle perde son temps ainsi ou qu'elle le laisse gâcher ce qui avait été les instants les plus doux de son existence. C'était à elle, et à elle seule, de briser le pouvoir qu'il avait autrefois eu sur elle.

Elle envisagea de reprendre son travail de broderie, mais ce projet ne l'attira soudain plus autant que d'habitude et elle rangea son ouvrage sous le lit. Elle n'avait pas envie de passer la matinée enfermée dans la chambre comme elle le faisait en temps normal. Sans se laisser le temps de changer d'avis, elle décida de rendre visite à Benedictus ; et s'il était trop occupé pour la recevoir, elle irait se promener dehors. Medea lui avait dit que la reine jouissait d'un jardin privé et que les dames de la Cour étaient libres de s'y rendre, mais elle ne l'avait pas encore visité. La matinée était si belle qu'elle pourrait sans peine savourer une promenade en solitaire au milieu des fleurs.

Mais ce qui la poussa à expédier ses ablutions n'était pas la perspective de découvrir le jardin royal. Ce n'était pas non plus celle d'y trouver un instant de paix qui la fit presque courir jusqu'au bureau de son époux. Elle avait uniquement envie de voir l'un de ses si rares sourires – et d'en être la cause. Cet empressement ne lui ressemblait pourtant pas... En temps normal, elle se montrait toujours si prudente ! Elle ne se reconnut même pas, courant ainsi le long des couloirs encore mal éclairés. Elle s'obligea à ralentir le pas, pour faire preuve d'un peu plus de dignité. Néanmoins, quand elle vit apparaître la porte du bureau, elle accéléra de nouveau, incapable de réprimer le sourire qui lui montait aux lèvres.

Elle frappa légèrement et entra dès que son époux l'y invita.

Son sourire s'évanouit immédiatement en voyant l'air si sévère de Benedictus. Pendant un instant, elle crut que sa colère était dirigée contre elle et son cœur s'emballa. Elle fut tentée de s'enfuir en courant. Puis elle se rendit compte que plusieurs hommes se tenaient debout, face à lui. Tous semblaient choqués.

— Je suis désolée, je...

Elle voulut ressortir de la pièce.

— Non, aboya Benedictus. Reste, Adela. Mes hommes étaient justement sur le point de s'en aller.

Personne ne prononça un mot. Les chevaliers passèrent devant elle, disparaissant l'un après l'autre dans le couloir, pâles comme la mort. L'un des plus jeunes semblait avoir du mal à retenir ses larmes.

— Que s'est-il passé ? demanda-t-elle quand elle se retrouva enfin seule avec son époux.

— Cela n'a aucune importance.

— Cela semblait pourtant en avoir pour eux. Le plus jeune pleurait presque.

Benedictus fronça les sourcils de plus belle.

— S'il était seul à sangloter, c'est que je ne me suis pas montré assez dur.

L'homme doux et attentionné de la veille semblait avoir disparu, remplacé par le seigneur austère et implacable qu'elle avait l'habitude de croiser dans la grande salle.

Elle contourna la table et il se leva.

— Désires-tu mon siège ? suggéra-t-il en le lui indiquant.

Elle refusa d'un geste et, enhardie, répondit :

— Je pensais plutôt m'installer sur tes genoux...

Pendant un instant, elle crut qu'il allait refuser et sentit ses joues s'empourprer. Elle s'obligea à rester immobile. Elle ne partirait que s'il le lui ordonnait. Ils avaient commencé à briser les barrières qui les séparaient, la veille, et elle voulait poursuivre ce travail – pas revenir en arrière.

Les épaules de Benedictus semblaient si tendues qu'il aurait probablement été capable de soutenir le plafond de la petite salle sans effort. Enfin, il poussa un long soupir.

— Ce serait très agréable, en effet.

Adela crut défaillir de soulagement. Qu'aurait-elle fait, s'il l'avait repoussée ? Elle l'ignorait...

Il se laissa de nouveau tomber dans son fauteuil et elle se percha sur ses cuisses. Bien sûr, elle ne savait pas que faire, maintenant qu'elle était là. Elle était seulement venue parce que tout son corps avait besoin de toucher cet homme. Elle se sentit soudain un peu ridicule, assise là comme une enfant, mais s'écarter aurait été pire. Elle resta donc en place, un peu crispée. C'était inconfortable, gênant, d'autant plus qu'elle ne pouvait plus voir le visage de son époux, dans cette position.

Il s'éclaircit la voix.

— À quoi dois-je le plaisir inattendu de ta visite ?

— Je suis venue parce que je... Je voulais te remercier pour le petit déjeuner que tu as laissé pour moi. C'était très attentionné.

— Ce n'est rien.

Il se tut. Elle ne savait pas qu'ajouter et ne voyait aucune raison de rester avec lui, maintenant qu'elle avait exprimé sa gratitude. Elle voulut se relever.

— Je ferais sans doute mieux de te laisser...

Il l'enlaça pour l'empêcher de partir et la tint fermement contre lui.

— Inutile de te précipiter dehors, dit-il. Personne ne nous dérangera. On aurait trop peur que je ne fasse pleurer quelqu'un d'autre !

Il la serra un peu plus, jusqu'à ce qu'elle se retrouve nichée contre son large torse. Si elle avait été un chat, sans doute se serait-elle mise à ronronner.

— Tu sais, tu ne devrais pas rendre les gens si malheureux, murmura-t-elle sans colère ni jugement.

Elle n'avait pas vraiment envie de se disputer avec lui, alors qu'elle venait de découvrir sa nouvelle place favorite : sur ses genoux.

— Tu ne sais pas de quoi ces hommes se sont rendus coupables.

— Peux-tu me le dire ?

Il ne répondit pas. L'une de ses mains se glissa dans les cheveux d'Adela et il tira en douceur quelques mèches pour la masser. Elle ferma les yeux, se laissant couler contre lui avec une satisfaction absolue.

— Cela te plaît ? demanda-t-il en poursuivant ses mouvements.

— Oui. Beaucoup.

— C'est bon à savoir...

Elle entendit un sourire percer dans sa voix. Il était clairement content de lui.

— Tu ne m'as toujours pas dit ce qui s'est passé.

Elle se tourna un peu, la tête calée sous le menton de son époux. Elle avait imaginé ressentir ce genre de confort en lui proposant de s'asseoir sur ses genoux, mais n'avait pas vraiment cru que ce soit possible.

Il soupira.

— Ce n'est pas confidentiel, mais je préférerais que tu ne t'inquiètes pas pour rien, à force de trop réfléchir à ce genre de choses.

Adela commençait à comprendre qu'elle allait devoir insister pour pousser son époux à se confier – quel que soit leur sujet de conversation. Il n'avait pas l'habitude de s'ouvrir aux autres. Hélas, elle non plus. Peut-être qu'ensemble, ils apprendraient enfin à baisser la garde. Elle voulait devenir la personne vers laquelle il se tournerait, à l'avenir, quand il aurait un problème. La personne auprès de qui il irait chercher un soulagement lorsque ses responsabilités deviendraient trop lourdes à porter.

Il la fit bouger sur ses genoux, mais juste pour mieux la tenir. Il ne semblait pas prêt à la laisser se relever.

— Les Français envoient des navires de guerre le long de nos côtes. Ils ne se montrent pas agressifs pour le moment... Néanmoins, je tenais à savoir quelle était leur destination. Veulent-ils nous effrayer, puis rentrer chez eux ? Ou bien installer un poste avancé quelque part en Grande-Bretagne ? Ils ont déjà essayé de faire ce genre d'incursion, près de

Douvres. Heureusement, grâce à Alewyn, leur opération a échoué. Te souviens-tu que je t'ai parlé de mon frère ?

Elle hocha la tête. Elle avait mémorisé en détail tout ce qu'il avait pu lui apprendre au sujet de sa vie, chérissant ces confidences comme des joyaux précieux.

— Bref, après la résolution de ce conflit, j'ai compris que j'allais devoir installer en permanence une garnison sur la côte. Ces hommes faisaient partie du groupe que j'ai constitué pour cela. Ils étaient censés être les meilleurs. Il y a quelques jours, ils ont commencé à traquer les mouvements d'un navire français, mais l'ont perdu de vue. C'est une erreur que je ne peux pardonner. Si jamais le roi apprenait cela, quelques larmes seraient le dernier de leurs soucis, crois-moi !

— Je vois...

Elle n'aimait pas penser que son mari venait de faire fondre en larmes un soldat aguerri, mais elle comprenait mieux ses motivations, à présent.

— Diriger le royaume comme tu le fais doit être si difficile, ajouta-t-elle.

Il eut un petit rire amer.

— Je ne le dirige pas, hélas. Cet honneur revient au roi. Si j'étais réellement à la tête du pays, ma vie serait sans doute beaucoup plus simple.

Elle se retourna pour l'interroger du regard et vit que ses yeux se perdaient dans le lointain.

— Pourquoi ?

Il la contempla enfin.

— Parce que je ne me serais jamais fourvoyé dans cette guerre absurde avec la France. Je me serais concentré sur l'enrichissement de ce pays, au lieu de convoiter des terres qui ne nous appartiennent pas.

Elle leva les yeux. Un frisson étrange et agréable la traversa un instant. Benedictus venait-il réellement de lui parler avec une telle franchise ? Critiquer les actions du roi de cette manière aurait aisément pu passer pour de la trahison, surtout venant de son plus proche conseiller. Son époux devait avoir une immense confiance en elle pour dire ce genre de choses, et elle n'était pas certaine d'avoir fait quoi que ce soit pour mériter cette foi aveugle...

Cette conversation n'était pas celle à laquelle elle s'était attendue en venant ici. Elle avait simplement espéré qu'il ne la chasse pas, voire qu'il lui laisse surprendre ce petit sourire si rare et si précieux. Mais ce qui venait de se passer était bien plus important ! Elle pencha la tête en arrière pour croiser son regard, puis caressa du bout des doigts sa mâchoire volontaire. Il ferma les yeux un instant. Encouragée par ce signe, elle pressa ses lèvres contre les siennes – et ce fut comme un départ d'incendie. Il la serra plus fort, son baiser devint plus urgent, plus possessif. Elle passa alors les mains dans son cou, ses cheveux, pour l'attirer un peu plus à elle. Elle ne put réprimer un gémissement quand elle sentit sa langue dans sa bouche. Il la caressait aussi, suivant la ligne de son menton, la courbe de sa hanche. C'était beaucoup trop... et pas assez à la fois.

Sa grande main se posa sur son mollet, sous sa robe, et le serra plus fort. Il remonta à l'arrière de son genou, puis sur la peau sensible de sa cuisse. Elle se tortilla, tentant de l'attirer là où son désir était le plus brûlant. Il sourit contre ses lèvres. Ses doigts passèrent sur son ventre, puis au sommet de ses jambes. Elle poussa un petit grondement de protestation quand il retira sa main et redressa un peu la tête.

— Y a-t-il une chose dont tu aurais envie ?

Sa voix était grave, hantée, et animée d'une pointe d'amusement.

Elle se cala un peu plus sur ses genoux pour se presser contre son membre dressé. Il gémit et l'embrassa de nouveau.

La flamme du désir étouffa son sourire mutin. Hélas, il ne semblait toujours pas décidé à la toucher là où elle le voulait, là où elle avait le plus besoin de lui.

— Benedictus, souffla-t-elle contre ses lèvres.

— Dis-moi ce que tu désires, répondit-il de cette voix grondante.

— Je veux que tu me caresses...

— Là ?

Ses doigts glissèrent de nouveau sur l'intérieur de sa cuisse. Elle secoua la tête.

— Ici ? reprit-il en regagnant son ventre.

— Benedictus !

— À présent, tu as une idée de la torture que je dois supporter, murmura-t-il en nichant son visage au creux de son cou.

— Je suis désolée. Je peux...

Elle n'eut pas l'occasion de terminer sa phrase. Les doigts si chauds de son époux atteignirent enfin son sexe. Tout son être réagit immédiatement et elle soupira de bonheur.

— Oh.

Elle bascula la tête en arrière. Il lui déposa plusieurs baisers le long de la gorge. Elle n'eut même plus la force de s'agripper à son cou et se laissa emporter par le délicieux va-et-vient de ses mains. Tout son monde parut se réduire à la bulle de plaisir qui gonfla en elle. Elle rouvrit les yeux et vit qu'il la contemplait avec adoration.

— Quand tu es comme ça, Adela, tu me donnes envie de...

Elle cria, se rattrapant à lui comme à un rocher dans la tourmente, et l'embrassa de nouveau. L'extase monta, plus intense encore que la première fois.

Comment avait-elle pu vivre sans cela, pendant toutes ces années ?

Peu à peu, les vagues exquises se retirèrent, les baisers

de Benedictus ralentirent, puis s'arrêtèrent. De nouveau, il la regarda avec fièvre.

— Je n'avais pas prévu de faire cela, ce matin, dit-il.

— Je suis très heureuse que tu l'aies fait.

Il laissa échapper un sourire de pure satisfaction.

— Pourrai-je un jour te faire ressentir la même chose ?

Il ravala sa salive, avant de laisser échapper dans un souffle :

— Oui.

— Comment ?

Son époux gémit et ferma de nouveau les yeux un instant.

— J'adorerais passer la matinée à te montrer comment faire, mais je crains que l'on ne vienne bientôt nous interrompre. Je suis d'ailleurs étonné que ce ne soit pas encore arrivé.

Il rabattit sa jupe retroussée sur ses jambes, la couvrant jusqu'aux chevilles. Néanmoins, s'il voulait réellement qu'elle s'en aille, il allait devoir la contraindre à se lever.

— Je t'en supplie, dis-moi ce que je suis censée faire. Je trouve injuste que tu m'aies offert ce plaisir deux fois sans en profiter à ton tour. Est-ce lié à... ceci ?

Elle ferma la main sur son membre et il laissa sa tête basculer, les yeux presque révulsés.

— Adela... Je...

Elle bougea le long de ce pilier palpitant inconnu. Elle n'était pas certaine de la manière dont elle devait procéder et guettait sur son visage un signe de jouissance. Il se laissa aller contre le dossier de son fauteuil. De sa main libre, elle dénoua les liens de son pantalon. Il ne parut pas s'en rendre compte. Ou bien, s'il le remarqua, il semblait déjà être parti trop loin pour l'arrêter.

Son membre jaillit quand elle le libéra. Elle aurait voulu prendre le temps de l'étudier, de comprendre comment une chose aussi imposante allait bien pouvoir entrer en elle, mais elle préféra ne pas ralentir ses caresses de peur qu'il ne reprenne conscience de ce qui se passait et ne lui interdise d'aller plus loin. Elle descendit le long de son appendice, puis remonta. Il serra les poings si fort que ses articulations blanchirent.

— C'est... incroyablement... agréable, murmura-t-il.

Elle l'embrassa dans le cou, espérant qu'il apprécie cela autant qu'elle.

— Que puis-je faire pour rendre la chose encore meilleure ? souffla-t-elle contre sa peau.

— Je...

Sa pomme d'Adam s'agita.

— Je vais te montrer.

Il lui prit la main et lui apprit à refermer les doigts sur lui. Puis il guida ses mouvements pendant quelques instants, jusqu'à ce qu'elle le chasse avec douceur. Elle voulait lui offrir cette libération seule.

— Est-ce bon ? demanda-t-elle.

Il hocha la tête, sans ouvrir les yeux, les lèvres légèrement écartées. Elle ne put s'empêcher de sourire, triomphante. Voir ce géant rendre les armes sous ses caresses était enivrant.

— Je ne tiendrai pas longtemps, dit-il encore.

Elle n'avait aucune idée de ce que cela signifiait mais, à en croire sa voix rauque, ce devait être une bonne chose.

Elle se redressa, pressa ses lèvres sur les siennes. Il respirait plus fort, plus vite...

Soudain, un cri provenant du couloir les interrompit brutalement.

— Que... ? gronda Benedictus en clignant des yeux, l'air surpris.

Le bruit se rapprocha. Adela bondit des genoux de son époux et ajusta sa robe. Benedictus ne bougeait toujours pas, le regard encore perdu en dépit de l'agitation qui semblait animer tout le couloir.

— Benedictus ! souffla-t-elle.

Il cligna de nouveau des paupières et se secoua enfin. Il se leva, se rhabilla et lissa sa tunique du plat de la main avant d'aller ouvrir la porte en trombe. Adela semblait temporairement oubliée. Par l'entrebâillement, elle aperçut la silhouette de Theo, essoufflé et rouge.

— Un navire de guerre français ! cria-t-il presque. Aperçu en aval, sur la Tamise. Nous devons y aller !

Benedictus acquiesça sans un mot. Déjà, l'homme qui avait failli se pâmer sous ses caresses avait disparu...

— Trouve John, l'intendant général, ordonna-t-il. Il va devoir siéger à ma place jusqu'à notre retour. Je te rejoins à l'écurie.

Theo était déjà reparti en courant. Benedictus se retourna finalement vers sa femme.

— Je suis désolé, Adela. Je vais devoir m'absenter.

Elle s'approcha et posa doucement les mains sur son torse.

— Sois prudent, murmura-t-elle.

Une expression étrange passa sur le visage de Benedictus et elle ne put déceler ses émotions. Si seulement elle l'avait mieux connu... Était-il triste de la quitter ainsi ? Était-il contrarié qu'on les ait interrompus alors qu'elle apprenait à peine comment le toucher pour lui donner du plaisir ? Si c'était le cas, il ne se trahit pas. Il se contenta de l'embrasser furtivement.

— Je te le promets.

Elle le suivit d'un pas lent dans le couloir. La sécurité du royaume était plus importante que leur mariage. Elle le savait. Mais elle ne put s'empêcher de maudire le roi en son for intérieur pour avoir déserté son trône. Les couloirs étaient déjà remplis de monde. Tous couraient vers la porte principale. Elle suivit la foule, ne sachant pas que faire d'autre.

Dehors, la masse de curieux était encore plus étouffante.

Adela ne s'était pas rendu compte du nombre de personnes qui vivaient à Windsor avant de les voir toutes rassemblées là. Elle aperçut sans peine les boucles sauvages de Medea au milieu des courtisans qui jouaient des coudes pour ne rien manquer du spectacle, et se fraya péniblement un chemin jusqu'à elle.

— Que se passe-t-il ? demanda son amie. Tout le monde hurle. Sommes-nous attaqués ?

— Un navire de guerre a été aperçu sur la Tamise, lui glissa Adela.

Le regard de Medea se mit à pétiller d'excitation.

— Vraiment ?

— Cela t'amuse donc ? N'es-tu pas inquiète pour Theo ? Qu'arrivera-t-il si les Français parviennent à atteindre Windsor ?

Depuis leur fameuse conversation sur le mariage, Adela et son amie avaient abandonné toute formalité entre elles. Mais déjà, on sortait des chevaux des écuries et une troupe d'hommes en armure s'en approchaient. Le brouhaha s'amplifia.

Étonnamment, Medea éclata de rire.

— Tu n'as pas encore vu Theo se battre. Ce sont les Français qui devraient s'inquiéter, pas nous !

Une étrange nervosité noua l'estomac d'Adela. Elle se hissa sur la pointe des pieds mais ne put retrouver Benedictus dans le chaos qui régnait. D'un seul coup, il lui parut essentiel de le revoir encore une fois avant son départ. Elle aurait dû lui dire à quel point il l'avait rendue heureuse, la veille ; à quel point elle s'était sentie chérie et protégée. Elle aurait dû lui dire que leur mariage était devenu très important pour elle, qu'il n'était pas qu'un moyen de fuir son ancienne vie. Et si elle n'avait plus jamais la chance de lui confier tout cela ?

Medea posa la main sur son bras.

— Inutile de t'inquiéter, lui dit-elle. Benedictus reviendra sain et sauf. Je ne l'ai pas souvent vu combattre, mais cela a toujours été un spectacle impressionnant. Theo vante sans arrêt son talent à l'épée. Il n'est pas le capitaine des chevaliers du roi sans raison.

Adela secoua la tête.

— Si les Français accostent, il sera leur cible principale, n'est-ce pas ? Justement parce qu'il dirige les armées et est à la tête du royaume jusqu'au retour d'Edward. C'est lui qu'ils essayeront de tuer en priorité.

Son angoisse s'étendait, contaminant peu à peu tout son être.

— Tu es bien pâle ! Ne t'en fais pas. Cela fait partie de la vie d'une épouse de chevalier. Il y aura toujours une menace à affronter, pour nos hommes. Tu t'habitueras à cette sensation d'impuissance et, bientôt, elle ne te troublera plus autant.

Comment pourrait-elle *s'habituer* à ce genre de choses ? Elle avait soudain l'impression que son enveloppe corporelle était devenue trop étroite. Elle aurait voulu jaillir hors de son corps et s'envoler très loin, là où aucune de ces horreurs ne pourrait l'atteindre. Elle commençait à peine à comprendre Benedictus, à espérer que leur mariage puisse devenir autre chose qu'une simple union de convenance entre leurs deux familles. Elle découvrait seulement depuis la veille pourquoi Medea avait toujours ce petit sourire secret quand elle parlait à demi-mot de ce qui se passait dans le lit conjugal. Perdre Benedictus maintenant serait atroce – et pas uniquement parce qu'elle serait alors contrainte de rentrer chez ses parents.

La foule poussa un rugissement et se pressa en avant. Les deux jeunes femmes furent emportées par le courant, écrasées par les autres.

— Il est là, murmura une inconnue près d'elles. Il va nous sauver !

Adela se redressa de nouveau autant qu'elle put, mais elle ne pouvait toujours pas voir ce qui causait une telle commotion. Enfin, Benedictus se hissa sur sa selle et la Cour entière l'acclama. Dans son armure de plate, il paraissait plus grand que jamais. C'était une toute nouvelle image de son époux... L'homme qu'elle apercevait enfin au-dessus des têtes était animé par une passion farouche, comme s'il était prêt à triompher seul de toute l'armée française. C'était un héros, et tout le monde semblait le voir ainsi.

Il fit face à la troupe de chevaliers qu'il avait assemblée pour marcher au-devant des envahisseurs, puis leva la main avec autorité. La foule se tut peu à peu, attendant ses paroles.

— Aujourd'hui, nous affrontons notre ennemi, lança-t-il d'une voix puissante qui résonna entre les murs de la cour.

Adela sentit la peur la paralyser ; mais en même temps, une immense fierté lui emplit le cœur.

— Aujourd'hui, poursuivit son mari, nous allons montrer à nos adversaires qu'ils ne peuvent pas impunément pénétrer sur notre territoire. Aujourd'hui, nous leur montrerons ce que signifie être anglais !

Les hommes rugirent en chœur et la foule applaudit à tout rompre.

Benedictus fit tourner son étalon et, d'un coup sec de ses éperons, le lança au galop. Les chevaliers quittèrent la cour dans un tonnerre de sabots et tous les badauds les suivirent jusqu'au pont-levis en les encourageant pour les regarder disparaître le long de la route.

— C'était très impressionnant, murmura Medea tandis que la foule les entraînait une fois de plus dans son sillage.

— Oui, admit Adela. Je n'avais pas encore vu cette facette du caractère de Benedictus...

— Oh ! il sait parler, quand il le veut réellement.

— Mais cela n'arrive pas souvent.

Medea éclata de rire.

— L'as-tu entretenu de… tu sais quoi ?

Elle haussa un sourcil comique pour appuyer sa question. Adela ne put réprimer un petit gloussement.

— Je l'ai fait.

— Et… ?

— Et…

Soudain, elle se rendit compte qu'elle n'avait pas envie de confier les détails de cette soirée enchanteresse à son amie. Ce qui s'était passé entre Benedictus et elle était trop intime pour risquer de provoquer le moindre ragot.

— … les choses avancent, acheva-t-elle donc.

Medea rit de plus belle.

— Je suis heureuse pour toi, d'autant plus que ton regard me laisse deviner que cette avancée t'a satisfaite. Je n'aimerais pas savoir que tu rates une part si importante du bonheur conjugal.

Adela s'empourpra. Elle fit de son mieux pour ne pas quitter la troupe des yeux. Les cavaliers étaient si loin, à présent, qu'elle ne distinguait plus leurs traits. Malgré tout, elle parvenait encore à reconnaître Benedictus à la tête de la file de guerriers. Il dirigeait leur charge de main de maître, son armure étincelant au soleil comme une oriflamme. Puis, en un instant, il disparut derrière un coude de la rivière et tout fut terminé.

La foule resta un moment massée devant les remparts puis, comme il n'y avait plus rien à voir, elle se dispersa lentement à l'intérieur du château. On sentait néanmoins que l'humeur avait changé. De terrifiés, les visages étaient devenus plus déterminés et une atmosphère festive flottait dans l'air.

— Pourquoi sont-ils tous si contents ? demanda Adela tandis que les derniers courtisans s'éloignaient, la laissant seule avec Medea.

— Cela fait des mois que le royaume réclame du sang français. Tout le monde espère que le moment du massacre tant attendu approche enfin.

Adela tressaillit.

— Je ne comprends pas que l'on puisse désirer à ce point la mort d'autrui. Les soldats amassés sur ce navire que l'on a aperçu sont aussi des époux, des pères, des fils, comme nos guerriers. Comment se fait-il que les gens ne comprennent pas cela ? Et n'ont-ils pas peur que nos troupes n'échouent ? Nous ne pouvons être certains de la victoire. Combien d'ennemis se trouvent à bord de ce bateau ? S'ils parviennent à débarquer, comment savoir lesquels de nos chevaliers rentreront à Windsor ?

Et si Benedictus lui-même ne revenait pas ? Elle se plaqua une main sur le ventre, certaine qu'elle allait se trouver mal.

— Mon amie, tu vas devoir apprendre à taire ce genre d'angoisses, si tu veux survivre à la Cour. Viens. Je vois bien que tu es bouleversée. Laisse-moi te montrer l'un de mes endroits préférés, où je me rends parfois avec Theo quand la chaleur devient insoutenable. C'est un lieu calme et isolé, où tu n'auras pas à affronter le regard des autres.

Elle s'éloigna du château d'un pas assuré et Adela la suivit, non sans inquiétude.

— Es-tu certaine que nous ayons le droit d'y aller ?

— Pourquoi nous l'interdirait-on ?

— Parce que...

Medea n'attendit hélas pas sa réponse et se contenta de quitter la protection des remparts comme si elle avait l'habitude de se promener librement dehors tous les jours. Et peut-être était-ce le cas...

Cependant, à chaque pas qui l'éloignait de la silhouette du château, Adela s'attendait à ce qu'on les arrête. Elle ne cessait de jeter des coups d'œil inquiets par-dessus son épaule, guettant le cri qui les rappellerait dans l'enceinte du fort. Si son père avait pu la voir, en cet instant, il aurait été vert de rage. Selon lui, une femme devait passer son temps chez elle pour s'occuper des hommes quand ils étaient présents, ou attendre sagement leur retour. Mais personne ne s'interposa et, bientôt, elles se retrouvèrent au bord de la rivière, entourées par un concert d'oiseaux, dans la douce lumière du soleil.

Medea s'arrêta devant un grand saule qui se penchait sur l'onde pour l'effleurer du bout de ses branches.

— Tu pourras amener Benedictus ici, si jamais la vie de Cour devenait trop intense pour vous deux, mais...

— Mais ?

— Mais tu ferais mieux de t'assurer avant que Theo et moi n'y sommes pas. Cela pourrait être embarrassant pour tout le monde.

Elle rit de nouveau, avec légèreté, et s'approcha de la berge. La rivière s'écoulait plus lentement à cet endroit. Adela la suivit et, assise dans l'herbe, trempa sa main dans l'eau fraîche.

— Medea ?

— Oui ?

— Comment fais-tu pour donner à un homme... ?

Elle s'interrompit, gênée. Elle ne savait pas vraiment comment formuler sa question.

— Ne t'arrête pas en si bon chemin ! Je meurs d'envie d'entendre ce que tu veux savoir. Et tu n'as pas besoin de rougir autant avec moi. Je te promets de ne jamais répéter tes confidences à qui que ce soit.

Hélas, Adela était incapable de poursuivre. Elle était bien trop mortifiée pour prononcer le moindre mot et regrettait d'avoir abordé le sujet. De nouveau, la paume de Medea se posa sur son bras avec douceur.

— Je sais à quel point il est difficile de trouver quelqu'un à qui se confier. Avant de te rencontrer, je ne pouvais parler à cœur ouvert qu'avec l'épouse de Will, mais elle a suivi son mari à Anvers. Être la femme d'un homme puissant condamne à une certaine forme de solitude... À présent, demande-moi ce que tu veux tant savoir.

Adela sourit, le cœur un peu plus léger.

— Je n'ai encore jamais eu d'amie avec qui discuter. Mes sœurs étaient plus âgées que moi. On les a mariées et envoyées au loin avant même que je comprenne la douleur de l'absence, et mon père m'a maintenue isolée toute ma vie durant. Il voulait que mon esprit reste pur pour mon futur époux.

— Quel écervelé !

Adela rit, et Medea sourit en retour.

— Cela n'a aucune importance. Avec moi, tu es libre de parler de tout ce qui te préoccupe.

Prenant une profonde inspiration, elle se jeta enfin à l'eau :

— J'aimerais savoir comment satisfaire un homme avec ma...

Elle leva la main.

Medea s'assit plus confortablement à côté d'elle, tout au bord de l'eau.

— Je vois. Je vais t'expliquer tout ce que tu as besoin de connaître pour donner du plaisir à ton époux...

10

Cette brève promenade jusqu'à la rivière fut le seul instant de paix dont Adela put profiter, durant les jours qui suivirent le départ de l'armée. Elle fit de son mieux pour se souvenir de la légèreté qu'elle avait ressentie alors, des rires qu'elle avait échangés avec son amie ; mais au fil du temps, alors que les hommes ne revenaient toujours pas, elle eut du mal à préserver ce bonheur furtif. De nouveau, l'angoisse revint la hanter et elle ne songeait qu'à Benedictus.

L'excitation qui avait d'abord animé les habitants du château finit par retomber, remplacée peu à peu par une agitation sourde. Les gens avaient besoin de voir leurs troupes rentrer, victorieuses ; ou même de voir arriver un émissaire français sous les remparts. N'importe quoi, pourvu que l'on mette fin à l'anxiété grandissante qui s'installait à la Cour.

Adela laissa ses doigts courir sur le plateau de bois du bureau de Benedictus. Elle ne savait pas si elle avait le droit de pénétrer dans cette pièce en son absence. Il ne lui en avait jamais formellement interdit l'entrée, mais elle n'était venue que lorsqu'elle le savait à l'intérieur. Ce lieu était privé. C'était là qu'il menait ses réunions les plus secrètes, pas un salon destiné à accueillir un couple en quête de détente. Mais c'était aussi là qu'elle se sentait plus proche de lui. Elle pouvait presque sentir son odeur dans l'air et deviner sa moue concentrée et austère qui semblait s'être gravée dans les murs.

Elle se laissa tomber sur le banc. Il était aussi dur et inconfortable que Benedictus le lui avait dit. Pourrait-elle faire quoi que ce soit pour le rendre plus accueillant ? Des coussins brodés garnis de paille pourraient rendre l'assise moins raide – et cela donnerait au moins un but à ses longues journées d'attente.

Elle tenta aussi de découvrir quels membres de la Cour avaient des liens douteux avec la France, mais n'apprit rien d'important. À présent que tous les hommes capables de porter une arme avaient quitté Windsor, les courtisans restants ne parlaient que d'eux et de ce qui pouvait leur arriver. Comme Benedictus était leur chef, c'était son nom qui revenait le plus souvent dans les conversations. Les femmes ne semblaient même pas se préoccuper du fait qu'Adela était son épouse. Elles spéculaient devant elle sur tous les sujets le concernant. Était-il aussi fort qu'on le prétendait ? Combien de Français allaient devoir unir leurs forces pour tenter de le mettre à terre ? Quel sort risquait de lui réserver l'ennemi s'il était vaincu ou capturé ? Des images atroces ne cessaient de danser devant ses yeux, en une boucle infinie. Il n'y avait qu'ici, dans le bureau privé de son mari, qu'elle retrouvait un semblant de paix.

La porte s'ouvrit sans prévenir. Comme si les pensées d'Adela avaient fini par l'invoquer, Benedictus se trouvait là, sur le seuil. Il était couvert de terre, clairement épuisé, mais bien entier. Pendant un instant, Adela resta pétrifiée, puis elle courut vers lui. Son époux lui ouvrit les bras et elle s'y précipita, atterrissant contre son torse avec un bruit mat.

— Tu es vivant !

Elle entendit son rire et regretta de ne pas avoir pu

surprendre ce premier sourire, mais elle était incapable de le lâcher. Il était bien réel, fort et en bonne santé dans ses bras. Cet instant était absolument parfait...

— Je ne crois pas avoir déjà vu qui que ce soit si heureux de me voir, dit-il d'une voix amusée.

— J'avais peur que l'on ne te tue, murmura-t-elle, le visage enfoui dans sa chemise.

Il la serra plus fort dans ses bras.

— Quelle tristesse de songer que tu m'estimes si peu. On raconte pourtant que je suis plutôt doué pour le combat et que mes talents m'ont déjà permis de survivre à quelques batailles, depuis ma jeunesse.

Elle redressa la tête pour le regarder. Un petit sourire dansait sur ses lèvres et des rides discrètes se dessinaient au coin de ses yeux. Immédiatement, elle sentit son cœur s'emplir de bonheur.

— Tu as l'air fatigué, reprit-elle en caressant les profondes ombres violacées qui lui gonflaient les paupières.

— En effet.

Il tressaillit, comme si admettre une telle chose le surprenait.

— Ne répète cela à personne, surtout.

Elle ne protesta pas. Il était fier et réservé. Il n'aimait pas montrer la moindre faiblesse aux autres.

— As-tu dormi, depuis ton départ ?

— Non.

— Y avait-il réellement un navire de guerre sur la Tamise ?

— Oui.

Le cœur d'Adela se mit à battre plus fort.

— Avez-vous engagé le combat ?

— Non. Quand l'équipage nous a vus charger à cheval, le bateau a viré de bord et est reparti en direction de la haute mer. Nous l'avons poursuivi pour nous assurer qu'il quitte l'estuaire. J'ai laissé quelques-uns de mes hommes là-bas, pour surveiller les environs. Ils sont censés me prévenir immédiatement s'ils voient de nouveau un pavillon français approcher des côtes, mais je doute que l'ennemi tente une telle incursion de nouveau. Pas pour l'instant, en tout cas. Quoi qu'il en soit, mieux vaut nous préparer à tout...

— Pourquoi es-tu si certain que votre attaque les a découragés ?

— Ils ne s'attendaient pas à une réponse aussi rapide et forte de notre part. Sans doute pensaient-ils profiter de la présence du roi à Anvers pour nous envahir et se saisir du trône sans rencontrer de résistance. À présent, ils sauront que cette stratégie est risquée...

Il laissa retomber ses bras et recula d'un pas pour mieux la voir.

— J'espère que tout s'est bien passé ici, pendant mon absence.

— Oui...

Elle ne savait pas comment lui annoncer qu'*elle* ne s'était pas sentie très bien, en revanche. Le départ de Benedictus avait creusé un gouffre dans son cœur, et seul son retour venait de le combler. Aurait-il apprécié qu'elle exprime un tel sentiment ? Certes, ils étaient plus détendus que jamais, ensemble, mais Benedictus ne lui avait pas encore donné de raison de croire que son affection grandissante pour lui soit réciproque.

Il s'approcha de son bureau et gémit en s'installant dans son fauteuil.

— As-tu croisé John, l'intendant général ?

— Non.

— Sans doute est-ce trop demander que vouloir entendre son compte rendu des événements de la Cour.

— Tu n'envisages tout de même pas de te remettre immédiatement au travail ? s'écria-t-elle. Tu as besoin de repos.

Il grimaça.

— Je ne peux pas me le permettre. Si l'on ne me voit pas de retour à mon poste…

Un haussement d'épaules acheva sa phrase.

— Je comprends.

C'était faux. Elle ne comprenait pas. Elle n'arrivait pas à accepter que les détails de la vie de Cour puissent être plus importants aux yeux de son mari que sa propre santé. En revanche, elle commençait à comprendre qu'il fonctionnait ainsi et que leurs explorations sensuelles ne signifiaient pas qu'elle aurait un jour le pouvoir de le transformer. Son devoir passait en premier et tout le reste – absolument *tout* – était secondaire à ses yeux. Mais ce qui échappait à Adela, en revanche, c'était pourquoi personne ne lui proposait de l'aider. Était-ce parce qu'il dressait des barrières entre lui et le reste du monde ? Ou bien était-ce parce que nul ne se souciait suffisamment de lui pour réaliser l'ampleur de son sacrifice ? Était-elle la première à s'apercevoir du fardeau qu'il portait en permanence et de son épuisement ? Une part d'elle, qu'elle tentait vainement d'ignorer, souffrait aussi de savoir qu'il préférait poursuivre son travail quoi qu'il en coûte, plutôt que de passer un peu de temps avec elle. Bien sûr, elle n'aurait jamais osé lui demander une telle faveur. Cela aurait été impudent de sa part. Ils s'étaient mariés pour des raisons politiques et financières, pas par amour. Pourtant…

On frappa à la porte et leurs retrouvailles s'achevèrent aussi vite qu'elles avaient commencé. L'intendant entra et Adela sut qu'elle ne pourrait plus parler librement à Benedictus. Les affaires de la Cour allaient le rattraper, et nul n'aurait pu deviner quand la facette la plus douce de son caractère referait surface. Elle jeta un petit coup d'œil dans sa direction avant de quitter la pièce. Il ne paraissait plus amusé ou attendri. De nouveau, il était dur, sévère. L'homme qui dirigeait le pays au nom du roi et qui se serait tué à la tâche si son souverain l'avait exigé. Elle sortit sans prononcer un mot.

La soirée arriva. Benedictus n'avait pas encore fait son apparition dans la grande salle, pour le repas, mais on ne parlait que de lui tout en mangeant. Apparemment, il s'était conduit en héros. Il avait chevauché un jour et une nuit sans faiblir, poussant ses hommes à suivre son rythme effréné. Quand le navire français avait enfin fait son apparition au détour d'un îlot, Benedictus avait mené la charge, sans se détourner un seul instant de sa cible.

Les Français avaient tenu leur position quelques instants, mais Benedictus avançait toujours au grand galop, et ils avaient rapidement viré de bord. Sa bravoure, sa rapidité et sa force étaient vantées aux quatre coins de la grande salle. Néanmoins, nul ne semblait remarquer qu'il n'était pas là pour célébrer cette victoire avec eux. Adela siégeait seule à la table d'honneur, déchirée entre fierté et pitié. Elle faisait de son mieux pour manger et paraître satisfaite de sa solitude. C'était un masque difficile à maintenir et elle n'était pas certaine d'y parvenir, à en croire les regards tristes que Medea ne cessait de lui jeter.

Après une éternité de torture, elle ne supporta plus son isolement, échangea quelques mots avec l'une des servantes et quitta la grande salle discrètement, sans être arrêtée par qui que ce soit.

Le couloir qui conduisait au bureau de Benedictus était désert. Elle pressa l'oreille contre sa porte, mais aucune voix d'homme ne lui parvenait de l'intérieur. Comme elle avait vu John assis à sa place habituelle dans la grande salle, parmi les autres courtisans, elle en déduisit que Benedictus devait enfin être seul.

Elle entra et faillit pousser un cri d'horreur en découvrant son corps affalé sur la table, la tête posée selon un angle étrange. Elle courut à ses côtés et ne put respirer de nouveau que lorsqu'elle comprit qu'il dormait profondément. Elle toucha doucement son épaule. Il ne bougea pas.

— Benedictus !

Elle le secoua plus fort et il se contenta de pousser un petit grognement.

— Benedictus ! Tu ne peux pas dormir ici. Tu dois te lever...

— Adela, marmonna-t-il d'une voix empâtée.

— Oui, c'est moi. Allons, lève-toi. Je vais t'aider à monter jusqu'à notre chambre.

Aucune réponse.

Elle se pencha et lui déposa un petit baiser sur la joue. Sa barbe, qu'il n'avait pas rasée depuis plusieurs jours, était douce sous ses lèvres. Elle l'embrassa ensuite dans le creux du cou, sentant son pouls battre contre sa bouche et savourant son odeur.

— Adela, murmura-t-il de nouveau. Je suis en train de rêver de toi.

Son cœur s'emballa, mais elle s'obligea à rester calme. Se redressant, d'un ton qu'elle voulut raisonnable, elle insista :

— Tu ne rêves pas. Tu dors sur ton bureau et, si tu ne te lèves pas très vite, tes muscles seront tellement tendus demain que tu regretteras de ne pas avoir laissé les Français t'achever.

Il entrouvrit un œil.

— Adela ?

Soudain, ses sourcils se froncèrent et il leva insensiblement la tête.

— Depuis combien de temps es-tu là ?

— Assez longtemps pour savoir que tu devrais te coucher. Peux-tu marcher seul, ou bien dois-je demander à quelqu'un de nous aider à monter ?

— Bien sûr que je peux marcher.

Il se leva, s'étira, et eut une moue douloureuse. Elle lui effleura l'épaule.

— As-tu déjà des courbatures ?

— J'ai l'impression d'avoir été soumis à la question pendant une journée entière.

— Si tu parviens à atteindre notre lit, je te promets de te masser le dos pour faire disparaître toutes ces tensions.

Il sourit et elle sentit son cœur se réchauffer un peu. Il était si beau quand il se laissait aller ainsi.

— Pour cela, je pourrais affronter mille navires de guerre français !

— Un seul était suffisant, merci beaucoup. Je me suis fait un sang d'encre, à force de m'inquiéter pour toi.

— Vraiment ? demanda-t-il avec un froncement de sourcils quelque peu somnolent. Je t'ai pourtant dit que tout irait bien.

— Cela ne m'a pas empêchée d'avoir peur. Il aurait pu se passer n'importe quoi, là-bas.

Benedictus posa sa main de géant sur son bras fin.

— Si jamais je devais mourir, on prendrait soin de toi. J'y ai veillé. Ne crains pas un seul instant que tu serais contrainte de retourner chez tes parents.

— Ce n'est pas ce qui m'angoissait, protesta-t-elle avec une légèreté de façade.

Elle n'avait pas envie de lui dire à quel point elle tenait à lui. Ce serait son secret, tant qu'il ne lui aurait pas montré qu'il ressentait la même chose.

— Bref, il est temps de cesser de retarder l'inévitable et d'y aller. Sinon, je *jure* d'appeler quelqu'un pour m'aider à te porter jusqu'à la chambre, même si cela devait froisser ta dignité !

Il soupira.

— Je ne pensais pas avoir épousé un tyran...

Il trébucha en contournant le bureau et elle passa un bras autour de sa taille.

— Je ne suis pas tyrannique, mais *attentionnée*, corrigea-t-elle.

Elle eut peur qu'il ne s'écarte, qu'il ne soit trop orgueilleux pour accepter son aide ; mais il se contenta de s'appuyer sur son épaule et de la laisser le traîner hors de la pièce. Tandis qu'ils remontaient les interminables couloirs tortueux, son poids imposant pesa de plus en plus sur elle. Elle fit de son mieux pour cacher sa faiblesse, mais elle se mit bientôt à souffler plus fort, épuisée par ses efforts pour le porter.

— Je suis désolé, dit-il soudain.

Il tenta de se dégager, mais il manqua un pas et elle le serra plus encore pour l'empêcher de s'écrouler.

— Tout va bien, assura-t-elle. Nous allons y arriver. Ensemble.

Ils entamèrent la longue ascension de l'escalier en colimaçon qui conduisait à leurs appartements.

— As-tu fermé l'œil au moins une fois, ces quatre derniers jours ? demanda-t-elle tout en avançant.

— Probablement. Personne ne peut rester éveillé aussi longtemps.

Il rata une marche et se rattrapa de justesse.

— Tu n'as pas dû dormir bien longtemps. La fatigue te donne presque l'air ivre...

Il leur fallut une éternité pour atteindre le sommet. Adela avait le souffle court et ne parvenait plus à le cacher. Benedictus avait refermé à demi les yeux et parut à peine s'apercevoir qu'elle venait de s'arrêter pour laisser à son cœur le temps de ralentir.

— Nous sommes presque arrivés à ta chambre, promit-elle, tant pour s'encourager que pour le maintenir alerte.

— Arrête de l'appeler ainsi.

— Comment ?

— *Ta* chambre. Enfin, ma chambre…

Un soupir de frustration lui échappa.

— Cette pièce nous appartient à tous les deux, désormais. C'est *notre* chambre.

Elle sourit, soudain plus légère.

— Je te promets de la considérer ainsi, si tu me promets d'avancer.

— Je ne sais pas si j'en serai capable, admit-il.

— Imagine que l'un de tes hommes te découvre endormi au beau milieu du couloir, comme un bébé trop fatigué pour grimper dans son berceau. Je suis certaine que cela porterait un coup cruel à ton exceptionnelle réputation.

Il sourit et, de nouveau, le cœur d'Adela s'emballa. Si fatigué et amusé à la fois, il ne ressemblait plus au colosse de pierre qu'elle avait rencontré le jour de leur mariage – l'homme que le reste du monde semblait voir, quand on s'adressait à lui. En cet instant, il était parfaitement adorable…

Ils parvinrent enfin à parcourir les quelques pas qui les séparaient encore de la porte. Dans leur chambre, un bol de ragoût fumant attendait sur la table. Ils titubèrent jusqu'au bord du lit et Benedictus s'y laissa tomber, le dos calé par le mur et les jambes étendues sur les draps. Adela lui apporta le bol chaud.

Il l'examina à travers ses yeux à demi ouverts, comme un hibou en pleine lumière.

— Qu'est-ce ?

— Du ragoût.

— Je vois, mais que fait ce bol ici ?

Elle se figea, la main déjà tendue vers lui.

— Tu as manqué le souper et j'ai pensé que tu pourrais avoir besoin de manger. Ai-je eu tort ?

— Non. C'est juste que…

Il prit le bol et contempla un instant son contenu avant

de lever les yeux vers elle. Une émotion mystérieuse hantait les profondeurs sombres de ses prunelles.

— J'ai l'habitude de prendre soin des autres. Le contraire arrive rarement. Merci. Je te suis reconnaissant d'avoir eu cette attention pour moi.

Il avala le ragoût en quelques bouchées voraces et Adela reprit le bol vide. Elle aurait peut-être dû demander à la servante d'en monter davantage... De toute évidence, Benedictus n'avait pas plus mangé que dormi, pendant son expédition. Elle posa le bol sur la table et se retourna, prête à lui demander s'il en voulait un autre, mais il était déjà profondément endormi.

Jamais encore elle n'avait été la dernière éveillée, dans cette chambre. Pour la première fois, elle avait l'occasion de le regarder, de l'étudier sans qu'il le sache – et elle avait bien l'intention d'en profiter. Elle prit l'une de ses grandes mains. Celle-ci pesa lourd dans sa paume. Ses longs doigts étaient achevés par des ongles courts et abîmés. Des cicatrices fines en striaient le dos et une autre, plus profonde, descendait sur le côté. Elle retourna sa main pour examiner sa paume. Lentement, elle caressa les cals qui s'y étaient formés. Elle avait enfin l'impression de commencer à mieux comprendre son époux. Il avait mené une vie rude et avait dû affronter de nombreuses épreuves seul. Sa sévérité perpétuelle n'était pas étonnante, finalement. Elle laissa tomber sa main et entreprit de délacer ses bottes pour les lui enlever. Elle dénoua aussi les liens de sa tunique, mais elle allait devoir attendre qu'il se retourne de lui-même si elle voulait avoir une chance de la lui enlever. Il était bien trop lourd pour qu'elle ait le moindre espoir de le bouger elle-même.

Soudain, on frappa avec légèreté à la porte de la chambre, interrompant le travail d'Adela. Elle alla ouvrir le battant d'un pouce. Theo se tenait de l'autre côté.

— Je cherche Ben, annonça-t-il.

— Il dort et je ne le réveillerai que pour une urgence absolue, une question de vie ou de mort.

Theo la contempla un instant, puis un sourire chaleureux lui illumina le visage.

— Ben a réellement été bien inspiré de vous épouser, Lady Adela. Parfait. Je dirai aux autres de ne pas le déranger, cette nuit.

Elle referma la porte. Benedictus n'avait pas remué durant cette courte conversation. Pourvu qu'elle ait pris la bonne décision et qu'il ne lui en veuille pas, à son réveil... De toute manière, même s'il était contrarié en apprenant ce qu'elle avait fait, elle avait la conscience tranquille : il avait besoin de repos, et elle avait agi en conséquence. Elle ne pouvait tout de même pas le laisser travailler dans l'état dans lequel il se trouvait !

Elle se glissa dans le lit et se pelotonna contre lui, écoutant sa respiration profonde dans le silence de la chambre. Pour la première fois depuis plusieurs jours, elle dormit aussi comme un bébé...

La lumière du soleil la réveilla. Elle avait oublié de fermer les volets, la veille, et un éclat doré se déversait dans toute la pièce. Elle cligna plusieurs fois des paupières, aveuglée. Quelque chose avait changé. Elle roula sur le côté et percuta une muraille de muscles. Benedictus ne s'était pas échappé comme un voleur pendant son sommeil.

À un moment, pendant la nuit, elle avait réussi à lui enlever sa tunique et il ne portait plus qu'une chemise fine. Les saillies de son torse étaient si finement soulignées par l'étoffe légère qu'il aurait tout aussi bien pu être nu. Elle aurait voulu effleurer ces muscles du bout des doigts mais quelque chose, dans sa respiration, lui disait qu'il ne dormait pas et elle n'était pas certaine qu'il apprécie ce genre de contact.

Elle redressa la tête et le regarda. Il était bien réveillé, la contemplant aussi.

— Bonjour, murmura-t-elle. Comment te sens-tu ?

— J'ai l'impression d'avoir encore besoin d'une journée entière de sommeil, mais je dois me lever pour reprendre mon travail.

Malgré tout, il ne fit pas le moindre mouvement pour quitter le lit.

— Comment se porte ton dos ?

Benedictus eut un petit sourire amer.

— Comme celui d'un homme qui aurait perdu un combat singulier.

— Je t'ai promis de te masser, hier soir.

— C'est vrai.

— Mais j'imagine que tu as des choses plus importantes à faire, ce matin.

Il rit et elle redécouvrit ces petites rides qu'elle aimait tant, au coin de ses yeux.

— Probablement.

Il ne bougeait toujours pas. Le cœur d'Adela se mit à battre un peu plus fort.

— Néanmoins, si tu es prêt à rester ici un peu plus longtemps, je pourrai m'occuper de tes muscles endoloris maintenant...

— Hmm.

Il parut réfléchir sérieusement à sa proposition.

— J'imagine que j'aurai du mal à diriger le pays si mon dos continue à me faire souffrir le martyre. Cela risquerait de m'empêcher de me concentrer sur quoi que ce soit.

— C'est certain. Nous pouvons donc considérer ce massage essentiel pour la bonne marche du royaume.

Il hocha la tête avec beaucoup de sérieux.

— En effet, cela me semble logique.

Adela sourit, transportée de joie. Voilà ce qu'elle avait désiré depuis le début : pouvoir faire quelque chose *pour* lui. Elle toucha sa chemise timidement.

— Je pense que cela serait plus efficace sans ceci, dit-elle en faisant de son mieux pour paraître calme et cacher son envie désespérée de toucher sa peau.

— Vraiment ? Si tu le dis.

Il s'assit et retira ses derniers vêtements. Les muscles de ses bras gonflèrent dans le mouvement, et Adela ne put s'en détourner. Elle avait déjà eu quelques aperçus de ses avant-bras et avait apprécié leur souplesse ferme, mais le reste de son corps était tout aussi splendide. Elle caressa la courbe du biceps, puis l'enveloppa de sa paume. Même à deux mains, elle ne put en faire le tour.

— Impressionnant, murmura-t-elle.

Il eut un petit rire profond.

— Merci.

Elle explora ensuite son épaule, jusqu'à sa clavicule. Un duvet lui recouvrait le torse. Sans réfléchir, elle y passa ses doigts et découvrit avec bonheur leur douceur. Quand elle y enfouit les ongles, Benedictus poussa un petit grondement rauque.

D'un seul coup, sa bouche s'assécha. Elle aurait pu passer toute la journée à l'étudier, mais elle lui avait promis un massage. Elle descendit donc du lit et vint se camper près de lui.

— Tu devrais sans doute t'allonger sur le ventre.

Elle fut surprise de voir qu'il lui obéit sans protester. La chambre sombra dans un profond silence. Adela se pencha sur lui et prit le temps de l'observer davantage. Son corps entier était ferme, dynamique, sans le moindre bourrelet. Son dos tendu était marqué par de nombreuses cicatrices, plus ou moins profondes. Elle aurait voulu lui demander comment il les avait eues, apprendre leur histoire et de quelle manière elles avaient fait de lui l'homme qu'il était devenu, mais elle tint sa langue. Elle était là pour lui apporter un peu de bien-être, ce matin, pas pour réveiller ses pires souvenirs.

Elle lui glissa donc à l'oreille :

— Préviens-moi si je te fais mal.

— Je doute que tu en sois capable, répondit-il.

Elle le pinça et il éclata de rire.

— J'ai connu bien pire, crois-moi !

— Je n'en doute pas, murmura-t-elle en contemplant de nouveau ses nombreuses cicatrices.

Elle se redressa et lui effleura la colonne vertébrale de haut en bas. Il tressaillit sous la légère pression de ses doigts et elle sourit. Puis, se concentrant d'abord sur ses épaules, elle commença à masser ses muscles tendus. Il gémit. Elle continua ses efforts, ravie de pouvoir le toucher à loisir sans craindre qu'il ne la repousse.

Il était mort et se trouvait à présent au ciel. C'était la seule explication que Benedictus pouvait trouver à cette exquise torture... Les mains d'Adela semblaient se trouver partout à la fois, embrasant son corps entier par leurs caresses. Il aurait voulu que cela continue toujours – ou y mettre fin pour pouvoir la faire enfin sienne. Il aurait voulu ne jamais plus quitter cette pièce... Il aurait été prêt à renoncer à tout ce qu'il possédait, à son statut, à tout ce pour quoi il s'était si longtemps battu, juste pour avoir le plaisir de passer l'éternité ici, avec les mains de sa femme sur lui. Lentement, elle descendit le long de son dos, jusqu'à ses reins. Il serra les poings quand elle s'aventura plus bas encore avant de remonter le long de sa colonne une fois de plus.

Puis, sans prévenir, elle cessa de bouger et posa simplement les mains sur sa peau. Il se répéta de ne pas être déçu, que ce massage devait bien prendre fin tôt ou tard. Elle lui avait déjà donné plus de plaisir que ce qu'il avait pu connaître jusque-là. À présent, il était libre de se lever et de s'occuper des tâches qui l'attendaient. La seule chose qui le retenait encore était sa propre réticence à quitter son lit.

Adela s'écarta de lui et il ferma les yeux. Cet instant de béatitude lui suffisait. Il le porterait à travers sa longue journée de labeur, et jusqu'à son dernier souffle, s'il le fallait. Il n'avait aucune raison de se sentir abandonné, maintenant que les mains de sa femme avaient cessé de le toucher. Il ravala l'envie soudaine de la supplier de poursuivre. Jamais il ne suppliait qui que ce soit !

La chaleur d'un linge humide passé sur sa peau le fit sursauter. Il se mordit la lèvre pour s'empêcher de gémir de plaisir tandis qu'Adela lui frottait le dos, les jambes, puis remontait comme si elle avait l'intention de lui laver tout le corps.

— Retourne-toi, ordonna-t-elle avec douceur.

Il se figea, presque effrayé à l'idée de lui obéir. Si jamais elle sondait son regard, elle risquait de se rendre compte du pouvoir qu'elle avait sur lui. Elle saurait avec quelle facilité elle pourrait le rendre vulnérable. Un seul contact venant d'elle, et il oublierait toutes ses ambitions…

— Retourne-toi, répéta-t-elle un peu plus fermement.

Si l'on avait posé la question à Benedictus, il aurait affirmé qu'il ne supportait pas qu'on lui donne des ordres. Il aurait même renié tout ce qu'il était avant de céder à une autorité quelconque. Mais un éclair de désir le traversa et il ne put s'empêcher de faire ce que son épouse lui demandait.

Il roula sur le dos et leva immédiatement les yeux vers elle. Ses longs cheveux bruns étaient détachés et tombaient en lourdes vagues sur ses épaules, puis le long de son corps. Quelque chose, dans son regard, fit battre plus vite le cœur de Benedictus. Sans lui laisser le temps d'interpréter cette sensation étrange, elle passa le linge humide sur sa clavicule puis descendit le long de son torse, jusqu'à son cœur emballé. Sans doute sentait-elle la puissance de ses battements, mais Benedictus était parti trop loin, désormais, pour avoir honte de ses réactions. Qu'Adela comprenne donc l'ampleur de son pouvoir sur lui ! De toute manière, il n'avait pas la force de lutter.

Elle poursuivit son œuvre, lui lavant le ventre, le sommet des cuisses. Les sensations qu'elle éveillait sur son passage étaient si délicieuses qu'il dut pincer les lèvres pour ne pas murmurer son prénom. Il était incapable de bouger, désormais. L'armée française tout entière aurait pu abattre les portes de Windsor, il l'aurait laissée prendre possession du château pour peu qu'on lui permette de profiter éternellement de ces instants d'extase.

Une caresse très légère effleura son membre déjà dressé et il ferma les yeux avec une fièvre désespérée. Elle le toucha encore, plus fermement. Il serra les dents. Il avait presque honte de l'intensité de son désir et de savoir à quel point son contrôle était fragile. Si elle poursuivait ainsi, il serait incapable de se retenir... Elle finit par fermer les doigts sur son sexe, comme il le lui avait montré, et entama un mouvement de va-et-vient qui lui arracha un premier gémissement. Presque sans se rendre compte de ce qu'il faisait, il l'appela, la supplia de continuer, lui dit que c'était bon et qu'il n'avait pas envie qu'elle s'arrête.

Le premier coup de langue fut comme un éclair traversant son corps. Il se cambra et perdit conscience de tout ce qui se passait autour de lui. Seules les sensations lui parvenaient, le traversaient. Très vite, il sentit la jouissance monter en lui et se cambra de plus belle dans le lit, les orteils crispés. Il essaya de se retirer, mais Adela résista et, quelques secondes plus tard, il se répandait en elle. L'orgasme dura longtemps, le submergeant par vagues, jusqu'à ce qu'il en oublie son propre nom ou sa raison d'être. Seule Adela importait...

Puis, quand le plaisir reflua enfin, il s'endormit profondément. Sans rêve.

Il ne reprit conscience qu'une fois ou deux, par épisodes. D'abord, il perçut le choc d'un objet posé sur la table, puis le froissement d'un tissu. Plus tard, il crut entendre un petit soupir, puis l'obscurité l'enveloppa de nouveau.

Longtemps après, il se réveilla en sursaut au bruit d'une éclaboussure. Adela se tenait près de la table, dos à lui, et remplissait une cuvette. Elle y trempa les doigts, puis les agita pour les sécher.

— Adela, gémit-il d'une voix empâtée.

Elle se retourna d'un bond, les yeux écarquillés.

— Combien de temps ai-je dormi ?

— Il est midi, répondit-elle en s'avançant un peu, d'un air timide. Es-tu très fâché ?

Elle avait l'air apeurée et Benedictus sentit son cœur se serrer. Qu'avait-elle fait pendant son sommeil, pour craindre sa colère à ce point ?

— Pourquoi serais-je fâché ? demanda-t-il avec méfiance.

— Parce que je t'ai laissé dormir très tard. J'ai envisagé de te réveiller, mais tu avais de tels cernes sous les yeux et j'ai...

Aurait-il dû lui en vouloir ? Il n'en était pas certain. Il n'avait pas fait une telle grasse matinée depuis... À la réflexion, il n'avait *jamais* fait la grasse matinée, et de nombreux drames avaient pu se produire pendant son sommeil. Mais, pour la première fois de sa vie, il s'en moquait.

— Il faudrait que je sois une brute pour t'en vouloir de prendre si bien soin de moi, répondit-il.

Un voile rosé monta aux joues d'Adela, répondant à la chaleur qui envahissait ses propres pommettes.

— Je parlais de la nourriture et de la grasse matinée, bien sûr, pas de...

Il agita vaguement la main, de plus en plus embarrassé. Elle gloussa et son rire fut si joyeux qu'il ne put s'empêcher de sourire. Cette femme éveillait en lui des émotions, des sensations qu'il n'avait pas éprouvées depuis longtemps – voire jamais. Quand elle souriait, quand elle paraissait si heureuse, son cœur s'allégeait et s'attendrissait. Il avait presque l'impression qu'il devenait plus vaste.

— Je parle de cela aussi. Je te remercie pour... le reste. Où as-tu... ? Comment as-tu su... ? Qu'est-ce qui t'a donné cette idée ?

Le visage de sa femme s'empourpra davantage.

— Je voulais savoir si je pouvais t'offrir le même plaisir que celui que tu m'as fait découvrir, dit-elle. J'ai demandé à Medea de... euh... me donner des conseils, pendant ton absence. Ceci est l'une des choses dont elle m'a parlé. As-tu apprécié ?

Songer qu'Adela pouvait essayer d'apprendre à le satisfaire envoya une décharge de désir dans son membre, qui durcit de nouveau. Il ravala sa salive, hanté par le souvenir de ses lèvres chaudes. Quand il osa de nouveau la regarder, il comprit qu'elle attendait sa réponse, les mains nettement jointes devant elle.

— J'ai beaucoup aimé.

Ces mots semblaient étrangement formels. Il tenta une autre approche.

— C'est la meilleure chose qui me soit arrivée. J'espère juste que tu me laisseras te rendre la pareille, un jour.

— Benedictus !

Elle s'éventa d'une main et rit de plus belle.

— Tu as l'air si différent, quand tu es comblé...

Elle s'approcha du lit et repoussa les cheveux qui étaient tombés sur son front. Au contact de sa main, tout le corps de Benedictus se tendit. Il voulait qu'elle le touche encore, qu'elle pose de nouveau les mains sur tout son corps, mais ne savait pas vraiment comment formuler sa demande. Tout ceci était si nouveau, si tentant et si beau. Un péché délicieux... Il avait presque peur de tout gâcher en prononçant une phrase maladroite. Lui, qui ne craignait rien ni personne, s'inquiétait à présent de détruire le nouvel équilibre fragile qu'ils commençaient à trouver.

Il lui prit les mains et l'attira à lui pour l'embrasser. Elle s'abandonna immédiatement et il ne put s'empêcher de gémir. D'un geste sec, il la fit basculer sur lui.

Voilà. Cette simple étreinte justifiait à elle seule son choix de ne pas passer la matinée à se préoccuper des affaires de l'État. Comment aurait-il pu vouloir argumenter et expliquer ses décisions à des gens incapables de cacher leur aversion pour lui, quand la pression délicate des lèvres d'Adela sur les siennes suffisait à lui faire perdre la tête ?

Soudain, on frappa à la porte de la chambre.

Sa femme se figea en plein baiser. Il aurait voulu ignorer cette interruption, faire semblant de ne pas être ici, oublier ses devoirs quelques instants de plus. Mais il savait qu'il n'en avait pas le droit. Déjà, il sentait le poids familier de ses responsabilités peser de nouveau sur ses épaules. Ces chaînes le quittaient rarement, même dans l'intimité de son lit...

— Je leur ai dit de ne venir qu'en cas d'extrême urgence, murmura Adela.

Elle s'écarta avec souplesse sans lui laisser le temps de protester et il réprima un grognement frustré.

— Je suis certain que la personne qui vient de frapper est convaincue d'être porteuse d'un message essentiel, mais je doute que ce soit réellement le cas.

Néanmoins, il se redressa à son tour. Il ne pouvait faire

comme si de rien n'était. Son rôle à la Cour lui interdisait ce luxe.

— Veux-tu ouvrir ? Je dois m'habiller.

Elle se précipita vers la porte tandis qu'il repoussait les couvertures. Il trouva ses vêtements soigneusement pliés sur une chaise, dans un coin de la pièce. Décidément, sa femme était très organisée, comme un chevalier en pleine campagne militaire. Sans doute aurait-il pu lui demander d'apprendre à certains de ses hommes l'art du rangement et de l'ordre. Il sourit en songeant à cette petite créature fluette, en train de dispenser avec autorité ses enseignements à une armée de soldats. Oh oui, il n'avait aucun mal à imaginer la scène. Adela n'était discrète et timide que lorsque la situation l'exigeait. En cas de besoin, elle savait sans peine se montrer audacieuse et ferme. Certes, ils n'étaient pas liés par un amour dévoué, comme son frère et son épouse, mais ils avaient déjà réussi à bâtir une solide amitié ; et, s'ils parvenaient aussi à se satisfaire au lit aussi bien qu'il l'espérait, leur avenir en tant que couple serait sans doute des plus plaisants.

Il enfila sa tunique et entendit l'intendant John parler dans leur petit salon privé. Le son de sa voix lui fit lever les yeux au ciel. Cet homme semblait toujours se croire en proie aux pires tourments. Il n'était probablement venu que pour lui exposer un problème trivial… Il noua les liens du col de sa tunique, soulagé qu'Adela ait pris le soin de le laver. Il était rentré sale et épuisé de sa courte campagne mais, grâce à elle, il se sentait à présent propre et reposé. Finalement, épouser cette jeune femme avait été une excellente décision…

Adela aurait dû redescendre dans la grande salle. À présent que l'armée était rentrée, les ragots allaient de nouveau prendre de l'ampleur. Si elle souhaitait réellement être utile à son mari, elle devait saisir la moindre occasion d'entendre ce qui se disait à la Cour. Déjà, elle commençait à rassembler des bribes d'information. Apparemment, certaines personnes étaient mécontentes de la politique de Benedictus, mais elle n'avait entendu que des témoignages partiels et déformés. Quelques noms revenaient souvent, néanmoins. Il allait lui falloir des preuves concrètes pour progresser dans son enquête. Elle ne voulait pas prendre le risque d'accuser des innocents.

Oui, elle aurait dû se rendre dans la grande salle sans tarder et parler avec le plus de gens possible. Hélas, ses pas la guidèrent dans une autre direction. Elle sortit du fort et traversa la cour. Une légère brise de fin d'été fit voleter ses cheveux tandis qu'elle se frayait un chemin au milieu des serviteurs occupés à leurs tâches. Elle ne s'arrêta qu'une fois arrivée à la poterne. Elle avait envie de se promener dans la campagne, de descendre jusqu'à la rivière et de sentir l'eau fraîche sous ses doigts. Elle avait envie de trouver un endroit où réfléchir en paix, pour se remémorer chaque caresse, chaque soupir, chaque instant partagé avec Benedictus.

Mais elle entendait encore les consignes sévères de son père, lui rappelant qu'une femme ne devait jamais rester seule, et son courage l'abandonna. Frustrée, agacée par sa lâcheté, elle prit alors la direction du jardin de la reine. Elle n'avait pas encore eu le temps de l'explorer, de se perdre derrière ses murs pour savourer le calme qui devait y régner.

— Lady Adela !

Son estomac se noua. Elle se retourna pour voir approcher Sir Hendry et son sourire perpétuel. Pourquoi donc trouvait-elle cet air avenant si étrange, quand les autres femmes de Windsor passaient leur temps à se pâmer sur son passage ? Elle préférait de loin les moues austères de son époux, sans pouvoir se l'expliquer pour autant.

— Vous n'étiez pas dans la grande salle, cet après-midi. Vous sentez-vous bien ?

Il fronçait vaguement les sourcils, comme si ses inquiétudes étaient sincères. Une nausée monta soudain à la gorge d'Adela. Était-il *réellement* amoureux d'elle ? Seigneur ! Comment réagir si c'était vrai ?

Même si Benedictus s'avérait être l'homme dur et inaccessible que tout le monde – sauf elle – voyait, et même si leur intimité naissante ne devait jamais dépasser le stade du bourgeon, elle refusait de trahir ses vœux de mariage. Peu lui importait ce que les autres faisaient pour survivre à une union de convenance. Elle n'était pas comme eux. Cependant, elle ne désirait pas non plus causer de peine à Sir Hendry. En dépit du malaise qu'elle ressentait en sa présence, il semblait plutôt agréable et gentil. Il se montrait toujours attentionné et ne critiquait jamais ouvertement qui que ce soit. Elle n'avait aucune envie de l'encourager à éprouver des sentiments pour elle, surtout si elle ne pouvait se permettre de les lui rendre.

— Je vais bien et je vous remercie pour votre sollicitude. Je désirais simplement passer un peu de temps seule.

Allait-il comprendre son sous-entendu et partir ? Malheureusement non : il lui emboîta immédiatement le pas, clairement décidé à l'escorter.

— Votre époux était très impressionnant face à nos ennemis, Lady Adela, dit-il. Je ne pense pas que les Français se risquent de nouveau sur nos terres. Ils ont été terrifiés par sa puissance et sa fureur.

Elle coula un regard discret dans sa direction. Ses louanges paraissaient sincères. S'il était intéressé par elle, en tant que femme, aurait-il réellement complimenté son époux d'une manière aussi directe ? Ses paroles ne pouvaient que renforcer la fierté qu'elle éprouvait déjà vis-à-vis de Benedictus. Décidément, cet homme était une énigme, et elle n'avait aucune intention de perdre du temps à tenter de la résoudre.

— J'aurais aimé voir mon mari en action, admit-elle.

Sir Hendry se redressa.

— Vraiment ? C'est surprenant. La plupart des femmes fuient les batailles...

Elle ne put réprimer un petit hoquet de mépris.

— Nous voyons des combats tout le temps. Les hommes adorent prouver leur valeur pendant les joutes et les tournois, ne l'oubliez pas.

— Ce n'est pas la même chose. Les affrontements organisés dans la lice ne sont que des distractions courtoises. Les Français sont des adversaires féroces.

— Les avez-vous vus se battre ?

Elle avait du mal à y croire, puisqu'il venait du nord, bien loin des lignes de front. D'un autre côté, il semblait si sûr de ce qu'il avançait... De plus, si les Français étaient si doués pour la guerre, comment se faisait-il que l'on considère les Anglais comme les meilleurs sur ce terrain ?

Le regard de Sir Hendry se perdit un instant au loin, dans le vide.

— Je n'ai pas besoin de les voir pour en être persuadé, affirma-t-il. Tout comme je sais que l'art de la guerre n'est pas destiné aux femmes.

Adela ravala sa colère. Benedictus était peut-être austère, mais jamais il ne se montrait condescendant. Néanmoins, elle n'avait pas envie de contrarier Sir Hendry en protestant.

— Non, en effet. À la vérité, je n'ai aucune envie de voir notre armée sur le champ de bataille. Je ne souhaite pas être témoin de toutes ces effusions de sang et de ces morts. Mais j'aurais aimé voir Sir Benedictus pour m'assurer qu'il était sain et sauf.

— Vous tenez donc tant à lui ?

Sir Hendry lui jeta un bref coup d'œil et elle aurait pu le manquer si elle n'avait pas été tournée vers lui.

Son expression la troubla sans qu'elle puisse deviner ce qui la gênait tant.

— Bien sûr que je tiens à lui, répondit-elle fermement. Il est mon époux.

Tout en parlant, elle se demanda s'il n'y avait réellement que cela. Si jamais on lui arrachait son mari dès le lendemain, lui manquerait-il réellement ? Ou bien pleurerait-elle seulement la liberté et la protection que son nom lui apportait ? Elle l'ignorait. En revanche, elle savait qu'elle avait apprécié le temps qu'ils avaient passé seuls dans leur chambre. Benedictus lui avait montré une nouvelle facette de sa personnalité. Il avait fait preuve de pudeur, d'attention et même d'une pointe d'humour. Mais quand il se trouvait en public... Les soucis de l'État le préoccupaient tant qu'il avait rarement le loisir de profiter de la vie. Dans ces moments, il redevenait autoritaire, intimidant, et ne savait clairement plus comment discuter avec elle – comme le prouvaient leurs repas gênés en présence de la Cour. Parfois, elle avait l'impression d'avoir épousé deux hommes très différents. Elle savait lequel des deux elle préférait, bien sûr, mais c'était celui qu'elle voyait le moins souvent. L'idée de pouvoir un jour être séparée de lui... Son estomac se retourna. Non, elle ne parvenait même pas à imaginer un tel drame.

— Dois-je lire une hésitation, dans votre silence ? Vos sentiments pour lui sont-ils plus troubles que vous le laissez croire ?

Elle croisa les bras avec détermination.

— Sir Benedictus est un homme honorable.

— Oui, bien entendu. Tout le monde voit bien à quel point il travaille dur pour assurer la paix du royaume. Cela suffit-il à faire de lui un bon mari ?

Adela s'arrêta brutalement. Cette conversation devenait de plus en plus désagréable.

— Je ne crois pas qu'une telle discussion entre nous soit appropriée, Sir Hendry.

Le chevalier la contempla un instant en silence.

— Je m'excuse, finit-il par répondre. Je n'avais pas l'intention de me montrer si direct. Quand je vous regarde, je vois une jeune femme liée à un homme bien plus âgé qu'elle et cela m'attriste. Croyez bien que je ne voulais pas vous offenser, Lady Adela...

Ses paroles n'avaient rien d'une tentative de séduction. Si Medea avait prononcé ces mêmes mots, Adela n'aurait pas été déconcertée. Elle ne savait néanmoins pas que répondre. Elle devinait ce que les gens pouvaient penser de son mariage. Nul n'avait eu l'occasion de voir quelle intimité se développait entre Benedictus et elle, lorsqu'ils étaient libérés de la pression des regards. Durant les soupers, dans la grande salle, ils étaient mal à l'aise ; mais ce n'était qu'une partie de la vérité. Hélas, elle ne pouvait montrer à qui que ce soit l'autre facette de leur mariage sans dévoiler des détails trop intimes pour être partagés.

— Je vous remercie pour vos attentions. Néanmoins, ma relation avec mon époux n'est pas un sujet que je souhaite aborder.

Sir Hendry hocha la tête et retrouva son sourire coutumier.

— Dans ce cas, discutons d'autre chose, car je ne voudrais pas vous contrarier.

Il s'interrompit un instant, puis reprit :

— Mais avant cela, sachez que vous pouvez me parler de tout ce qui vous préoccupe. Je tiens à ce que vous vous sentiez libre, avec moi. Nous sommes arrivés à Windsor au même moment, et cela nous a amenés à nouer des liens qui me sont chers. Je serais désolé de perdre votre amitié à la suite de quelques paroles malencontreuses de ma part et je tiens à vous assurer que je ne suis mû que par l'affection que je vous porte. Rien de plus.

Ses yeux bleus luisaient de sincérité. Peut-être avait-il en effet de bonnes intentions ; mais Adela restait pressée de se débarrasser de lui malgré tout. Comme souvent, elle regretta de s'être montrée si chaleureuse avec lui lors de sa première journée à la Cour. Si elle n'avait pas été aussi pressée de se rendre utile auprès de son époux, elle n'aurait jamais encouragé Sir Hendry et ne se serait pas retrouvée à présent dans une situation aussi intenable. Pressentant qu'il ne la laisserait pas en paix tant qu'elle ne l'aurait pas assuré de son amitié, elle répondit :

— Ne vous inquiétez pas. Je ne suis pas offensée et mon regard sur vous n'a pas changé. Néanmoins, j'aimerais avoir quelques instants de solitude...

Voyant qu'il allait protester, elle leva la main.

— Pas parce que je suis en colère, poursuivit-elle avec fermeté. Seulement, ces derniers jours ont été très éprouvants et je ne pense pas être en état de converser de manière agréable, aujourd'hui. Je pensais prendre le temps de méditer en paix dans les jardins de la reine.

— Dans ce cas, permettez-moi de vous y escorter, et je vous laisserai à votre réflexion.

Elle aurait préféré qu'il se retire immédiatement, mais le jardin n'était pas très éloigné. Elle ne résista donc pas. Sir Hendry ne cessa de parler tandis qu'ils longeaient ensemble les nombreux bâtiments qui occupaient la cour du château. Elle se contenta d'acquiescer et de lui répondre d'un mot quand il s'interrompait un instant. Enfin, il la laissa devant le portail du jardin et elle s'y engouffra avec reconnaissance - seule. Une part d'elle espérait qu'elle avait su trouver les bons mots pour le rassurer au sujet de leur amitié, mais elle se rendit vite compte qu'elle se préoccupait peu de ce qu'il pouvait penser. Dès qu'elle lui eut tourné le dos, il s'effaça de son esprit.

Elle se promena longuement au milieu des plates-bandes, sans vraiment savourer le parfum entêtant des aromates. De nouveau, elle songeait à Benedictus et à la matinée merveilleuse qu'ils avaient passée ensemble.

11

Pour la première fois de sa vie, Benedictus était incapable de se concentrer. Il ne cessait de tirer sur les manches de sa tunique, luttant pour rester attentif à la tâche qui l'attendait. Ce n'était pas le meilleur moment pour laisser ses pensées vagabonder. La présence du navire de guerre français sur la Tamise avait été une insulte envers le pouvoir anglais. Edward allait sans doute vouloir se venger, et Benedictus aurait dû rédiger un rapport détaillé de l'incident pour l'envoyer immédiatement au roi, à Anvers.

De plus, de nombreuses échauffourées avaient éclaté entre quelques barons modestes et il devait absolument régler ces problèmes avant que la situation s'envenime. Il n'avait aucune envie de voir ses soldats occupés à maintenir l'ordre dans le pays, alors que la France demeurait une menace.

Hélas, aucune de ces préoccupations urgentes ne parvenait à retenir son attention. Il ne songeait qu'à Adela. Il aurait voulu être de nouveau avec elle, pour explorer son corps et entendre ses doux gémissements. Il aurait voulu...

— Malgré tout cela, glapit soudain le baron installé devant lui, brisant son délicieux fantasme, Hadleye a tout de même eu l'audace de...

— Il suffit ! coupa Benedictus en abattant son poing sur la table.

Les deux seigneurs belliqueux bondirent en arrière. Landlan ouvrit la bouche, comme s'il était sur le point de poursuivre ses lamentations, mais il eut la sagesse de s'abstenir.

— Landlan, je vous interdis de franchir de nouveau les frontières qui séparent vos terres de celles de Hadleye.

Voyant l'indignation se dessiner sur le visage du baron, il leva une main impérieuse.

— *Non*, je refuse d'en entendre davantage. De votre côté, Hadleye, vous cesserez d'enlever de bons travailleurs à votre voisin. Je ne veux plus vous voir ici, tous les deux, et sachez que si vous revenez, je vous priverai de vos domaines et octroierai vos villages aux chevaliers qui servent actuellement notre souverain sans se plaindre.

Hadleye eut un mouvement offensé.

— Vous ne pouvez pas nous parler ainsi ! Vous n'êtes pas le roi !

Benedictus serra le poing.

— En ce qui concerne cette affaire, c'est tout comme. Bien sûr, si vous préférez vous rendre à Anvers pour étaler vos querelles pitoyables aux pieds d'Edward, faites-le... à vos dépens. Seulement, si j'étais vous, je ne me donnerais pas cette peine car je pense qu'il rendrait le même jugement que moi.

Les deux hommes se fendirent de quelques récriminations supplémentaires, mais finirent par quitter le bureau. Resté seul, Benedictus se massa les tempes en soupirant. Il allait devoir demander à l'un de ses hommes de se rendre chez ces barons, dans quelques mois, afin d'évaluer la situation. S'ils se disputaient encore au sujet d'offenses triviales, Benedictus mettrait sa menace à exécution et les priverait de leurs terres. Il avait presque envie que Landlan et Hadleye le défient… Punir ces seigneurs récalcitrants aurait envoyé un puissant message à tous ceux qui rêvaient d'agrandir leurs domaines en profitant de l'absence du roi. Néanmoins, cette affaire était un souci de plus, et il n'en avait pas besoin !

Il relut son rapport entamé pour le roi, réfléchit un instant, puis prit son stylet. Ses doigts se crispèrent sur l'outil détesté. Il avait horreur d'écrire, n'avait jamais apprécié cette tâche, et l'exercice devenait de plus en plus pénible pour lui, ces dernières années. Une blessure à la main reçue durant l'une des opérations de défense du royaume avait réduit l'amplitude de ses mouvements. Il parvenait encore à manier l'épée sans gêne, mais les gestes plus délicats exigés par la calligraphie le faisaient atrocement souffrir.

Sans doute aurait-il dû engager un scribe pour lui dicter ses messages, mais comment s'assurer qu'une autre personne puisse rédiger convenablement ce genre de lettre ? Il devait confier au roi chaque détail des événements, sans en omettre un seul. Il écrivit quelques mots de plus, puis une crampe le saisit sans prévenir et il dut s'interrompre pour secouer vivement sa main dans l'espoir de détendre ses muscles.

Il relut la première ligne quatre fois, sans pouvoir se concentrer, et se laissa retomber contre le dossier de sa chaise. C'était mauvais signe… Il ne pensait encore qu'à sa femme, à ses mains sur lui, à sa bouche chaude qui lui avait fait perdre la tête. Un gémissement lui échappa et il laissa retomber son front contre la table. *Il avait un problème.* Un gros. Il fallait à tout prix qu'il trouve un moyen de chasser l'image d'Adela pour se concentrer de nouveau sur les affaires importantes du royaume.

On frappa soudain à sa porte, et son cœur s'emballa. Agacé, il fit de son mieux pour calmer ses émotions. Après tout, quelle chance y avait-il pour qu'Adela se trouve dans le couloir ? Elle ne lui rendait pas souvent visite ici et, même si c'était bien elle, cela ne justifiait pas une telle réaction. Son corps désirait sa présence, mais son cœur n'avait rien à voir avec cela.

— Entrez, lança-t-il.

Avant même que la porte ait fini de s'ouvrir, ses cheveux se dressèrent sur sa nuque et sa main descendit jusqu'à la dague qu'il gardait à la ceinture. Il en effleura la poignée mais ne la sortit pas. Tuer l'homme qui venait d'entrer lui aurait attiré trop d'ennuis et fort peu de satisfaction...

Il se leva.

— Bonjour, père.

Celui-ci ne répondit pas à son salut, se contentant d'envahir la pièce comme s'il en avait été propriétaire. Benedictus serra les dents, sans faire le moindre commentaire. Il avait appris dès sa jeunesse que rester droit dans ses bottes face à son père était souvent la meilleure approche. Cela rappelait au vieil homme que son fils était plus grand et plus fort que lui, maintenant, et qu'il n'avait plus le pouvoir d'intimider son héritier. Le fait qu'il possède encore la force de le provoquer, en revanche, était agaçant - bien plus que Benedictus ne voulait l'admettre. Il dirigeait le pays, après tout ! Il n'aurait pas dû laisser cet homme le troubler et en avait parfois honte. Hélas, son père avait plusieurs décennies d'expérience en la matière et semblait toujours trouver un moyen de mettre les nerfs de Benedictus à vif. Il y prenait clairement du plaisir... Une autre chose qui froissait sa fierté.

— Je viens d'arriver à Windsor et, apparemment, tu serais le héros du jour, déclara son père en s'approchant de la table.

Aux oreilles du premier passant venu, cela aurait pu sonner comme un compliment, mais la moue du vieil homme suggérait le contraire. *Qu'avait-il donc* encore *fait de mal ?* Il avait pourtant affronté les Français et les avait chassés du pays avec maestria !

Sans doute allait-il bientôt découvrir la cause de cette réprimande absurde.

— Penses-tu réellement que galoper par tout le royaume pour courir après quelques marins trop audacieux est digne de toi ? Tu remplaces le roi, mon fils. Il est grand temps que tu commences à agir avec plus de dignité.

Benedictus fit de son mieux pour rester de marbre devant les accusations de son père, mais un tressaillement de rage lui parcourut l'échine.

— J'ai fait ce qu'Edward aurait fait à ma place.

Il s'assura de paraître suffisamment las et indifférent. Au fil des ans, il avait compris que c'était la meilleure manière de s'adresser à ses parents. Contournant le bureau, il se campa devant son père. Celui-ci considérait – évidemment – que la présence d'un équipage français sur la Tamise n'était pas une menace pour le royaume. Il avait toujours été convaincu que rien ne pourrait jamais entamer la puissance absolue du pays. Son aveuglement vis-à-vis de la supériorité anglaise était à la hauteur de son obstination en toutes choses.

— À quoi dois-je le plaisir de cette visite ? demanda-t-il.

Plus vite il saurait de quoi il retournait, plus vite il pourrait se débarrasser de son père.

— Ta mère et moi avons appris que tu as enfin décidé d'honorer le pacte que nous avons conclu il y a dix ans avec la famille Valdu et que tu as épousé leur plus jeune fille. Nous sommes donc venus la rencontrer, puisque tu n'as pas jugé bon de l'amener chez nous.

Un frisson glacé traversa Benedictus à l'idée de voir Adela en compagnie de ses odieux parents. La simple pensée qu'elle puisse être blessée par leurs paroles empoisonnées lui donna envie de frapper les murs. Il joignit les mains dans son dos pour se retenir. Cette confrontation aurait forcément eu lieu, tôt ou tard ; mais il aurait préféré que ce soit *tard*. Bien plus tard. Il ne lui restait plus qu'à faire de son mieux pour maîtriser la situation et s'assurer que son épouse passe le moins de temps possible en compagnie de ses beaux-parents.

— Très bien, dit-il donc. Nous dînerons ensemble, ce soir.

Il raccompagna son père jusqu'à la porte, bien décidé à l'escorter dans la grande salle avant de se mettre en quête de sa femme. Il allait devoir la prévenir, la préparer à ce qui pourrait se passer. Ignorant les battements affolés de son cœur, qui s'apprêtait déjà à la revoir, il pressa le pas. Les réactions de son corps n'avaient aucune importance. Il était simplement contrarié par l'arrivée de ses parents. Mais, oui, une part de lui pressentait que son trouble était d'une tout autre nature – dû au bonheur plus qu'à l'agacement – mais cela n'avait rien à voir avec la perspective de rejoindre Adela. Cela aurait été ridicule !

Benedictus se tenait devant le portail du jardin de la reine quand Adela décida enfin de quitter ses allées paisibles. Elle fut si surprise de le voir qu'elle s'arrêta au milieu du chemin.

— Oh ! s'écria-t-elle. Attends-tu depuis longtemps ? Si j'avais su que tu étais là, je serais sortie plus tôt…

— Non, répondit-il simplement.

Elle remarqua alors ses sourcils froncés et ses épaules voûtées. Il était si différent de l'homme heureux qui avait quitté leur chambre quelques heures plus tôt…

— Y a-t-il un problème ?

Elle glissa instinctivement son bras au creux du coude de son époux et il contempla un moment sa main, comme s'il s'était agi d'un objet étrange et déplacé. Elle retint son souffle. Allait-il la repousser ? Heureusement, il se contenta de se retourner vers la silhouette imposante du château et de reprendre sa route à ses côtés pour la raccompagner.

— Mes parents ont décidé de nous rendre visite, annonça-t-il solennellement tout en marchant. Ils ont émis le désir de te rencontrer.

— Oh...

En un instant, le cœur d'Adela se fit plus lourd. Elle avait entendu de nombreuses rumeurs au sujet de ses beaux-parents. Le couple était réputé pour son intransigeance et sa suffisance. Apparemment, ils vivaient baignés dans la certitude de compter parmi les membres les plus importants de la noblesse anglaise. Bien sûr, elle savait qu'une confrontation était inévitable, mais elle n'avait pas été pressée de leur être présentée.

— Je crains que ce ne soit une dure épreuve, reprit Benedictus. Nous allons dîner avec eux dans mon bureau pour éviter de nous soumettre aux regards curieux de la Cour ; et je te promets que je ne laisserai pas mes parents te dénigrer de quelque manière que ce soit.

Une boule dense se forma dans sa gorge.

— Penses-tu réellement qu'ils feraient cela ?

— J'en suis certain.

Il la contempla un instant d'un air peiné.

— Ils dénigrent, hélas, tout le monde et toutes choses. Leurs attaques ne seront pas spécifiquement tournées contre toi, mais je préfère te prévenir : la soirée sera fort déplaisante...

Cela ne présageait rien de bon. D'un autre côté, elle avait survécu à la désapprobation perpétuelle de son père. Sans doute pourrait-elle également trouver la force de traverser ce simple repas.

— Resteront-ils longtemps à Windsor ?

— J'en doute. Ils n'aiment pas fréquenter la Cour quand

le roi est absent et rentreront probablement dans leur fief au bout de quelques jours.

Ils approchaient de plus en plus du château. Adela ralentit le pas malgré elle. Il l'imita.

— Pourquoi détestent-ils à ce point la Cour ? Ne sont-ils pas fiers de s'y montrer quand leur propre fils gouverne à la place du roi, au contraire ?

Un pauvre petit sourire malheureux flotta sur les lèvres de Benedictus.

— S'ils séjournaient ici, ils seraient contraints d'obéir à mes règles. Je pense qu'ils préfèrent largement pouvoir se vanter de la présence d'un Monceaux au pouvoir devant leurs vassaux, chez eux, qu'être contraints de subir mes décrets ici.

Il lui prit la main et la serra fort.

— Mes parents ne sont pas des gens doux, Adela. Ils ne feront pas le moindre effort pour te mettre à l'aise, ne s'entretiendront pas avec toi des derniers potins plaisants, ne riront pas et ne te demanderont pas si ta journée a été agréable. Au contraire, ils feront tout leur possible pour trouver une faiblesse en toi et l'exploiter jusqu'à ce que tu te dresses contre eux – ou leur concèdes la victoire.

— Pourquoi agissent-ils ainsi ?

— Ils sont convaincus qu'il vaut mieux se montrer sévère et inflexible qu'attentionné. Cela rend plus fort et forme de bons dirigeants. La famille Monceaux est née et vit pour le pouvoir.

Adela n'aurait su dire si Benedictus était en accord avec les convictions de ses parents ou non. Il ne lui donna aucun indice pour percer le fond de sa pensée et gravit les marches qui conduisaient à l'intérieur de la forteresse.

— Si je peux me permettre un conseil, je pense que tu ferais bien de contrôler tes expressions pour trahir le moins d'émotion possible.

— J'aimerais prendre le temps de me changer avant de les rencontrer...

D'un seul coup, elle ressentit un besoin pressant de leur être présentée dans sa plus belle robe. Cela ne changerait rien à ses traits, mais elle pourrait y puiser assez d'assurance pour les affronter. De plus, cela leur prouverait que ses parents étaient assez riches pour la vêtir selon son rang.

— C'est inutile. Tu es déjà charmante ainsi.

Son cœur s'envola. Benedictus ne lui aurait jamais fait ce compliment s'il n'avait pas été sincère.

— Je ne serai pas longue, dit-elle néanmoins.

Sans réfléchir, elle se hissa sur la pointe des pieds et déposa un léger baiser sur les lèvres de son époux. Il ouvrit de grands yeux quand elle recula, mais elle ne regrettait pas son geste. De toute évidence, elle n'était pas la seule à avoir grandi dans l'ombre de parents désagréables. Si Benedictus soupirait autant qu'elle après la moindre marque d'affection, alors ce baiser était la chose à faire...

12

Le souper fut encore pire que Benedictus l'avait anticipé. Adela, dans une somptueuse robe bleu nuit, ressemblait à une délicate fleur printanière sur le point d'être piétinée par un couple de taureaux.

La table de travail de Benedictus avait été transformée en table à manger pour la soirée, et les quatre convives s'y installèrent tandis que l'on apportait les plats. Personne ne parlait. Depuis son entrée dans le bureau, Adela semblait être redevenue la jeune femme qu'il avait rencontrée le jour de leur mariage : timide et effacée. Il n'y avait pas la moindre étincelle dans ses yeux et, bien qu'elle ait caché ses mains sous la table, Benedictus devinait que ses doigts tremblaient. Il aurait voulu l'attirer dans ses bras mais n'en fit rien. Durant son enfance, il avait tenté de protéger son petit frère du poison de ses parents. Hélas, cela n'avait fait qu'empirer les choses. Ils s'étaient acharnés davantage sur Alewyn, juste parce que lui, son aîné, tentait de le défendre, convaincus que leur géant de benjamin avait besoin de s'endurcir.

Cependant, le moment était mal choisi pour songer à lui. Son absence était encore trop douloureuse. Lorsque Alewyn avait annoncé sa décision de quitter le corps des chevaliers du roi, Benedictus était entré dans une colère noire et ils ne s'étaient pas séparés en bons termes. À cause de lui. Alewyn n'était coupable de rien. Benedictus avait souvent envisagé de faire le voyage pour le revoir, ainsi que sa femme, s'excuser et tenter de faire amende honorable, mais sa fierté l'avait retenu. Devoir passer la soirée ici, en compagnie de personnes lui rappelant à ce point son jeune frère, attisa la souffrance qu'il ressentait déjà. Il lui manquait plus qu'il ne l'aurait cru possible. Après tout, ne s'étaient-ils pas soutenus mutuellement pendant des années face à leurs parents ? Désormais, Benedictus était seul pour affronter les dragons. Il n'aurait pas dû en vouloir à Alewyn pour sa désertion, mais il ne pouvait s'en empêcher...

— Quelles leçons vos parents vous ont-ils transmises au sujet de la tenue d'une maison, Lady Adela ? demanda sa mère, brisant enfin le silence étouffant.

Benedictus se retint de lever les yeux au ciel. On pouvait toujours faire confiance à sa mère pour se montrer abrupte et intimidante, sans jamais prendre la peine de voiler ses remarques par un semblant de politesse. De l'autre côté de la table, Adela lui adressa un regard paniqué.

Il s'éclaircit la voix.

— Mère, je pense que...

— Lady Adela peut répondre seule, Benedictus !

Il serra les dents. Jamais il n'aurait laissé qui que ce soit d'autre lui parler de cette manière. Il ne tolérait ce genre de discours de la part de sa mère que parce qu'elle l'avait mis au monde. Seulement, ce soir, il n'était pas certain de pouvoir tenir sa langue bien longtemps.

— Mes parents ne m'ont rien enseigné sur ce point, murmura Adela d'une toute petite voix.

En cet instant, Benedictus éprouva une profonde haine pour sa mère.

— Dans ce cas, vous feriez bien de vous installer chez

nous au plus tôt pour que je puisse entamer votre éducation. Nous ne pouvons pas laisser la future Lady Monceaux manquer d'autorité sur ses gens. Vous avez beaucoup à apprendre, ma petite.

Adela pâlit et baissa les yeux sur son assiette. Cette fois, Benedictus ne put se taire.

— Lady Adela restera à Windsor avec moi, déclara-t-il.

Sa mère se raidit.

— Sottises ! Cette fille doit *apprendre*. Je comprends que tu sois pressé de la mettre enceinte. Tu as besoin d'un héritier et tu as déjà bien trop attendu pour te mettre au travail. Mais si la chose n'est pas encore en route, rien ne l'empêche de se déplacer. Tu pourras lui rendre visite au château Monceaux quand tu le souhaites.

Un atroce mélange de honte et d'embarras le submergea. Adela ne pouvait pas être enceinte, puisqu'ils n'avaient pas encore consommé leur mariage – en dépit de son désir brûlant. Et il refusait d'aller la voir chez ses parents uniquement pour tenter d'avoir un enfant, comme un étalon que l'on introduit dans l'enclos d'une jument ! Il contempla sa femme, qui rougissait à présent, le regard perdu dans son plat. Elle paraissait si malheureuse… Il ne voulait pas que sa mère surprenne sa détresse et dit donc la première chose qui lui vint à l'esprit pour détourner son attention :

— Je ne peux pas me rendre au château Monceaux pour voir ma femme dès que l'envie me prend.

Un feu s'embrasa au creux de son estomac. Il aurait dû formuler la chose différemment. L'humiliation s'ajouta à son malaise.

— Les affaires de l'État sont trop importantes et je ne peux déserter mon poste, même temporairement. Je suis sûr que vous le comprenez.

Sa mère secoua la tête avec une moue obstinée.

— Si ton épouse ne sait réellement *rien*, alors notre

forteresse sombrera dans le chaos dès que ton père et moi quitterons ce monde. Le nom des Monceaux est important, révéré et…

— Le sujet est clos, mère. Lady Adela restera avec moi.

En temps normal, il n'employait jamais un tel ton avec ses parents, le réservant aux jeunes pages et écuyers de Windsor, mais sa mère ne lui laissait pas le choix. Adela n'était pas assez forte pour résister à des assauts aussi brutaux et il refusait de l'exposer à une telle maltraitance plus longtemps que nécessaire. Il l'aiderait à apprendre l'art de diriger une grande maison quand le temps serait venu. En attendant, il était hors de question qu'il la laisse s'éloigner de lui – pour quelque raison que ce soit.

De nouveau, le silence s'abattit autour de la table. L'assiette d'Adela restait intacte. Un flot de rage monta en lui quand il s'en aperçut. Il se promit de faire monter une collation à leurs appartements, plus tard. Il l'aiderait à se détendre, elle mangerait enfin et il n'aurait plus à s'inquiéter pour sa santé.

— Elle est beaucoup trop chétive.

Pendant un instant, Benedictus se figea, un morceau de pain à mi-chemin de sa bouche. Son père venait-il réellement de prononcer ces mots devant Adela ? L'insulte était déjà cuisante, mais il ne semblait hélas pas en avoir terminé.

— J'imagine que l'importance de sa dot compense sa silhouette si maigre, bien que notre famille n'ait pas encore bénéficié de cette rentrée d'argent… A-t-elle seulement la capacité physique de porter un héritier solide et sain ?

Benedictus bondit sur ses pieds, hors de lui.

— Mon épouse et moi allons nous retirer, déclara-t-il, et plus jamais vous ne vous adresserez à elle, ou ne parlerez d'elle en ces termes. Vous quitterez Windsor demain au plus tard. Il serait embarrassant pour nous tous si je devais vous faire raccompagner à la porte par la garde. Lady Adela ?

Il lui tendit la main. Elle le dévisagea, les yeux écarquillés, puis repoussa sa chaise et se leva d'un air mal assuré. Il aurait aimé la soulever de terre et la porter dans ses bras jusqu'à leur chambre, mais il attendit patiemment qu'elle rejoigne le couloir seule. Il n'avait pas envie de la faire apparaître faible devant ses parents. Elle était forte, il le savait, et il tenait à ce qu'ils le remarquent aussi. Il tenait à ce qu'ils voient qu'en dépit de leurs efforts pour l'humilier, elle était encore capable de quitter le bureau la tête haute. Il la suivit dehors et le long des couloirs, bouillonnant de rage. Il tremblait si fort qu'il ne se rendit pas immédiatement compte qu'elle frissonnait aussi comme une feuille au vent. Il ne le vit qu'à l'approche de leurs appartements.

— Je suis désolé, dit-il en s'arrêtant net.

— Ce n'est pas ta faute, murmura-t-elle.

Son cœur se serra. *Si*, c'était sa faute. Il savait à quoi s'attendre de la part de ses parents. Il avait connu cela toute sa vie ! Il avait appris à se cuirasser de son mieux et à se dresser comme un rempart devant son frère pour dévier les attaques. Oui, il savait exactement ce qu'étaient les Monceaux. Il savait aussi à quel point sa femme était sensible. Elle n'avait presque jamais été exposée à ce genre de méchanceté. Certes, elle faisait de son mieux pour paraître sûre d'elle, mais au fond, elle restait douce et bonne. Il aurait dû la tenir à l'écart de sa famille jusqu'à ce qu'elle s'endurcisse – ou pour toujours. Oui, pour toujours aurait été mieux. Ils étaient si... Son père... Seigneur, comment avait-il pu parler d'elle avec autant de mépris ? Et en sa présence ?

Jamais il n'avait éprouvé une telle fureur. Il lui fallut faire appel à toutes ses années d'expérience, tout son rationalisme et son bon sens face aux crises imminentes, pour ne pas tourner les talons et aller assommer l'homme à coups de poing.

D'ailleurs, ce qu'il avait dit au sujet de son apparence

n'était pas vrai. Elle était *belle*. Peut-être n'avait-elle pas le charme traditionnel des dames de la Cour, mais aucune femme ne lui semblait plus attirante. Son pouvoir résidait dans l'éclat de ses yeux si surprenants, la joie qui transpirait dans ses rares sourires. Elle avait aussi une volonté de fer et une incroyable capacité de résistance. Si elle cachait ces qualités la plupart du temps, il avait eu le privilège de les constater de nombreuses fois depuis leur mariage. Elle valait tellement plus que le montant de sa dot, et si son père ne le voyait pas, c'était qu'il était aveugle !

Il ouvrit la porte de la chambre à la volée et entra en trombe. Bien. Il ne retournerait pas dans son bureau pour se battre avec son père : de telles actions étaient indignes de lui. Cela ne l'empêcherait pas d'exiger le départ immédiat de ce dernier. Ses parents ne méritaient pas de passer une seule nuit sous le même toit qu'Adela. Ils ne méritaient pas l'hospitalité que Windsor avait à offrir, ou même...

Une caresse légère dans son dos le tira de ses ruminations.

— Je suis désolé, répéta-t-il. Mon père n'aurait jamais dû tenir de tels propos devant toi.

Adela eut un petit sourire furtif.

— Il vaut mieux affronter les critiques en face, qu'entendre les gens médire dans son dos.

— C'est vrai, mais...

— Ne sois pas en colère, Benedictus. Les paroles et les actions de ton père ne devraient pas ternir tes sentiments, quoi qu'il fasse.

Il était si étrange de la voir si calme, alors qu'il bouillonnait intérieurement. Il avait toujours incarné la voix de la raison mais, ce soir, il ne parvenait pas à maîtriser ses réactions.

— Il a été cruel.

Elle secoua la tête.

— Il a fait preuve de sens pratique et a dit ce qu'il pensait. Tu lui ressembles beaucoup en cela.

Benedictus recula, sous le choc. Un coup n'aurait pas p[u] l'assommer davantage.

— Je ne suis pas comme lui ! Jamais je ne ferais preuve d'un tel mépris, encore moins face à une personne qui est devenue ma fille par alliance.

Elle fit un pas en arrière et commença à dénouer lentement sa tresse. Jamais encore il ne l'avait vue faire cela car elle était toujours couchée quand il la rejoignait, le soir, et il ne put détacher ses regards de ses doigts fins qui glissaient avec souplesse entre les mèches.

— Je ne voulais pas dire que tu es aussi cruel que lui, reprit-elle. Seulement que tu places ton devoir avant toute autre considération. Tu as le sens pratique, comme tes parents.

— Mais mon comportement est très différent du leur, et mes devoirs concernent la bonne marche du royaume. Eux ne se soucient que de la gestion de leurs terres et de la réputation de notre famille. Ces deux types de préoccupations ne sont pas compatibles et, même si elles l'étaient, cela n'autoriserait pas mon père à te rabaisser de la sorte.

Les cheveux d'Adela étaient totalement libres, maintenant, et retombaient en vagues autour de ses épaules. Il aurait tant voulu y enfouir les mains, sentir leur douceur soyeuse. Aurait-elle accepté ses attentions, après tout ce qu'elle venait de subir ? Pour la première fois, il fut incapable de deviner le fond de ses pensées. Elle n'avait clairement plus peur, depuis qu'ils avaient quitté le bureau ; mais son angoisse avait fait place à un calme absolu qu'il ne comprenait pas.

Elle pencha un peu la tête sur le côté, l'examinant avec attention.

— Sais-tu quelle décision j'ai prise au sujet de mon père, récemment ? demanda-t-elle.

— Non.

— J'ai fait vœu de ne plus le laisser contrôler mes humeurs.

Il s'avança, attiré par elle comme si une corde invisible les reliait.

— Que veux-tu dire ?

— Pendant bien longtemps, les opinions de mon père ont gouverné ma vie entière. Un jour, il n'y a pas si longtemps, je descendais vers la Tamise avec Medea et j'ai cru entendre ses critiques acerbes. Pourtant, il n'était pas là. Je me suis alors demandé pourquoi je laissais cet homme, que je ne respecte même pas, envahir mon esprit. Toi, tu ne m'as jamais dit que faire. Tu ne m'as jamais donné l'impression d'être enfermée, alors que tu en aurais eu le pouvoir. Depuis mon arrivée ici, j'ai lentement compris que la faute incombait à mon père, pas à moi. Tu m'as laissé la liberté de connaître de nouvelles expériences, de découvrir ce que j'aimais ou non. C'est justement cette liberté qui m'a poussée à décider de ne plus laisser mon père dicter mes actions ou mes pensées.

Il ravala sa salive. Son cœur gonflait sous la douceur de ses compliments. Les méritait-il seulement ? Il n'en était pas certain...

— Cela semble facile.

Elle secoua de nouveau la tête et ses cheveux dansèrent un instant avant de retomber sur sa poitrine.

— Non, ce n'était pas facile. Il envahit encore mon esprit, de temps à autre, et c'est exaspérant. Ce soir, il était dans la pièce avec nous, acquiesçant à tout ce que disait ton père. Mais je fais de mon mieux pour me débarrasser de sa présence, et je continuerai à lutter jusqu'à ne plus penser à lui du tout.

Benedictus ne put résister plus longtemps au désir de la toucher et prit une boucle de cheveux entre ses doigts.

— Que t'a-t-il fait ?

— Mon père est un manipulateur, un homme qui érige la

piété en vertu essentielle. Toute ma vie durant, il m'a punie pour la moindre offense, réelle ou imaginaire.

La fureur, qui avait lentement commencé à refluer, revint à la charge. Benedictus serra les dents.

— Punie ? Comment ?

Si cet homme indigne, superficiel et pompeux, lui avait fait du mal, il le traquerait et le jetterait dans le cachot le plus sombre qu'il pourrait trouver pour le laisser pourrir jusqu'à la fin de ses jours !

Étonnamment, elle sourit.

— Ne prends pas un air aussi farouche. Il ne m'a jamais blessée, physiquement ; à moins que tu ne comptes les heures interminables que j'ai passées à genoux, priant pour le pardon dès que je commettais la moindre erreur.

— Je compte cela, gronda-t-il.

— Le pire, c'est que mon père était loin d'être pur lui-même. Peu de temps avant notre mariage, j'ai découvert qu'il avait une maîtresse et que les enfants nés de cette liaison étaient libres de faire tout ce qu'ils voulaient. Je voyais mes demi-frères courir dans la cour du château sans la moindre inquiétude, depuis la fenêtre de ma chambre. Mes sœurs ont aussi grandi dans l'isolement, mais elles se sont mariées jeunes et ont pu fuir la tyrannie de notre père. J'espère que les hommes qu'elles ont épousés leur accordent la liberté qu'elles méritent...

Elle soupira.

— Hélas, je n'en sais rien, ajouta-t-elle. Je ne les ai pas vues depuis des années. Pendant tout ce temps, mon père m'a aussi tenue à l'écart de ses gens. Il voulait que je reste pure pour toi, car il pense que la pureté est la meilleure qualité qu'une femme puisse avoir.

Benedictus sentit son cœur se serrer. Il aurait pu la libérer plus tôt, s'il n'avait pas tant tardé à l'épouser...

— Je n'avais pas besoin que tu sois pure, dit-il, et je

regrette qu'il t'ait fait vivre dans une cage. Tu devais te sentir bien seule.

Elle sourit, plus tristement cette fois.

— En effet. J'étais très seule. Je crois que la pire chose qui pourrait m'arriver, à présent, serait de devoir retourner à cette vie. Je ne pourrais jamais survivre de nouveau à ces longues journées moroses et dénuées de couleurs. À présent que j'ai découvert la joie d'avoir des amis, ce serait une sentence très cruelle et je ne pense pas que j'aurais la force de le supporter.

Il tira doucement sur la mèche qu'il serrait – juste assez pour lui arracher un soupir d'aise. Il savait qu'elle aimait cela. La rage qui le rongeait l'empêchait presque de contrôler ses mouvements, mais il était prêt à se faire violence pour elle.

— Jamais plus je ne te laisserai seule. Jamais tu ne seras enfermée, loin du monde. Tu as ma parole.

— Merci. Je n'en ai jamais douté, tu sais. Tu m'as rendu la liberté et je t'en suis plus reconnaissante que tu ne pourras jamais l'imaginer.

Elle plaça sa main sur le cœur de Benedictus. Ses doigts étaient chauds et fermes à travers la tunique qu'il portait.

— C'est terminé, et nombreuses sont celles qui ont connu un sort bien pire que le mien.

Il couvrit sa main avec la sienne.

— Tu es ma femme et...

Il ne put finir. Elle pressa ses lèvres contre les siennes pour le faire taire. Ce fut bref. À peine perceptible. Mais cela suffit à chasser les ombres qui le hantaient. Sa tension fondit aussi vite qu'elle était venue. Il se laissa aller contre elle, clamant sa bouche avec fièvre. Elle gémit tout doucement et il perdit la tête.

Il enfouit ses mains sous son épaisse chevelure et l'attira à lui. Le souffle saccadé d'Adela lui embrasa tout le corps. Plus tard, il se rendrait compte que ses souvenirs de cette soirée restaient flous. Leurs vêtements tombèrent au sol, mais il n'eut pas l'impression de quitter les lèvres d'Adela pour se déshabiller. Il sentit les mains de celle-ci sur sa peau, attisant à chaque caresse le désir qui le dévorait.

S'il avait jusque-là gardé le contrôle de ses pulsions, sa volonté le déserta d'un coup. Il aurait à peine été capable de prononcer son propre nom. Tout ce qui importait était Adela, sa peau douce, sa bouche moite sur la sienne. Elle recula, trébucha au bord du lit et se laissa tomber en l'entraînant avec lui. Il atterrit sur elle et elle poussa un petit grognement quand son poids la pressa contre le matelas.

— Je suis désolé !

Il voulut se redresser, mais elle serra plus fort ses bras, griffant presque sa chair, pour le retenir.

— Non, dit-elle. J'aime cela.

S'il avait encore été capable de parler, il lui aurait dit à quel point son cœur était comblé depuis qu'il l'avait rencontrée, quel bonheur l'envahissait quand il était avec elle. Il lui aurait dit qu'il aurait voulu que cet instant dure toujours. Mais il en fut incapable. Il ne pouvait que l'embrasser encore, avec une sorte de désespoir, pour laisser son corps exprimer à sa place les émotions qui l'enflammaient.

Les ongles d'Adela s'enfoncèrent dans son dos et cette douleur délicieuse le traversa comme un éclair, le poussant à poursuivre. Il roula sur le côté en l'emportant dans son mouvement. Elle eut un petit gémissement de protestation jusqu'à ce que ses doigts trouvent l'arrondi de son sein. Ensuite, il n'y eut plus que le murmure de leurs respirations mêlées et la sensation de ses mains sur lui.

C'était merveilleux. Le paradis. Rien n'aurait pu égaler ce bonheur.

Elle caressa son membre dressé et il ne put réprimer un grognement animal. C'était si bon qu'il arrivait à peine à le supporter. Il redressa la tête pour croiser son regard.

— J'ai tellement envie de toi que cela va finir par me tuer...

Elle rit et une joie similaire monta en lui. Jamais encore il n'avait ressenti cela, ou deviné que l'on pouvait rire ainsi avec une femme.

Elle plongea ses yeux dans les siens. Ses prunelles luisaient d'amusement et d'une autre émotion qu'il n'aurait su reconnaître.

— Dans ce cas, prends-moi, chuchota-t-elle.

Son cœur s'arrêta un instant.

— En es-tu sûre ?

Il n'avait aucune envie de poser cette question, mais il le devait. Il voulait que leur désir soit partagé.

De nouveau, elle étouffa un petit éclat de rire.

— Tu n'es pas le seul à vouloir ceci, désespérément.

Il en eut le souffle coupé. Son cœur s'ouvrit comme une fleur devant le sourire de sa femme. Une telle joie était-elle seulement possible ? Il avait imaginé cet instant si souvent – plus qu'il n'avait pensé à quoi que ce soit d'autre, ces dernières semaines. Il avait songé que ce serait tendre, mais grave. Excitant, mais prudent. Pas une seule fois il n'avait envisagé qu'elle pourrait être heureuse et le désirer avec la même ardeur que lui. Elle se laissa rouler sur le dos en l'attirant dans ses bras. Une tension nouvelle monta de la plante de ses pieds pour l'envahir tout entier, comme les flammes dévorent un ballot de paille.

Osant à peine respirer, il s'étendit sur elle, appuyé sur le matelas pour ne pas lui faire subir son poids. Il voulait la regarder dans les yeux en faisant cela, déchiffrer ses pensées intimes, ses émotions, lorsqu'elle deviendrait enfin pleinement sienne.

Il la pénétra lentement. C'était une torture exquise, mais il était prêt à tout endurer pour ne pas lui faire mal. Il vit l'instant où il rencontrait sa barrière. Ses yeux s'écarquillèrent. Elle se mordit la lèvre. Il se figea et resta parfaitement immobile.

— Veux-tu que je m'arrête ?

Par pitié, Seigneur, faites qu'elle ne dise pas « oui » !

Elle secoua la tête avec détermination.

— Continue, dit-elle d'une voix rauque.

Il franchit la dernière résistance. Elle poussa un petit cri, se figea un instant sous lui. Benedictus ne bougea pas.

— Oh ! souffla-t-elle. C'était encore plus étrange que je l'imaginais.

Il ne put s'empêcher de rire et elle passa une main dans ses cheveux.

— Tu es si beau quand tu ris. Tu devrais le faire plus souvent...

Sur le moment, sa requête lui parut tout à fait envisageable.

— Tout pour plaire à ma dame, murmura-t-il avant de lui effleurer les lèvres.

Il l'embrassa jusqu'à ce qu'elle se détende de nouveau, puis se remit en mouvement avec une lenteur presque douloureuse. Elle l'attira contre elle, les doigts fiévreux, le pressant d'aller plus vite et il obtempéra. La jouissance montait rapidement. Il ne pensait plus qu'à leurs corps unis, joints par les hanches, et tint bon. Il ne voulait pas en finir avant qu'elle ait aussi eu son plaisir. Il était essentiel pour eux deux qu'elle savoure cet instant autant que lui. Il sentit ses ongles s'enfoncer dans ses épaules. Son regard se brouilla. Ses lèvres s'entrouvrirent. Elle cria son nom et se mit à trembler comme une feuille contre lui. Cette sensation était si délicieuse qu'il se laissa aller à son tour. Il ne pouvait plus tenir. Bientôt, il perdit la conscience de tout ce qui se passait autour d'eux et plongea dans un océan d'extase.

13

Le soleil matinal illuminait toute la chambre. Le bras d'Adela était resté étendu en travers du torse de Benedictus et il le caressait doucement, d'un geste lourd de sommeil. Ils n'avaient pas parlé depuis des heures. Elle était épuisée mais refusait de s'endormir. Ces rares matins de paresse où Benedictus prenait le temps de rester avec elle sans se précipiter dans son bureau étaient des trésors précieux à ses yeux. Cela n'arrivait pas souvent et elle les savourait comme d'autres pouvaient savourer un bon vin ou une délicieuse friandise...

Le mois d'août s'était achevé lentement, pour laisser la place aux ors de septembre. Benedictus passait encore le plus clair de son temps plongé dans les affaires du royaume et, même si Adela aurait aimé pouvoir profiter de sa compagnie plus régulièrement dans la journée, elle était reconnaissante de ce qu'elle avait obtenu de lui. C'était bien plus que ce dont elle avait pu rêver.

— Je sais, maintenant, pourquoi personne ne travaille dur, ici, murmura son époux.

Elle rit. Du coin de l'œil, elle le vit sourire en réponse. C'était encore un spectacle si rare que son bonheur éveilla une envolée de papillons dans son estomac – même après deux mois de mariage.

— Tu as un très joli rire, dit-il en se tournant sur le côté pour la contempler.

— Je pense plutôt que tu es de bonne humeur et que n'importe quoi te plairait, ce matin.

Il l'attira contre lui pour lui déposer quelques baisers chastes dans le cou. Elle frissonna malgré elle. Le frottement de sa barbe naissante sur sa peau était délicieusement doux. Elle sentit son membre de nouveau dressé se presser contre son ventre.

— Ne me dis pas que tu as déjà envie de recommencer, plaisanta-t-elle. Nous n'avons même pas fermé l'œil !

— Oui, j'ai envie de te faire l'amour de nouveau, c'est vrai. Mais... je devrais sans doute te laisser te reposer. Tu dois être très fatiguée, après cette nuit ?

Elle rit de nouveau, enchantée de voir qu'il ne semblait pas pressé de la quitter.

— Est-ce une question ? Car cela me plaît.

Elle le poussa avec malice jusqu'à ce qu'il retombe sur le dos.

— Je pensais que tu serais anxieux de te mettre au travail. Après tout, n'as-tu pas un pays à diriger ?

Tout en lui embrassant le torse avec tendresse, elle regretta un peu ses paroles. Elle ne voulait pas lui rappeler l'urgence de ses devoirs.

— Tu as raison. J'ai beaucoup à faire.

Ses lèvres atteignirent le ventre ferme de son époux et il lui passa la main dans les cheveux. Son souffle accéléré démentait ses paroles.

— De nombreuses personnes doivent déjà attendre que tu les reçoives.

Elle jouait avec le feu, certes, mais elle sentait qu'elle avait presque gagné. Benedictus n'irait nulle part, pour l'instant.

Il grogna quand ses longs cheveux défaits touchèrent

son membre et elle sourit triomphalement. Cette sensation était si enivrante ! Le royaume entier aurait pu frapper à leur porte, son mari n'aurait pas répondu tant il était déjà enivré par l'idée de sa bouche descendant un peu plus bas...

Bien plus tard, il s'extirpa enfin du lit et soupira en se retournant pour la contempler.

— Ne pourrais-tu t'habiller ? Pour que je ne sois pas contraint de te quitter en te sachant si belle et nue, ici...

Elle roula sur le ventre et le regarda se laver. Il effectuait ces tâches rapidement, avec des gestes précis et méthodiques.

— Je pense au contraire passer toute la journée ainsi.

Il eut un petit sourire.

— Tu es une cruelle tentatrice, Adela.

Il commença à s'habiller et elle sentit son cœur se serrer. Cette matinée de paresse avait été un cadeau inattendu, mais elle était terminée. Déjà, le poids des responsabilités semblait peser de nouveau sur lui.

— Je plaisante, dit-elle pour le rassurer. Je vais bientôt me lever, moi aussi.

— Que comptes-tu faire, aujourd'hui ?

Il attrapa une brosse et tenta de dompter ses cheveux emmêlés. Le regarder se préparer, après la nuit passionnée qu'ils venaient de partager, semblait si intime, si précieux. Peu à peu, son homme reprenait le masque qu'il portait en public, et elle seule avait le privilège de voir ses deux visages.

— Je suis en train de fabriquer quelque chose pour toi. Je pense que je vais y travailler jusqu'à midi, avant de descendre à la grande salle pour voir s'il y circule des rumeurs dignes d'intérêt.

Il hésita, la brosse encore à la main.

— Penses-tu parler avec quelqu'un, en particulier ?

Elle soupira et roula de nouveau sur le dos.

— Pour être honnête, Medea est la seule personne qui mérite que l'on passe du temps avec elle. Toutes les autres semblent obsédées par des potins sans importance, et des mensonges futiles.

Il s'éclaircit la voix.

— Même Sir Hendry ?

— Sir Hendry ?

— Il semble s'intéresser de très près à toi.

Elle se redressa et s'assit au milieu du lit, soudain gênée par sa nudité.

— Qu'essayes-tu de dire ? demanda-t-elle.

— Rien.

Il reposa avec soin la brosse sur la table.

— Cela ne semblait pas être rien...

Il se passa une main dans les cheveux, désordonnant sa coiffure aussi vite qu'il l'avait achevée.

— Je n'ai pas de soupçons. Pas vraiment. Il n'est pas inhabituel, pour un chevalier, de s'intéresser à une femme mariée. Je ne t'accuse de rien, bien sûr ! Seulement... Je n'ai pas pu m'empêcher de remarquer qu'il semble déterminé à se rapprocher de toi. C'est tout.

— J'admets qu'il est étrange.

Elle se leva et attrapa ses sous-vêtements. Elle se laverait après le départ de Benedictus, mais elle ne voulait pas avoir une telle conversation en tenue d'Ève.

— Il a un don pour apparaître partout sur mon passage. Au début, j'ai pensé qu'il voulait en apprendre plus sur toi, mais il m'interroge rarement à ton sujet et ne mentionne jamais les troubles en France, contrairement aux autres.

— De quoi parle-t-il, dans ce cas ?

— Des autres courtisans, de sa demeure. Il me pose aussi

des questions sur ma vie, mais sans jamais se montrer trop indiscret.

Son époux eut un hoquet d'agacement.

— On dirait qu'il a réellement un faible pour toi.

— Non. Je suis certaine du contraire.

— Et comment peux-tu l'affirmer ?

— Il ne me regarde jamais comme tu le fais.

La tension de Benedictus parut s'apaiser.

— Comment est-ce que je te regarde ?

— Comme un homme affamé.

Il s'approcha lentement.

— Ce n'est pas faux...

Cette discussion aurait pu s'achever en nouvelles étreintes passionnées, si l'on n'avait pas frappé à leur porte. Ils se figèrent, aussi nerveux l'un que l'autre.

Benedictus marmonna un juron et alla ouvrir avec rage. Adela se cacha à l'autre bout de la pièce. Elle n'avait aucune envie de voir qui osait troubler leur paix. Elle entendit un échange à voix basse, puis son époux revint auprès d'elle.

— Je suis navré, mais je dois y aller. Mon absence a déjà provoqué une certaine agitation et quelques barons de second rang menacent de se rebeller.

Il leva les yeux au ciel avec une moue exaspérée, puis l'embrassa.

— Je te retrouverai tout à l'heure.

Son regard brûlant suffit à lui faire comprendre ce qu'il avait en tête.

Quelques instants plus tard, il était parti.

Adela contempla l'endroit où il s'était tenu et réfléchit longtemps à leur conversation. Elle n'avait pas pensé que Benedictus remarquerait réellement Sir Hendry – et encore moins qu'il pourrait être conscient de leurs échanges quotidiens. Sans doute aurait-elle dû le deviner. Il savait tout ce qui se passait à la Cour, alors pourquoi pas cela ?

Elle n'aurait pas dû se réjouir de l'avoir vu si jaloux d'un autre homme. Cependant, elle ne put ignorer le petit frisson de plaisir qui l'envahit à cette idée. Sa réaction de ce matin lui donnait l'espoir que leur relation puisse un jour évoluer, qu'il pourrait apprendre à se soucier d'elle avant le bien du royaume. Elle savait déjà qu'il aimait faire l'amour avec elle et avait été agréablement surprise de découvrir que c'était mutuel. Mais jamais ils n'avaient parlé de leurs sentiments et elle n'avait aucun moyen de savoir si Benedictus était réellement attaché à elle. Si elle ne s'appuyait que sur leurs interactions en public, elle aurait été tentée d'affirmer qu'il ne tenait pas plus à elle qu'à tous ceux qui travaillaient pour lui. Il ne lui montrait son autre visage qu'en privé, lorsqu'il prenait le temps de révérer son corps avec fièvre.

Peut-être avaient-ils de la chance, au fond. De toute évidence, tous les couples ne bénéficiaient pas d'une telle entente intime. Penser à la nuit qu'ils venaient de passer comme à une corvée, par exemple, était aussi risible que ridicule. Rien ne lui donnait plus de plaisir que coucher avec son époux. Et si cela la rendait immorale, comme son père l'avait souvent suggéré, alors l'immoralité lui plaisait plus que la piété ! Quand bien même elle ne devrait jamais rien partager de plus avec Benedictus, c'était déjà bien supérieur à ce que la plupart des gens connaissaient dans leur mariage.

Elle sourit et tira son ouvrage de sous le lit. Elle était en train de broder des coussins pour le bureau de Benedictus. Il ne lui avait pas demandé de le faire, mais personne ne pouvait apprécier le banc dur qu'il avait installé là pour ses visiteurs. Sans doute ses réunions avec ses hommes seraient-elles plus paisibles, si ceux-ci bénéficiaient d'un semblant de confort... Chaque housse brodée avait été un plaisir à créer. Elle avait imaginé des scènes illustrant toutes les saisons, gardant l'été pour la fin. À ses yeux, c'était la saison des nouveaux départs, celle qui avait vu son malheur se muer en espoir et qui avait fait naître la joie dans une vie où elle n'avait encore connu que solitude et grisaille.

14

Septembre s'écoula jour après jour et octobre arriva. La chaleur inattendue de ce début d'automne se poursuivit, mais les nuits se rallongeaient déjà, plus fraîches.

Un après-midi, Adela et Medea descendirent de nouveau au bord de la Tamise pour s'étendre près de l'eau et se relaxer. Pour une fois, elles n'avaient aucune envie d'affronter le brouhaha de la grande salle.

— Tu rayonnes, remarqua Medea après un long silence.

Elle était adossée contre le tronc noueux du saule. Adela s'étira, allongée sur le dos dans l'ombre des branches, regardant les feuilles déjà un peu brunies qui se balançaient doucement dans la brise.

— Je suis plus heureuse que je l'aurais cru possible, admit-elle.

C'était la vérité. Certes, elle commençait à s'inquiéter des sentiments qui naissaient en elle et que son époux ne partageait probablement pas, mais la vie lui paraissait plus délicieuse que jamais...

— Je ne parle pas uniquement de cela, répondit son amie.

— Pardon ?

Elle redressa la tête pour regarder Medea, qui arborait son

petit sourire secret – celui qu'elle avait toujours lorsqu'elle était contente d'elle.

— Je pense que tu attends un bébé.

Adela posa une main sur son ventre, toujours aussi plat.

— Non, il est bien trop tôt pour cela !

— Oh ! vraiment ?

— Oui, je ne suis mariée que depuis...

Elle ferma les yeux le temps de réfléchir. Cela ne faisait pas longtemps. La cérémonie avait eu lieu au début du mois d'août et l'on était mi-octobre.

— Cela fait à peine plus de deux mois.

— Et quand as-tu saigné pour la dernière fois ?

— Peu de temps après notre mariage, mais mes lunes n'ont jamais été régulières. Je pourrais encore attendre des semaines avant qu'elles reviennent. Sincèrement, Medea, c'est trop *tôt*.

Sa compagne se pencha vers elle, les sourcils haussés avec malice.

— Quoi qu'il en soit, j'ai remarqué que Benedictus semblait bien plus paisible, ces dernières semaines. J'en déduis donc que vous vous êtes lancés dans des activités... intimes, tous les deux.

— Medea !

Elles éclatèrent de rire ensemble. Puis, après s'être enfin calmée, Adela demanda :

— Penses-tu vraiment que ce soit possible ? A-t-il l'air d'aller mieux ? D'être moins tendu ? Je ne le connais pas depuis assez longtemps pour m'en rendre compte.

— Je le connais depuis deux ans, maintenant, et Theo le fréquente depuis leur enfance. Il dit qu'il ne l'a encore jamais vu si heureux. Je crois qu'il a même souri quelques fois, ces derniers temps, alors que cela ne lui arrivait jamais auparavant.

Elle tendit le bras et serra la main d'Adela.

— Votre mariage a été une bonne chose pour tout le monde, tu sais.

Adela sourit et pressa ses doigts entre les siens à son tour. Elles laissèrent de nouveau le silence les envelopper. Elle était contente de savoir que Benedictus paraissait heureux. Elle-même baignait dans le bonheur. Parfois, elle se demandait néanmoins si la joie de son époux était réellement de son fait. Bien sûr, elle savait qu'il était ravi des nuits passionnées qu'ils partageaient – et cela la concernait, évidemment. Il adorait son corps. C'était certain. Il avait passé des semaines à apprendre comment lui donner du plaisir de cent manières différentes, à toucher et à goûter sa peau jusqu'à ce qu'elle crie d'extase. De toute évidence, la voir submergée par le désir lui faisait perdre la tête. Par moments, il avait l'air affamé, comme si rien ne pourrait jamais le rassasier, et les jours qui suivaient étaient souvent brouillés par une délicieuse fatigue... Dans ces moments-là, elle avait du mal à comprendre où il puisait l'énergie pour travailler quand elle parvenait à peine à garder les yeux ouverts !

Mais, quand elle passait ses journées loin de lui, elle ne pouvait s'empêcher de se demander si c'était bien *elle* qui le rendait heureux, ou juste son *corps*. Dans le second cas, n'importe quelle femme aurait pu la remplacer dans son lit. Il ne lui avait jamais dit qu'il éprouvait une affection particulière pour elle, n'avait jamais exprimé de tendresse ou d'amour à son égard.

Certes, il avait pris sa défense face à son père. La violence de sa fureur, quand cet homme vil s'était permis de l'insulter, avait éveillé un frisson en elle. Hélas, elle ne parvenait pas à savoir s'il avait réagi ainsi pour elle, ou simplement parce que cela faisait partie intégrante de sa personnalité. Il était chevalier, après tout. Il avait fait vœu de protéger ceux qui étaient sans défense. S'était-il dressé face à son père à cause de ses instincts chevaleresques, ou bien avait-il été mû par autre chose ? Elle n'avait aucun moyen de répondre à toutes ces questions...

Les heures qu'ils passaient en tête à tête étaient délicieuses et intenses, comme l'avait prédit Medea. Était-ce spécial à ses yeux ? Au fond, songea-t-elle avec frustration, cela n'avait pas d'importance. Ils étaient mariés. Elle ne doutait pas que Benedictus lui resterait fidèle. Mais elle avait peur de lui avoir offert son cœur malgré elle et de n'avoir rien reçu en retour. Et cela comptait. Elle voulait son amour, pas seulement son désir. Elle voulait savoir qu'il plaçait son bonheur avant tout le reste, pas parce qu'il était chevalier, mais parce qu'elle représentait tout pour lui. Malheureusement, au fond d'elle, elle sentait que ce n'était pas le cas. Il l'avait dit, à demi-mot, quand ses parents les avaient interrogés en ce jour fatal, dans son bureau. Il avait été très clair : son devoir était plus important que son mariage à ses yeux. Néanmoins, les choses avaient changé depuis, n'est-ce pas ? Ils avaient enfin découvert la joie de passer leurs nuits ensemble et discutaient de plus en plus souvent – mais ni lui ni elle n'avaient jamais parlé d'amour. C'était la seule tache sombre dans son monde parfait...

Brusquement, un froissement du feuillage à proximité leur apprit qu'elles n'étaient plus seules dans leur petit sanctuaire.

Adela se redressa vivement et réprima un juron quand elle vit la chevelure dorée de Sir Hendry apparaître entre les branchages.

— Je suis navré de vous déranger, mesdames, mais je cherchais à m'abriter du soleil et j'ai remarqué que vous étiez là, profitant de cette ombre délicieuse.

Décidément, cet homme avait toujours la manie exaspérante d'apparaître quand elle ne voulait pas être dérangée. Plus les jours passaient, plus il semblait s'attacher à elle.

Elle finissait presque par accepter, à contrecœur, la théorie de Medea et de Benedictus : le beau chevalier paraissait rechercher plus que son amitié… C'était la seule explication possible à sa persévérance obstinée.

Récemment, elle avait pris le parti de se montrer moins amicale vis-à-vis de lui, dans l'espoir de le pousser à reporter ses attentions sur quelqu'un d'autre ; mais sa froideur semblait empirer la situation. Plus elle tentait de s'éloigner de lui, plus il s'accrochait.

Medea ne l'aidait pas non plus… Elle trouvait la situation très cocasse et encourageait Sir Hendry en le laissant penser que ses tentatives de séduction flagrantes allaient attiser la jalousie de Benedictus. Adela ne comprenait pas pourquoi elle agissait ainsi. Mettre son époux mal à l'aise ne la tentait pas le moins du monde. Elle avait subi le poids d'émotions négatives toute sa vie durant et n'avait aucune envie que de telles choses viennent ternir son mariage. De plus, la seule fois où il avait exprimé son déplaisir face à l'insistance de Sir Hendry, leur discussion avait été pénible et elle n'avait aucune envie de vivre cela de nouveau.

Fidèle à elle-même, Medea accueillit donc le chevalier avec un amusement évident, tandis qu'Adela cherchait désespérément une bonne raison de rentrer au château. Sir Hendry devenait très gênant, à force de la suivre ainsi partout. Elle regrettait d'avoir encouragé son amitié. Elle avait été si pressée de se rendre utile à Benedictus, lors de son arrivée à Windsor, qu'elle s'était montrée bien plus familière avec cet homme qu'elle ne l'aurait dû – et il avait clairement mal interprété ces signaux. Le pire était qu'elle n'avait rien découvert d'intéressant à son sujet ; tous ses efforts étaient restés vains.

— Je pense que je vais rentrer au château, dit-elle en se levant. Je me suis absentée trop longtemps, et Sir Benedictus va me chercher…

C'était faux, bien sûr. Son mari ne passait jamais le moindre instant avec elle dans la journée, et ne pensait sans doute à elle que le soir venu. Mais avec un peu de chance, cela rappellerait à Sir Hendry qu'elle avait un époux puissant et soucieux de son bien-être.

— Parfait. Je me ferai un plaisir de vous escorter, s'écria-t-il.

Adela aurait voulu lui jeter une pierre au visage, pour gommer son sourire exaspérant. Était-il donc incapable de comprendre que sa présence n'était pas souhaitée ?

Medea s'installa plus confortablement contre le saule.

— Si cela ne vous dérange pas, je vais m'attarder ici encore un peu. Sir Theodore a promis d'essayer de prendre un moment pour me rejoindre ici. Par un si beau soleil, il serait dommage de nous enfermer au château.

Adela ravala une bouffée de jalousie. Theo se libérait très souvent pour passer quelques instants avec sa femme. Il ne laissait pas ses devoirs se dresser entre eux comme le faisait Benedictus.

Elle écarta les branches du saule et se mit en route, d'un pas vif. Bien sûr, Sir Hendry la suivit tout en monopolisant la parole. Sa conversation était si banale qu'Adela aurait presque eu envie de sauter dans la Tamise, juste pour voir si quelque chose d'intéressant en découlerait. Son compagnon ne parlait que de la chaleur surprenante, sans s'apercevoir qu'elle répondait par simples onomatopées. Enfin, la silhouette familière de Windsor apparut devant eux et elle poussa un soupir de soulagement. Sir Hendry ne pourrait pas la suivre jusqu'à ses appartements : trop de gardes défendaient cette aile si importante du château et les autres résidents ne pouvaient y pénétrer. Elle allait enfin pouvoir échapper à son soupirant importun...

— Vous devez avoir hâte de rencontrer votre beau-frère, lança-t-il tandis qu'ils franchissaient le pont-levis.

Adela fronça les sourcils, surprise.

— Je vous demande pardon ? De quoi parlez-vous ?

— Votre beau-frère, Sir Alewyn. J'imagine que vous êtes pressée de faire sa connaissance. Il paraît qu'il est le plus grand chevalier à avoir fréquenté ces lieux et l'un des guerriers les plus craints du monde.

Quel changement de sujet inattendu… Adela n'avait jamais réellement pensé au frère de Benedictus.

— Je suppose, répondit-elle vaguement.

— Avez-vous prévu de dîner en privé avec lui, ce soir ? J'ai remarqué que votre époux et vous aviez pris cette habitude, lorsque les proches de Sir Benedictus viennent lui rendre visite.

Un courant glacé parcourut l'échine d'Adela lorsqu'elle comprit enfin le sens de ces paroles. Le frère de Benedictus était *ici*, à Windsor, et son mari n'avait même pas pris la peine de lui annoncer son arrivée !

Certes, elle ne le voyait pas souvent pendant la journée, mais il aurait pu faire l'effort de la prévenir en personne. N'était-ce pas assez important pour mériter une courte visite ? Il l'avait attendue à la porte du jardin de la reine, lorsque ses parents étaient venus ; mais le retour d'Alewyn ne semblait apparemment pas justifier qu'il prenne cette peine. Et pourtant… S'il avait réellement tenu à elle, ne serait-il pas venu la voir ? N'étaient-ils donc pas devenus assez proches pour cela ? Assez proches pour qu'il lui parle de l'arrivée d'un frère à qui il n'avait pas adressé la parole depuis des mois, ou qu'il envoie au moins quelqu'un lui porter le message… Elle n'avait aucune envie de tirer des conclusions trop hâtives de cet incident. Son époux était très occupé et elle avait passé presque toute la journée loin du château. Elle n'avait donc pas de raison de se sentir contrariée, mais elle ne pouvait s'en empêcher. Oui, elle l'était.

Ils passèrent l'imposante poterne et Adela s'éloigna de Sir

Hendry en le saluant sèchement de la tête. Elle poursuivit seule sa route au milieu des nombreuses dépendances en direction du donjon, la zone la plus protégée du fort. Elle allait retrouver Benedictus ; et, même s'il était en pleine réunion avec ses conseillers, sans doute pourrait-il prendre un instant pour lui parler d'un événement aussi important.

Mais elle se figea soudain en approchant de l'écurie. Un homme gigantesque aux sourcils épais discutait avec Theo. En dépit de sa posture détendue et de son grand sourire, avec Benedictus, ils se ressemblaient comme deux gouttes d'eau. Sans doute s'agissait-il d'Alewyn.

Theo fut le premier à l'apercevoir.

— Lady Adela ! Quel plaisir de vous croiser. Étiez-vous au bord de la rivière avec Medea ?

— Oui.

Elle examina le géant. Un silence s'installa. Clairement, les deux hommes attendaient qu'elle poursuive.

Puis, l'air soudain gêné, Theo les regarda tour à tour. Il s'éclaircit la voix.

— Avez-vous… Avez-vous déjà rencontré Alewyn ?

Elle secoua la tête. Theo marmonna quelque chose qui ressemblait à une litanie de jurons adressés à Benedictus, puis se racla la gorge de nouveau.

— Alewyn, permets-moi de te présenter l'épouse de ton frère, Lady Adela.

Si elle n'avait pas déjà été sous le choc en se trouvant face à un homme qui ressemblait tant – et si peu à la fois – à son mari, la réaction d'Alewyn aurait pu la faire rire. Il ouvrit de grands yeux, la bouche aussi béante que celle d'un poisson hors de l'eau. Puis il la referma. La rouvrit.

— Sa femme ? demanda-t-il d'une voix étranglée. Benedictus est *marié* ?

Une douleur cinglante traversa le cœur d'Adela. De toute évidence, Alewyn ignorait tout de leur union. La cérémonie avait eu lieu plus de deux mois auparavant, mais Benedictus n'avait pas jugé bon d'en informer son frère... Si elle avait un instant cru qu'il puisse commencer à s'attacher à elle, elle comprit soudain qu'elle s'était cruellement trompée. Elle n'avait *aucune* importance à ses yeux ; en tout cas, pas assez pour qu'il parle d'elle à son propre frère.

Finalement, Alewyn sembla se ressaisir, ferma la bouche pour de bon et adopta une expression plus contenue. Il s'avança vers elle, les mains tendues.

— C'est un plaisir de vous accueillir dans notre famille, Lady Adela.

Elle plaça ses mains dans les siennes, incapable de prononcer le moindre mot. Sa poigne était ferme sans être brutale et ses yeux, d'une teinte semblable à ceux de son frère, n'exprimaient que la bonté.

— Que se passe-t-il, ici ?

Adela sursauta et s'écarta d'Alewyn. Elle se retourna pour découvrir Benedictus campé à quelques pas d'eux, les dévisageant avec sévérité. Theo s'excusa à demi-mot et disparut, les laissant seuls. Leur embarras mutuel était presque palpable.

Benedictus se tenait très droit, les épaules raides et les poings serrés. Autrefois, Adela aurait pu avoir peur de le voir ainsi, mais plus maintenant. Au contraire, une pointe d'irritation monta en elle. De quel droit se fâchait-il ? Ni son frère ni elle n'avaient rien fait de répréhensible !

— Je rencontrais ta femme, pour la toute première fois, répondit tranquillement Alewyn.

Il semblait le plus détendu des trois, mais Adela avait vu son expression lorsque Theo l'avait présentée à lui. Il devait être aussi durement blessé qu'elle à l'idée que son frère lui ait caché un événement d'une telle importance.

Benedictus s'approcha d'elle, mais elle s'écarta vivement.

La paupière de ce dernier tressaillit, seul signe d'émotion visible sur son visage.

— J'allais vous présenter... plus tard.

Alewyn hocha la tête.

— Bien sûr...

Adela, elle, ne dit rien. Elle avait encore trop de mal à assimiler le fait que Benedictus avait été prévenu de cette visite et ne lui en avait pas touché un mot. Les deux frères se jaugeaient à présent froidement.

— Je suis sûr que tu as beaucoup de travail, dit enfin le plus jeune. Je n'avais pas l'intention de t'interrompre au milieu de tes tâches urgentes.

En dépit de sa politesse apparente, Benedictus serra les dents de plus belle.

— Tu sais que je suis occupé, dit-il.

Lui, qui était toujours si sûr de lui, semblait sur la défensive.

— C'est ce que je viens de dire.

Alewyn se tourna ensuite vers Adela et sourit de nouveau.

— Je suis ravi d'avoir une nouvelle sœur et, comme j'ai tout l'après-midi devant moi, j'aurais voulu savoir si vous étiez disposée à m'accorder un moment afin que nous fassions plus ample connaissance.

— Rien ne t'y oblige, grommela Benedictus.

— Pourquoi ne laisserions-nous pas Lady Adela répondre ? répliqua Alewyn, sans la quitter des yeux.

Si elle n'avait pas appris son arrivée par Sir Hendry, ou si Benedictus avait pris la peine d'informer son frère de leur mariage, elle aurait peut-être refusé. En temps normal, elle évitait à tout prix de mettre son époux mal à l'aise. Mais il l'avait contrariée et elle ne se sentait pas d'humeur très charitable, pour l'instant.

— Je serais enchantée de me promener avec vous et d'en apprendre plus à votre sujet, Sir Alewyn, répondit-elle.

— Parfait. Je vous en prie, appelez-moi Al. Je connais

l'endroit idéal pour une conversation privée, si vous le souhaitez...

Elle prit le bras qu'il lui offrait et s'éloigna avec lui. Aucun des deux n'adressa de regard à Benedictus.

Benedictus soupira et tenta une fois de plus de se concentrer sur ce que l'intendant général lui disait. Hélas, il ne cessait de penser à sa femme et à son frère. Il n'avait aucun mal à les imaginer en train de bavarder et de rire ensemble. Bien sûr, il leur faisait confiance. Il savait qu'ils ne dépasseraient pas les bornes de la simple amitié et qu'aucun petit jeu de séduction n'était possible entre eux, mais cela ne suffisait pas à apaiser sa jalousie. Il devinait déjà qu'ils allaient très bien s'entendre, que leurs échanges ne seraient pas teintés de silences gênés. Alewyn n'aurait aucun mal à trouver des sujets de conversation pour mettre Adela à son aise.

Al ! Il secoua la tête. Pourquoi ses hommes tenaient-ils tous à raccourcir ainsi leurs prénoms ? D'abord Theodore, puis Alewyn. Non pas que son frère soit encore l'un de ses hommes, mais tout de même... C'était une habitude ridicule !

— Je pense que nous en avons terminé, Sir Benedictus, déclara l'intendant John.

Benedictus se massa le front, mortifié de devoir admettre qu'il ne savait pas s'ils en avaient réellement terminé ou non. Il n'avait pas écouté un seul mot de John depuis plusieurs minutes.

— Très bien. Comme toujours, merci pour ce compte rendu exhaustif.

John renifla d'un air hautain et Benedictus dut résister à l'envie de lever les yeux au ciel. Enfin, l'intendant quitta le banc sur lequel il s'était installé avec une grimace en arrivant.

— Savez-vous quand le roi a l'intention de rentrer ?

— Absolument pas.

Les épaules de John se tassèrent, mais il ne se permit aucun commentaire et sortit du bureau. Benedictus ferma les yeux, se laissant aller contre le dossier de son fauteuil. Dans sa dernière missive, Edward n'avait pas parlé de son retour en Angleterre. De toute manière, même s'il reprenait son trône le lendemain, il repartirait sans doute vite pour la France, laissant de nouveau Benedictus chargé de la bonne marche du royaume. Trois mois plus tôt, une telle perspective ne l'aurait pas dérangé. Deux mois plus tôt, il aurait encore été fier de servir son roi d'une telle manière. Mais maintenant... Maintenant, il était las. Non, ce n'était pas tout à fait cela. Il devait se montrer honnête envers lui-même et admettre que les heures qu'il passait à régner à la place d'Edward lui pesaient énormément. Une impatience grandissante montait en lui. Il aurait voulu passer ce temps au bras de son épouse. Il voulait avoir une chance de devenir *Ben*, pour elle, même s'il détestait les consonances nonchalantes de ce surnom. Cette syllabe était si légère, futile, face au poids plus lourd de « Benedictus ». Autrefois, il en aurait ri de bon cœur. Mais il avait changé et il désirait sincèrement devenir Ben aux yeux d'Adela.

Il comprenait sans peine pourquoi Alewyn lui avait tourné le dos, préférant se promener avec elle. Son frère avait été blessé d'apprendre ainsi son mariage. Benedictus aurait pu justifier son silence par sa hantise de l'écriture, mais il aurait aussi pu lui faire porter la nouvelle d'une autre manière. Bien des années plus tôt, tous deux avaient été proches, si proches qu'il n'y avait eu aucun secret entre eux – mais le temps avait érodé cette intimité. La nature de son rôle au sein du gouvernement avait contraint Benedictus à entretenir l'art du secret. Plus il cachait de choses à ses hommes de confiance, plus il s'isolait d'eux. Pour finir, il s'était retrouvé seul et, quand Alewyn avait quitté le corps des chevaliers du roi, Benedictus ne s'était pas privé d'exprimer son mécontentement. À présent, le fossé creusé entre eux semblait trop profond pour être comblé. Ainsi, oui : il comprenait pourquoi son frère l'avait quitté froidement, tout à l'heure.

Mais pourquoi Adela l'avait-elle suivi ?

On frappa de nouveau à sa porte et il grimaça. Il en avait assez, pour aujourd'hui. Il n'avait qu'une envie, s'enfermer dans sa chambre et passer du temps seul avec sa femme. Hélas, il ne pouvait se le permettre. Il se redressa donc et lança :

— Entrez.

Son épouse apparut dans l'embrasure de la porte et son cœur bondit.

— Adela !

Il se leva, la rejoignit et l'embrassa. Elle se tint très droite, rigide. Étrange...

— Est-ce que ça va ? Quelqu'un t'a-t-il fait du mal ? Parce que si c'est le cas...

Seigneur, il ne savait pas de quoi il aurait été capable, mais cela n'aurait pas été plaisant.

Elle s'écarta de lui et alla se camper devant la table, avant de se mettre à attraper et déplacer des objets au hasard, machinalement, le regard perdu dans le vide. Elle avait les épaules voûtées. Une bouffée de rage envahit Benedictus. La personne qui avait ainsi terni l'humeur de sa femme allait le payer cher !

— Qui t'a blessée ? demanda-t-il, les dents serrées.

— Toi, Benedictus.

Elle soupira, alla à la fenêtre et contempla l'agitation de la cour, au-dessous d'elle.

— Pourquoi n'as-tu pas annoncé notre mariage à ton frère ?

— Je...

Il s'interrompit. Comment un détail aussi trivial avait-il pu la rendre aussi malheureuse ?

— Je ne pensais pas que cela avait de l'importance.

Adela fit volte-face, le regard noir.

— Notre mariage n'est pas *important* ?

Il ravala sa salive.

— Non, ce n'est pas ce que je voulais dire. Notre mariage est très important pour nous, évidemment.

— Évidemment, répéta-t-elle d'une voix plus faible.

— Mais il ne l'est pas pour mon frère.

— Vraiment ?

Son raisonnement ne semblait hélas pas l'apaiser pour autant. Il avait l'impression de perdre le contrôle de cette discussion, et cela ne lui plaisait pas du tout. La moue d'Adela trahissait sa contrariété. Comment pouvait-il arranger les choses ?

— La dernière fois qu'Alewyn et moi nous sommes parlé, ce n'était pas en termes amicaux. Il m'a laissé tomber.

Il secoua la tête, agacé par sa propre bêtise. Bon sang ! Qu'est-ce qui n'allait pas, chez lui ? Il se moquait que son frère l'ait laissé tomber, *lui*.

— Je veux dire… Il a quitté les chevaliers du roi. Nous avons tous les deux fait vœu d'allégeance à la Couronne. Nous étions censés combattre côte à côte jusqu'à notre dernier souffle. Mais il a rencontré une femme lors d'une mission et, d'un seul coup, a décidé que cette existence n'était plus assez bien pour lui.

Adela croisa les bras.

— *Une femme* ? Es-tu en train de parler de son épouse ?

— Ils sont mariés, maintenant, en effet.

— As-tu assisté à la cérémonie ?

— J'étais occupé.

Elle hocha lentement la tête.

— Bien entendu.

Qu'essayait-elle de dire ? D'où venait donc ce cynisme ? Elle savait mieux que personne à quel point il travaillait dur. Elle savait que ses efforts étaient essentiels pour maintenir la paix du royaume. Jamais encore elle ne s'en était plainte.

— Ce n'est pas comme si j'étais en train d'assister à un stupide tournoi ou de jouter pour le plaisir des foules !

S'entendant presque crier, il prit une profonde inspiration et fit de son mieux pour retrouver son calme habituel. Il était inutile de se disputer avec sa femme pour si peu.

— Je n'étais pas non plus à la chasse, ou en train de festoyer dans un château quelconque. J'essayais de gouverner ce pays au nom du roi.

Elle laissa retomber ses bras et, prenant ce geste pour un signe encourageant, Benedictus s'approcha d'elle.

— Je comprends tout cela, dit-elle, mais tu aurais pu prendre le temps de mieux connaître ta belle-sœur et de tisser de nouveaux liens avec ton frère.

— Il n'y a rien à améliorer entre lui et moi.

Elle le dévisagea, un sourcil haussé, l'air peu convaincue. Un malaise inattendu s'empara de lui et il se surprit à se masser la nuque avec une grimace. Le départ d'Alewyn l'avait en effet profondément blessé. Malgré lui, il l'avait vécu comme un affront personnel. Toute sa vie durant, il avait protégé son frère contre leurs parents et il avait pensé que cette intimité durerait jusqu'à leur dernier jour. Mais il ne s'était pas autorisé la moindre tristesse. Les sentiments personnels étaient une faiblesse qu'il ne pouvait pas se permettre de montrer. Non, ce n'était *pas* un affront personnel. Il était simplement déçu d'avoir ainsi été abandonné par l'un de ses meilleurs chevaliers.

— C'est Alewyn qui est parti, pas l'inverse.

Adela s'approcha de lui et chassa un grain de poussière de sa manche. Il poussa un soupir soulagé. Il avait réussi à lui faire entendre raison et cette crise était désormais terminée.

— Alewyn semble être un homme bien, Benedictus, dit-elle. Il aime énormément sa femme. Savais-tu qu'ils attendent un enfant ? Sa femme est enceinte depuis de nombreux mois et, s'il est venu à Windsor, c'est uniquement pour t'annoncer que tu vas devenir oncle.

Une sensation étrange traversa brusquement le cœur de Benedictus. Il avait l'impression que son torse s'élargissait et se serrait en même temps. Peut-être était-il en train de tomber malade...

— Ils vont avoir un bébé ?

— Oui.

Elle posa avec douceur ses deux mains sur son torse.

— Je lui ai promis que nous leur rendrions visite après la naissance.

Il secoua fermement la tête.

— Je n'ai pas le t...

Soudain, voyant la tristesse emplir les yeux d'Adela, il s'interrompit. Elle se pressa un peu plus contre lui.

— Depuis notre mariage, je ne t'ai rien demandé. Aujourd'hui, j'aimerais que tu m'accordes cette simple faveur.

— Mais...

— S'il te plaît, insista-t-elle, les mains plaquées avec fièvre contre son cœur. Cela ne nous prendrait que quelques jours.

La nouvelle place forte d'Alewyn était située le long de la côte sud. Peut-être Benedictus profiterait-il de cette visite pour examiner les postes avancés qu'il avait installés dans la région... Après le désastre du navire français, que ses hommes avaient perdu de vue et qui avait réussi à remonter la Tamise, une inspection surprise ne serait sans doute pas une mauvaise idée. Et s'il pouvait par la même occasion rendre Adela heureuse, l'idée devenait même excellente.

— Oui, dit-il donc. Nous pourrons nous rendre au château de Brae pour voir leur enfant.

Elle sourit et son corps entier parut enfin se détendre. Lui-même se sentit moins crispé. Il l'enlaça et l'attira contre lui. Son discret parfum floral l'enveloppa et il inspira profondément. Il adorait son odeur, qui s'accrochait à lui longtemps après qu'ils avaient fait l'amour. Si seulement il avait pu la distiller dans un flacon pour l'emporter partout !

Les bras forts de Benedictus s'étaient refermés autour de ses épaules, la protégeant du reste du monde. Elle posa la tête contre son torse pour écouter les battements réguliers de son cœur. Elle avait eu l'intention de rester plus longtemps en colère contre lui, mais dès qu'elle le touchait, toute sa fureur fondait comme neige au soleil. Même s'il n'avait pas accepté de rendre une courte visite à son frère, elle aurait sans doute fini par lui pardonner sa froideur, devant l'écurie...

Il avait mal agi vis-à-vis d'Alewyn, qui était de toute évidence un homme bon et ne méritait pas de tels reproches. Ce dernier avait réussi à construire une existence qui le rendait heureux, et Benedictus ne pouvait pas le blâmer pour cela. Néanmoins, l'intense tristesse qu'elle avait surprise dans le regard de son époux, quand il lui avait confié que son frère l'avait abandonné le jour où il avait quitté le corps des chevaliers du roi, avait trahi ses émotions les plus enfouies. Oh ! elle ne doutait pas que son mari croyait sincèrement être en colère contre Alewyn pour avoir déserté leur groupe si uni, mais elle savait la vérité. Il était blessé car, à tort ou à raison, il voyait ce départ comme une critique envers lui – et il souffrait énormément de cela. S'en rendrait-il compte, un jour ? Rien n'était moins sûr. Pour quelqu'un qui savait tout ce qui se passait à la Cour et dans le royaume, il semblait avoir beaucoup de mal à se comprendre lui-même.

Au fil des semaines, elle apprenait lentement de quelle manière fonctionnait son époux. Elle découvrait, sous son masque d'assurance et de froideur, un vivier de sentiments intenses. Il voulait être entouré d'amis, mais ne savait pas comment les retenir auprès de lui. Peut-être résisterait-il encore un moment ; cependant, elle allait s'assurer que le différend entre son frère et lui se règle. Elle allait lui montrer qu'accueillir de nouveau Alewyn dans sa vie lui rendrait son bonheur.

Les doigts de Benedictus se glissèrent dans ses cheveux, qu'il tira en douceur. Oh ! il avait compris depuis longtemps que ce simple geste excitait son désir...

— N'as-tu pas quelque chose à faire ? murmura-t-il.

Elle rit, tout contre lui.

— Rien de plus important que ceci.

— Dans ce cas, pourrais-je te convaincre de passer un peu de temps avec moi ?

— Hmm... Et qu'as-tu en tête ?

Elle laissa courir ses doigts le long de son dos et sourit quand elle l'entendit gémir faiblement.

— Voudrais-tu parler du prix des céréales ? Ou bien...

Elle contourna ses épaules et explora son buste solide.

— ... souhaites-tu m'entretenir de la dispute préoccupante qui traîne en longueur entre le personnel des cuisines et les garçons d'écurie ? Il paraît que la situation a récemment empiré.

Elle commença à dénouer les lacets de sa tunique pour glisser les mains dessous et retrouver la chaleur de sa peau. Il prit une inspiration brève, mais elle ne s'arrêta pas.

— Veux-tu savoir ce que les garçons d'écurie ont fait pour s'attirer les foudres des cuisiniers ? demanda-t-elle encore en effleurant son estomac ferme.

— Ils peuvent tous aller se faire pendre ! lâcha soudain Benedictus avant de l'embrasser avec fougue.

En un éclair, elle ne songea plus à le taquiner. Ils reculèrent ensemble jusqu'à la table. Benedictus la hissa dessus et retroussa ses jupes jusqu'à dénuder son intimité. Elle gémit à son tour en sentant ses doigts sur sa peau. La tête rejetée en arrière, elle savoura la caresse de ses lèvres dans son cou et la morsure délicate de ses dents. Il la dévorait comme un homme affamé et elle entendit son propre souffle s'accélérer. C'était une toute nouvelle facette du caractère de son mari, une soif pressante et enivrante de plaisir.

Il libéra son sexe dressé et la pénétra d'un long mouvement fluide. Elle lui griffa le dos. Il mordilla plus encore le côté de sa gorge. Le rebord de la table s'enfonça dans la chair de ses cuisses tandis qu'il bougeait en elle. Très vite, la jouissance monta. Les coups de reins de Benedictus devinrent plus saccadés, presque douloureux.

— Adela, gronda-t-il contre son cou. Dis-moi que tu y es bientôt. Je ne pourrai pas...

Il la mordit encore, plus fort, et elle cria, les doigts crispés dans ses cheveux.

— Si proche, murmura-t-elle, incapable de prononcer une phrase complète.

Il glissa une main entre eux, trouvant sans peine son clitoris si sensible et le caressant avec fièvre. Elle explosa contre lui, criant son nom à pleine voix sans se soucier des oreilles indiscrètes. Il maintint le rythme jusqu'à atteindre l'orgasme à son tour, puis se figea. Tremblante, elle s'accrocha à lui. Une longue plainte s'échappait de ses lèvres entrouvertes.

Enfin, épuisée, elle se laissa retomber contre lui.

Ils restèrent longtemps immobiles, le souffle court, enlacés.

— Je suppose que cela répond à ma question, dit-elle enfin quand son cœur eut retrouvé un rythme normal.

— Quelle question ?

Il bafouillait presque, comme un homme ivre. Elle l'adorait, dans ces instants d'abandon après qu'ils avaient fait l'amour.

— Tu viens de me prouver que l'acte conjugal pouvait s'accomplir ailleurs que dans un lit.

Il lâcha un grand éclat de rire surpris et la serra un instant dans ses bras.

— Je suis tout à fait prêt à découvrir avec toi toutes les positions que nous pourrions explorer pour... l'acte conjugal, comme tu le dis.

— Oh ! j'en suis certaine.

Il se pencha pour l'embrasser. Ce fut d'abord doux, puis plus passionné. Elle le sentit frémir entre ses cuisses et s'écarta.

— Ne me dis pas que tu as *déjà* envie de recommencer. J'ai l'impression que je pourrais dormir une semaine entière.

— Je me rends compte que je ne suis jamais vraiment rassasié de ton corps, dit-il en retrouvant ses lèvres offertes. Dès que nous avons terminé, j'en veux encore et encore. Quand nous ne sommes pas ensemble, je me laisse aller à imaginer de nouvelles manières de te faire l'amour. J'ai de plus en plus de mal à me concentrer sur quoi que ce soit d'autre...

Un cri de triomphe monta de la poitrine d'Adela.

— Peut-être pourrais-tu me montrer certaines des choses que tu imagines, plus tard.

— Je suis prêt à te les montrer dès maintenant.

Elle sourit.

— Nous risquerions de manquer le souper.

— Je pourrais demander que l'on monte un plat dans notre chambre, dans la soirée.

— Vu comme cela...

Bien plus tard, allongée aux côtés de son époux endormi tandis que l'immense château sombrait dans un silence ensommeillé, elle se souvint de ses paroles. Encore pressée contre son grand corps brûlant de désir, enivrée par ses baisers, elle n'avait pas réfléchi aux mots de Benedictus, prononcés dans la flamme de l'instant. À présent, en revanche, ils ne cessaient de tourner en boucle dans son esprit.

Elle repoussa son bras étendu sur elle et se glissa hors du lit. Les nuits devenaient très froides et elle enfila une chemise pour se réchauffer. Le feu était presque éteint. Elle s'accroupit devant la cheminée et attisa les braises avec la pointe du tisonnier. Benedictus avait dit qu'il ne serait jamais rassasié de son corps. Sur le moment, elle avait été ravie d'entendre cet aveu. Savoir qu'il la désirait en permanence l'avait enivrée plus efficacement qu'un tonnelet de bière. Mais à présent, en se répétant ses paroles, elle comprit ce qu'il avait réellement voulu dire. Il n'avait pas admis qu'il ne serait jamais rassasié d'*elle*. Il n'avait mentionné que l'acte sexuel. Et, oui, il passait peut-être ses journées à rêver de son corps, mais il ne pensait pas à *elle*. Pas vraiment. Pas comme elle pensait à lui.

À chaque seconde, il envahissait son esprit d'une manière ou d'une autre. Bien sûr, elle songeait aux nuits qu'ils passaient enlacés – et désormais, elle pourrait aussi se souvenir de cette journée, de ces ébats dans son bureau – mais ce n'était pas tout. Elle s'inquiétait aussi pour lui quand ils n'étaient pas ensemble. Elle se demandait s'il était contrarié, fatigué, si son travail si prenant l'intéressait. Elle avait peur qu'il n'ait chaud ou froid, envisageait de lui coudre d'autres vêtements pour lui permettre de mieux se mouvoir sur le terrain d'entraînement. Bref, elle s'interrogeait sans cesse à son sujet, de toutes les façons imaginables.

Un frisson soudain la traversa – un frisson qui n'avait rien à voir avec la température de la chambre. Il était évident que Benedictus et elle éprouvaient des sentiments très différents l'un pour l'autre.

Elle l'aimait. Désespérément. Sans avoir le moindre espoir d'être aimée en retour...

15

L'automne fit place à un hiver glacial. Adela n'avait toujours pas saigné. Benedictus la félicitait souvent au sujet de sa silhouette plus plantureuse, apparemment ravi de voir qu'elle mangeait enfin suffisamment pour faire disparaître ses côtes sous des courbes sensuelles qu'il aimait explorer chaque soir. L'idée qu'il pouvait devenir père ne semblait pas l'effleurer ou, si c'était le cas, il gardait cela pour lui. Adela était convaincue qu'il n'y songeait même pas et elle faisait de son mieux pour l'imiter.

Elle ne voulait pas espérer que l'enfant dont elle avait si souvent rêvé ait finalement pris racine dans son ventre. Si elle s'abandonnait à cette joie, uniquement pour découvrir ensuite que son corps, comme à son habitude, saignait à plusieurs mois d'écart sans raison apparente, elle en aurait le cœur brisé. Et elle ne pourrait sans doute pas surmonter une telle déception.

Avec l'approche de Noël, elle commença à attendre des nouvelles de la naissance du bébé d'Alewyn. Benedictus et elle n'avaient pas reparlé de son frère depuis sa visite. Jusqu'à présent, Adela avait repoussé l'instant où elle devrait lui rappeler sa promesse. La seule fois où elle avait failli se disputer avec son époux avait été le jour où elle l'avait confronté à sa relation tumultueuse avec son cadet. Depuis, elle avait pris soin de ne pas perturber leur équilibre fragile. Prendre conscience qu'elle aimait son mari avait été un choc pour elle, et cela l'avait poussée à éviter les conflits, quoi qu'il en coûte. Elle savait qu'elle se montrait faible, mais elle ne voulait pas le voir malheureux ou en colère contre elle.

Bien sûr, cette situation créait une profonde inégalité dans leur union : il possédait tout le pouvoir, tandis qu'elle se contentait d'avancer près de lui sur la pointe des pieds de peur de le contrarier. Hélas, que pouvait-elle y faire ? Lorsqu'elle avait commencé à comprendre qu'elle devait protéger son cœur, il était déjà trop tard.

Mais Benedictus lui avait promis qu'ils rendraient visite à son frère. C'était la seule faveur qu'elle lui avait demandée. D'ailleurs, elle-même n'avait pas particulièrement *envie* d'entreprendre ce voyage. Elle appréciait sa vie à Windsor, la compagnie plaisante de Medea, les rires qu'elle échangeait avec son amie et Theo au sujet des préoccupations ridicules des courtisans. Et elle adorait les instants de paix si intimes qu'elle partageait avec son époux...

Bouleverser cette douce routine et se rendre dans un château qu'elle ne connaissait pas pour rencontrer une femme qui avait clairement excité la rancœur de Benedictus n'était pas une tâche qu'elle accomplirait avec joie. Mais cela serait bon pour son mari. Il avait besoin de s'éloigner pour un temps de la pression perpétuelle qu'il subissait à la Cour et de se réconcilier avec son frère. L'intendant général, pour peu aimable qu'il soit, était parfaitement capable de superviser la vie du château pendant quelques jours.

Elle attendit un soir, profitant de la satisfaction de Benedictus après lui avoir fait l'amour, pour aborder le sujet.

— Mon ami, dit-elle en lui effleurant le bras.

Elle avait pris l'habitude de l'appeler ainsi, car employer

son prénom lui semblait trop formel, à présent, et elle n'osait pas trahir ses sentiments en l'appelant « mon amour ».

— Mmm, marmonna-t-il, les yeux clos.

Sa respiration tranquille caressait la poitrine nue d'Adela.

— Quand nous rendrons-nous à Brae ?

— Où ? demanda-t-il vaguement d'une voix déjà ensommeillée.

— À Brae. Chez ton frère. Tu as accepté de lui rendre visite après la naissance du bébé, et cela devrait arriver d'un jour à l'autre. Je pensais que nous pourrions passer quelques jours avec eux, pour Noël.

Il redressa un peu la tête.

— Noël ?

— Oui.

Cette conversation tournait en rond, et elle étouffa un soupir frustré. Peut-être aurait-elle dû attendre qu'il soit bien réveillé pour lui parler, quitte à prendre le risque de provoquer une nouvelle dispute.

Mais Benedictus se secouait, à présent, les yeux bien ouverts. Elle eut soudain un mauvais pressentiment.

— Je ne peux pas quitter la Cour à Noël. Il y aura des festins et l'on s'attendra à ce que je les préside au nom du roi.

Un nœud se forma au creux de l'estomac d'Adela.

— J'ai entendu dire qu'Edward sera de retour, d'ici là.

Elle ne croyait pas un mot de ces rumeurs, mais elle choisit de s'y raccrocher pour défendre sa position.

Benedictus roula sur le dos. Ses sourcils froncés n'avaient rien d'encourageant…

— Je ne prête pas foi à tout ce que l'on peut raconter dans la grande salle. Presque tous les ragots qui y circulent sont des sottises. Pour ma part, je doute que le roi rentre si tôt et même s'il revenait pour les fêtes, je me dois de siéger à ses côtés.

Adela fit de son mieux pour ravaler sa colère croissante. Crier maintenant ne servirait à rien.

— Très bien. Dans ce cas, nous leur rendrons visite pour la nouvelle année.

Benedictus eut un petit rire sec.

— Si je ne suis pas ici pour la fête des Fous[1], je n'ose pas imaginer le chaos que je retrouverai à mon retour. Non, il va falloir que je supervise tout cela aussi.

Elle serra les dents. Garder son calme devenait de plus en plus difficile.

— Après les festivités, alors.

— Le temps ne sera pas favorable pour un voyage jusqu'à la côte, pendant l'hiver. Nous pourrions rester coincés pendant des jours dans un village miteux sur la route, et je ne peux pas me permettre de quitter Windsor aussi longtemps.

Cette fois, elle s'assit d'un bond au milieu du lit, s'écartant de la chaleur trop distrayante de son corps.

— Dans ce cas, *quand* voudrais-tu y aller ?

Il y eut un long silence et elle pinça les lèvres, s'obligeant à attendre. Enfin, Benedictus répondit :

— Au retour des beaux jours.

— Et quand, exactement, envisages-tu cela ?

Elle ne pouvait s'empêcher de se montrer cassante. Elle était en colère, et cela s'entendait.

— En juin, peut-être.

— Mais ce n'est pas certain ?

Il se tourna enfin pour la regarder.

— Que veux-tu dire ?

— Tu as dit « peut-être », ce qui me laisse deviner que tu n'es pas fixé sur cette date.

Il soupira.

1. Sorte de carnaval médiéval qui se déroulait après Noël, pendant plusieurs jours, et dans lequel le clergé prenait une part active.

— En quoi cela te concerne-t-il ? Ce n'est pas comme si tu connaissais bien Alewyn. Tu n'as passé qu'un après-midi avec lui et tu n'as jamais rencontré sa femme. Pourquoi t'inquiètes-tu tant de leur rejeton ?

— « Rejeton » ! s'étouffa-t-elle. Cet enfant sera ton *neveu* ou ta *nièce*. Ne te soucies-tu donc pas de sa santé ? De son bien-être ?

Il s'assit à son tour, face à elle.

— Adela, je ne comprends pas ce que j'ai fait pour mériter ces critiques. J'ai promis que nous irions rendre visite à mon frère, à sa femme et à l'enfant qu'ils vont avoir ; mais après cinq mois de mariage, tu as bien dû te rendre compte que je ne peux pas abandonner mes responsabilités sur un coup de tête. Je suis très occupé, en ce moment. Je ne peux rien y faire. Quand la situation se calmera, nous organiserons ce voyage.

— La situation ne se calmera *jamais*, Benedictus. Tu portes un fardeau trop lourd. N'as-tu donc pas le droit de passer un peu de temps avec ta famille ? De prendre quelques jours pour toi, pour *moi* ? J'ai l'impression que tu ne le souhaites même pas.

— Je te consacre beaucoup de temps, protesta-t-il. Nous passons toutes nos soirées ensemble...

— Oui, au lit !

Elle sentait son sang bouillonner. Elle lui avait demandé une *seule* chose depuis leur union. Elle avait cru qu'il était un homme de parole, mais peut-être s'était-elle aveuglée. Avait-il simplement fait cette promesse pour la rasséréner sur le moment et éviter qu'elle lui refuse ses faveurs, la nuit ?

— C'est bien ce que je dis : je te consacre toutes mes soirées.

Son calme et sa perplexité étaient exaspérants !

— Tu consacres toutes tes soirées à satisfaire le membre niché entre tes cuisses, répliqua-t-elle sèchement.

Ce n'était peut-être pas juste. Il s'attardait aussi sur son corps à elle avec ses lèvres et ses mains. Il savait comment la faire soupirer d'aise et crier de plaisir. En la matière, il n'était jamais égoïste. Il ne satisfaisait jamais son propre désir sans se préoccuper du sien. Cependant, elle était furieuse et tenait à lui faire comprendre que cela ne lui suffisait plus. Elle avait besoin de sentir un lien plus fort entre eux, en dehors du lit conjugal.

— Je vois, reprit-il en repoussant les couvertures pour se lever. Je suis navré que mes attentions te répugnent à ce point.

— Ce n'est pas ce que j'ai dit et tu le sais.

— Non, je ne le sais pas. Je pensais que ce qui se passe dans cette chambre nous comblait tous les deux. Je pensais que tu comprenais l'importance de mon travail à Windsor et la nécessité pour moi d'y consacrer mes journées. Je pensais agir avec justice en passant mes soirées à tes côtés. Qu'attends-tu de plus, de ma part ?

— Je veux pouvoir savourer ta compagnie.

Il la dévisagea un instant. Clairement, il ne comprenait pas...

— Je te donne tout ce que je peux. Je ne suis pas comme mon frère, Adela. Je ne vais pas te déclarer un amour profond et infini, abandonner tout ce que j'ai construit à ta demande. Je suis navré si c'est ce que tu espérais, mais je ne peux pas t'offrir ce genre de vie. Tu as déjà obtenu le meilleur de moi et je croyais que cela te suffirait. Apparemment, j'avais tort.

Il commença à se rhabiller. Une terreur soudaine empoigna le cœur d'Adela.

— Que fais-tu ? demanda-t-elle.

— Je retourne à mon bureau pour terminer tout le travail que j'ai repoussé afin de te rejoindre, cette nuit.

Elle ne dit rien de plus quand il enfila ses bottes et traversa la chambre. Elle ne l'appela pas quand il ouvrit la porte à la volée et sortit, ne prononça pas un mot quand la porte claqua derrière lui. Elle se contenta de contempler sa moitié du matelas pendant une éternité. Il lui avait enfin dit tout ce qu'elle avait besoin de savoir concernant les sentiments qu'il éprouvait pour elle. S'il avait eu la moindre affection à son égard, il ne serait pas parti car il savait à quel point elle détestait rester seule.

Il savait que c'était le pire châtiment possible pour elle. Il savait, et il l'avait fait quand même.

16

Adela essaya de dormir, mais le sommeil se refusa à elle. À chaque fois qu'elle percevait les grincements familiers du château, elle espérait que Benedictus allait revenir à elle. Mais l'aube se leva, froide et pluvieuse, et il n'avait toujours pas franchi la porte de la chambre. Elle parvint à peine à passer sa brosse dans ses longs cheveux en faisant sa toilette et, au lieu des coiffures élaborées qu'elle aimait d'habitude porter, elle se fit une simple tresse épaisse.

Les coussins qu'elle avait brodés pour le bureau de son époux étaient presque achevés. Elle les tira de leur cachette, sous le lit, et les disposa sur la couverture. Les thèmes saisonniers qu'elle avait choisis lui parurent soudain ridicules et enfantins. Les montrerait-elle un jour à Benedictus ? Elle n'en était même plus certaine. Elle était particulièrement honteuse de celui représentant l'été, une célébration de leur mariage qui aurait sans doute éveillé son mépris. Elle replia les morceaux d'étoffe et les fourra de nouveau sous le lit. Elle n'avait aucune envie d'y travailler, ce matin.

Elle quitta donc ses appartements. Ses pas faillirent la conduire jusqu'au bureau de Benedictus. Elle hésita un instant devant la porte du donjon. Il aurait été facile pour elle d'entrer dans cette pièce et de s'excuser. Leur couple aurait ainsi pu retrouver son ancien équilibre et elle aurait oublié la promesse qu'il lui avait faite – rendre visite au seul membre amical de sa famille. Cependant quelque chose la retint.

Elle ne voulait pas s'excuser pour une dispute qu'elle n'avait pas provoquée, alors qu'elle n'avait rien à se reprocher. L'air froid qui avait envahi la cour lui picota la peau comme un millier d'aiguilles. Elle fit demi-tour pour remonter chercher une cape dans sa chambre quand elle se trouva nez à nez avec Sir Hendry.

— Oh ! je suis navrée ! s'écria-t-elle. Je ne vous avais pas vu...

Elle voulut le contourner, mais il lui barra le passage. Elle s'efforça de rire, bien qu'elle ne trouve pas la situation amusante du tout.

— Nous ne cessons de nous gêner, ce matin. Quels maladroits nous faisons, tous les deux.

Elle fit un nouveau pas de côté. Sir Hendry l'imita pour l'empêcher de passer. Décidément, il était grand temps de cesser de se montrer polie avec cet homme ! Peut-être, alors, la laisserait-il enfin en paix.

— Sir Hendry, j'ai froid et je dois monter dans mes appartements pour enfiler des vêtements plus chauds, déclara-t-elle avec fermeté.

Le vent glacial s'engouffra dans sa jupe et la plaqua à ses jambes, comme pour souligner ses propos.

— Je crains de ne pouvoir l'autoriser, Lady Adela, répondit le chevalier. J'avais prévu de faire ceci plus tard, mais l'occasion que j'attendais se présente à moi et je ne peux la laisser filer. Ce serait de la bêtise.

Il lui agrippa soudain le bras et le tint d'une poigne de fer. Adela poussa un petit cri de surprise, tenta de se libérer, mais il serra plus encore l'étau de ses doigts avec un étrange et inquiétant petit sourire.

— Il est inutile de vous débattre, ma chère. Je suis bien plus fort que vous et vous promets que vous ne pourrez que vous faire mal, si vous luttez ainsi. Maintenant, suivez-moi bien sagement.

— Non ! Je n'irai nulle part avec vous !

Elle voulut ancrer ses talons dans la terre. Hélas, elle eut l'impression de n'être qu'une feuille portée par le vent, tant ses efforts laissaient son agresseur de marbre. Se contentant de la tenir par le bras, il l'entraîna de force vers le pont-levis. Elle avait l'impression de toucher à peine le sol.

— J'avais espéré pouvoir vous séduire afin de vous convaincre de me suivre, dit-il tranquillement comme s'ils étaient encore dans la grande salle, discutant de choses sans conséquence comme à leur habitude. Si vous aviez accepté de partir de votre plein gré, cela aurait été bien plus facile pour vous... et plus agréable pour moi. Songez-y un peu. Nous aurions pu passer des nuits à donner des cornes à ce grand époux hideux dont vous êtes affublée. Vous auriez pu profiter de la situation jusqu'au dernier moment...

Il haussa les épaules.

— ... mais, pour des raisons qui m'échappent totalement, vous êtes la première femme de ce pays qui semble immunisée contre mon charme.

— Je... Je ne comprends pas, balbutia-t-elle, de plus en plus inquiète.

— Oh ! c'est très simple, Lady Adela. Je vous emmène en France pour que vous y soyez notre otage. J'ai toujours été fidèle à la cause de mon roi. Edward n'avait aucun droit d'envahir notre pays et d'accaparer nos terres. Il doit être contré par tous les moyens possibles. Sa reine aurait évidemment fait une otage bien plus précieuse, mais comme elle n'est pas là, je dois bien me contenter de ce que j'ai sous la main.

Le cœur d'Adela tambourinait à présent contre ses côtes.

— Avez-vous complètement perdu l'esprit, Sir Hendry ?

— Je vous assure que non. Cela fait bien des mois que je prépare notre fuite. Cette stratégie a été mise en place dès que nous avons appris votre mariage avec le deuxième homme le plus important du royaume.

Elle faillit s'étouffer. Que qui que ce soit ait pu la juger assez importante pour être capturée était une notion ridicule...

— Benedictus occupe peut-être un poste essentiel pour assurer la bonne marche du royaume, mais je ne suis certainement pas l'égale de la reine. Ce que vous faites n'empêchera pas Edward de poursuivre ses projets.

— Vous tenir en captivité ralentira ses avancées, et c'est tout ce dont nous avons besoin. Les négociations pour votre libération prendront certainement des années.

Cette fois, Adela manqua un pas et faillit s'étaler sur les dalles de la cour.

— Des années ?

— Oui. Ne craignez pas pour votre sécurité. Nous ne sommes pas des sauvages. Nous ne lèverons pas la main sur vous, à moins qu'Edward ne refuse de négocier... Et même dans ce cas, vous serez tenue à l'isolement dans un appartement luxueux, je peux vous l'assurer.

— Non !

Elle se débattit de plus belle. Elle ne pouvait pas laisser cet homme la replonger dans une demi-vie de prisonnière. Autant mourir tout de suite, plutôt que de subir encore des années de lente agonie entre quatre murs !

— Vous ne pourrez jamais passer les portes, dit-elle d'une voix qui tremblait beaucoup trop.

Hélas, l'idée d'être condamnée à une solitude absolue, peut-être pour des années, avait sapé ses forces.

Sir Hendry éclata de rire et l'estomac d'Adela se noua davantage.

— Les gardes nous ont souvent vus passer le pont-levis

ensemble, lors de nos promenades. Ils ne trouveront pas cela étrange ou suspect. De plus, je me suis assuré que les hommes qui surveillent la porte en ce moment même me soient loyaux. Ils ne diront rien, je vous le garantis.

— Je vais crier. Quelqu'un de fidèle à Benedictus va forcément m'entendre !

Il eut un nouveau sourire, particulièrement cruel.

— Pensez-vous réellement que je vais vous laisser faire ? Sachez que je suis armé d'un couteau et, à ce stade, je n'aurais aucun scrupule à m'en servir contre vous. J'ai déjà perdu de nombreux mois à stagner parmi les courtisans insipides d'Edward. Quelque chose doit se produire, et tuer l'épouse de ce pédant de Benedictus ne me troublerait pas le moins du monde.

Un filet de sueur coula le long du dos d'Adela. Ils étaient si proches du pont-levis, maintenant... Et Sir Hendry avait raison : personne ne faisait attention à eux. D'un seul coup, l'horreur de sa situation la submergea.

— Je suis prête à risquer ma vie, déclara-t-elle néanmoins avec fermeté. Je préfère mourir, plutôt que de vous suivre !

Elle était sincère. Un trépas rapide était préférable à des mois passés derrière les barreaux.

De nouveau, son ravisseur rit.

— Vraiment ?

Une pointe acérée se pressa soudain contre son estomac.

— Une plaie ici ne vous tuera pas, reprit-il. En tout cas, pas immédiatement... Mais elle mettra sans doute fin à la seconde vie que vous portez en vous.

Un seau d'eau glacée ne l'aurait pas tétanisée davantage.

— Je ne suis pas enceinte !

— Oh ! je crois bien que si. Vous êtes en tout cas plus en chair que lors de votre arrivée à la Cour, et j'ai souvent remarqué que vous touchiez votre ventre quand vous pensez que nul ne vous regarde. Vous n'êtes peut-être pas encore *certaine* d'attendre un enfant, mais seriez-vous prête à prendre le risque ?

Elle ferma les yeux. Il avait malheureusement raison. S'il y avait la moindre chance pour qu'un bébé ait enfin pris racine en elle, un espoir secret et désespéré auquel elle s'accrochait depuis bien longtemps malgré elle, elle refusait de le mettre en danger.

Ils passèrent la poterne en silence. Nul ne s'opposa à eux. Un bourdonnement assourdissant résonnait sous son crâne. *Cela arrivait réellement.* Ce n'était pas un cauchemar dont elle allait se réveiller d'un instant à l'autre. On l'enlevait. On l'emmenait quelque part contre son gré, sans doute en France. Sir Hendry était un traître, et personne n'allait voler à son secours. Aucune des épreuves qu'elle avait déjà dû surmonter dans sa vie ne l'avait préparée à cela.

Hors des remparts protecteurs du château, le vent était plus violent encore. Elle frissonna quand son souffle cruel refroidit la sueur qui lui recouvrait le visage et le corps tout entier. Sir Hendry ne s'en rendit même pas compte ou, plus probablement, il s'en moquait. Ils marchèrent jusqu'à la rivière, dont les berges avaient été englouties par les pluies récentes. Le couteau était toujours pressé contre son abdomen. À chaque pas, elle ne pouvait s'empêcher d'imaginer les horreurs qui l'attendraient quand ils arriveraient à la fin de ce périple, mais ne vit qu'un cheval attaché à un arbre, près de l'eau.

— Je croyais que vous n'aviez pas prévu de m'enlever aujourd'hui, dit-elle en essayant une fois de plus d'ancrer ses talons dans la boue pour le ralentir.

Elle était prête à tout pour gagner de précieuses minutes. Hélas, ses bottes glissèrent sur la terre trop meuble et Sir Hendry l'entraînait toujours, sans même paraître remarquer ses efforts pour lutter contre lui.

— Je me suis arrangé pour qu'un cheval frais m'attende

ici chaque jour, au cas où je doive m'enfuir du château sans avoir le temps de rassembler mes affaires.

L'amplitude de ce qui se passait ici la frappa comme un poing d'acier. Sir Hendry ne travaillait pas seul. Il n'était pas un simple dément hanté par d'absurdes illusions de grandeur. Tout ceci faisait partie d'un plan soigneusement mis au point. Sans doute un réseau entier de personnes travaillait-il pour lui, à Windsor, pour loger, nourrir et échanger ces chevaux chaque jour...

— Qui s'occupe de vos montures ?

Sir Hendry sourit.

— Croyez-vous réellement que je vais vous donner des noms ? Sachez seulement qu'il y a ici plus de personnes décidées à comploter contre Edward que votre époux le soupçonne. Néanmoins, à cause de lui, nous n'allons pas pouvoir emprunter le chemin le plus rapide et descendre la Tamise pour rejoindre le navire qui nous attend. Il a posté des hommes tout le long du fleuve, jusqu'à la mer, et nous serions rapidement repérés. Je crains que notre voyage ne soit plus long, et plus inconfortable pour vous. Nous allons devoir nous contenter des routes et nous embarquer pour la France depuis le port de Douvres.

Il avait exposé tout cela avec une pointe d'agacement, comme si les agissements de Benedictus défiaient les lois de la raison.

Adela ne répondit pas. Il ne lui restait plus qu'à espérer que ce long voyage par voie de terre lui laisse une occasion de fuir son ravisseur. Plus longtemps elle resterait sur le sol anglais, plus Benedictus aurait de chances de la retrouver. Du moins, s'il décidait de la chercher... Après leur dispute de la veille, il pourrait aussi penser qu'elle l'avait quitté ; et d'autres seraient sans doute de cet avis. Sir Hendry était plus beau, plus avenant et plus courtois que son époux si austère. Sans doute ne serait-il pas difficile d'imaginer qu'elle s'était enfuie avec lui de son plein gré, et nombreux seraient ceux qui prendraient soin de répandre cette rumeur jusqu'aux oreilles de Benedictus. Y croirait-il ? Non, une part d'elle voulait se convaincre du contraire. Même après les mots amers qu'ils avaient échangés, son mari *devait* avoir confiance en elle.

Elle remarqua à peine la brutalité négligente avec laquelle Sir Hendry la jeta sur le cheval. Elle ne pensait qu'aux paroles qu'elle avait prononcées, à celles de Benedictus. Et au regard qu'il avait eu quand il avait quitté la chambre…

17

Benedictus avait essayé de dormir sur le sol de son bureau, tout en ayant conscience du ridicule de sa réaction. Quelle immaturité, de s'isoler ainsi alors qu'il possédait un lit confortable à partager avec sa belle épouse, à quelques couloirs de là. Le sommeil l'avait fui une bonne partie de la nuit et, tandis que la matinée laissait lentement place à l'après-midi, il sentait des courbatures s'installer dans tous ses membres. Sans doute était-ce le prix de son obstination. Il avait renoncé à sa chambre, juste pour prouver qu'il avait raison. Quel idiot ! Il méritait bien cette douleur, après ce qu'il avait fait.

Il se massa l'épaule avec une grimace. Il aurait dû retourner auprès d'Adela et la serrer dans ses bras tout en s'excusant pour sa cruauté. Il n'avait réagi de cette manière que parce que les paroles de celle-ci l'avaient profondément blessé. Il *aimait* les soirées passées en sa compagnie. S'il l'avait pu, il ne l'aurait pas quittée de la journée non plus, mais c'était impossible. Il avait pensé qu'elle le comprenait. Découvrir que ce n'était pas le cas avait brisé quelque chose en lui.

Malgré cela, son désir de la rendre heureuse surpassait tout le reste. Si elle tenait tant à aller voir l'enfant d'Alewyn, il pourrait aisément organiser une visite à Brae. Elle devrait probablement s'y rendre sans lui, mais ce n'était pas un grave problème – même si son estomac se nouait à l'idée de devoir passer plusieurs semaines loin d'elle. Pourrait-il s'arranger pour l'accompagner un jour ou deux, voire la rejoindre temporairement au milieu de son séjour ? Oui, c'était certainement envisageable. C'était même une bonne idée. Une fois sa décision prise, il se détendit un peu. Les choses allaient enfin rentrer dans l'ordre.

Il allait même la retrouver immédiatement pour lui faire part de sa proposition. Ce compromis serait bénéfique pour eux deux et apaiserait la culpabilité qu'il pouvait ressentir à l'idée de la laisser seule toute la journée.

Non, il ne se sentait *pas* coupable. Il n'avait aucune raison de s'en vouloir. Certes, presque toutes les heures qu'il lui accordait avaient lieu au lit mais, quand ils étaient ensemble, elle bénéficiait de toute son attention. C'était déjà quelque chose, non ?

Il repoussa l'idée qu'elle puisse en vouloir davantage. Elle désirait peut-être un mariage plus semblable à celui de Theo et Medea, qui se retrouvaient dès qu'ils en avaient l'occasion. Mais il n'était pas Theo. Il avait des responsabilités bien plus lourdes et devait se dévouer tout entier à la sécurité du royaume. Cela l'empêchait de passer autant de temps qu'il l'aurait voulu avec son épouse ; seulement, le roi et le pays comptaient sur lui.

La porte s'ouvrit sans prévenir et il bondit, l'épée partiellement tirée. Il ne se détendit qu'en reconnaissant Medea et Theodore. Hélas, un frisson désagréable le parcourut quand il vit leur pâleur et leurs expressions tendues.

— Qu'y a-t-il ?

— C'est Adela, répondit Medea.

En un instant, le monde entier parut vaciller autour de lui.

— Elle a disparu. Quelque chose a dû lui arriver. Quelque chose de grave.

Theodore grimaça.

— Nous ne sommes pas encore certains qu'il se soit passé un drame, s'empressa-t-il de préciser.

— Si, Theodore, nous le savons ! le coupa sa femme. Elle n'aurait jamais quitté le château de son plein gré !

Benedictus sentit ses genoux se dérober sous lui.

— Quitter... le château ? balbutia-t-il.

Medea s'approcha d'un pas, le regard empli d'angoisse.

— Adela s'est volatilisée. Nul ne l'a aperçue depuis ce matin et l'on raconte... Mais je n'y crois pas ! On raconte qu'elle est partie volontairement ; seulement, je pense qu'elle...

Theodore l'interrompit d'un geste.

— Medea, arrête. Calme-toi et laisse-moi expliquer les choses dans l'ordre.

— Tu ne sauras pas dire ce qu'il faut !

Le sang battait aux oreilles de Benedictus, assourdissant. La seule chose qu'il parvenait à comprendre était qu'Adela avait quitté Windsor.

— Commencez par le début.

Il fut surpris d'entendre sa voix si calme, alors que son corps tout entier semblait sur le point d'exploser. Il devait y avoir une erreur. Adela ne pouvait pas avoir abandonné le château... À moins qu'elle n'ait décidé de se rendre seule à Brae. Cela aurait été stupide ! Il y avait tant de dangers, sur la route de la côte, et jamais elle ne pourrait se défendre seule. Il allait devoir la rattraper le plus vite possible pour assurer sa sécurité. Si elle était à ce point décidée à rendre visite à Alewyn, alors il...

— Adela ne s'est pas montrée dans la grande salle après le déjeuner, commença Medea d'une voix sourde et nerveuse qui affola Benedictus. Ce n'est pas normal. Je suis donc montée à votre chambre pour m'assurer qu'elle se sentait bien, à cause de...

Elle s'interrompit et jeta un rapide coup d'œil à son époux, comme si elle n'était pas certaine de ce qu'elle devait dire ensuite.

— Elle n'y était pas, continua Theodore. Medea a fouillé les jardins de la reine tandis que j'ai interrogé les soldats de garde au pont-levis. Ils ont dit...

Il s'éclaircit la voix.

— Ils ont dit qu'Adela était partie ce matin en compagnie de Sir Hendry et que personne ne l'a vue revenir depuis.

Les murs du bureau se mirent à tanguer de manière inquiétante. Benedictus s'agrippa au bord de la table, sans souci de la morsure du bois dans le creux de sa paume. Quand son univers parut enfin se stabiliser de nouveau, il remarqua que Theo le contemplait avec un désagréable mélange de pitié et d'inquiétude.

— Elle ne se serait jamais enfuie avec Sir Hendry, protesta Medea. Elle le trouve exaspérant. Je me moque de tout ce que l'on peut dire : je sais que c'est la vérité !

Son mari voulut protester, mais elle le fit taire d'un geste impatient de la main.

Benedictus pressa ses doigts contre sa poitrine. Son cœur battait beaucoup trop vite et la violence de ses coups devenait douloureuse. Il se rassit lentement au bord de son fauteuil.

— Cela pourrait être vrai. Elle pourrait avoir décidé de me quitter...

Sa voix ne ressemblait absolument pas à celle qu'il employait d'habitude. Il jeta un coup d'œil à Theo, qui contemplait soudain le sol avec insistance. Cet homme avait toujours eu un don pour percer les pensées secrètes des gens. S'il pensait qu'Adela était partie de son plein gré, quel espoir restait-il ? Une fissure profonde s'ouvrit soudain dans son cœur. Jamais encore il n'avait éprouvé de déchirure si fulgurante et si insoutenable.

— Donne-moi des détails.

Theo se dandina un instant.

— Je n'ai pas grand-chose à ajouter. Ce matin, assez tôt, Adela a été aperçue en train de marcher en direction du pont-levis. Sir Hendry l'accompagnait. Ils avançaient côte à côte, très près l'un de l'autre. D'après les témoins, Adela ne paraissait ni contrariée ni menacée.

— Elle n'avait pas l'air contrariée ?

Theo secoua la tête avec une empathie sincère que Benedictus ne voulait pas voir au fond de ses yeux.

— Non...

Il contempla un instant son bureau. La dispute de la veille avec sa femme lui revenait, résonnant comme un bourdon fatal à ses oreilles. Cela avait-il suffi à pousser Adela dans les bras de Sir Hendry ? Elle avait été contrariée, et il n'avait pas su l'apaiser – au contraire, il avait envenimé la situation. Pourquoi n'était-il pas remonté dans leur chambre pour s'excuser ? Faire preuve d'un peu d'humilité devant son épouse n'était pas un signe de faiblesse. Jamais elle n'aurait parlé de cette fragilité à qui que ce soit : ce n'était pas dans sa nature. Elle ne l'aurait pas trahi. Il en était absolument certain. Ce qui voulait dire qu'elle n'avait pas quitté Windsor de son plein gré, et encore moins pour refaire sa vie avec Sir Hendry – si tel était bien son nom.

D'un seul coup, il se leva, bien décidé à agir.

— J'aimerais m'entretenir avec les gardes.

Theo parut plus navré encore.

— Je leur ai longuement parlé, Ben. Dès que j'ai appris ce qui s'était passé, j'ai couru les interroger. Ils ont tous répété la même chose.

Theo était son meilleur enquêteur. Nul ne parvenait à déterrer la vérité aussi bien que lui. S'il pensait que le comportement d'Adela n'avait pas éveillé les soupçons des gardes, cela ne pouvait vouloir dire que deux choses. Soit elle avait réellement passé le pont-levis sans la moindre nervosité. Soit elle avait eu trop peur pour trahir ses émotions. Il repensa à sa triste silhouette prostrée, le jour de leur mariage, et à toutes les soirées qu'elle avait passées immobile à la table d'honneur, subissant en silence les regards curieux de la Cour qu'elle haïssait sans oser le dire. Elle était apeurée, il était probable qu'elle se soit repliée en elle-même au lieu de crier et d'appeler au secours. Elle était quelqu'un de bien, une épouse douce, attentionnée et dévouée, affublée d'un mari qui ne la méritait pas. Certes, elle avait été en colère contre lui, la veille, mais jamais elle ne serait partie sans le prévenir. Jamais.

Il leva de nouveau les yeux vers Medea. Elle semblait lutter de toutes ses forces pour retenir ses larmes.

— Je vois qu'autre chose te préoccupe, dit-il. Parle-moi...

Theo et sa femme le dévisagèrent d'un air choqué. Il tressaillit. Était-il donc si tyrannique, pour que ses plus proches amis soient surpris de voir qu'il appréciait d'entendre leurs avis ? Certes, il n'était pas très confiant par nature et préférait souvent s'entretenir avec Theo plutôt qu'avec Medea, qu'il connaissait depuis moins longtemps ; néanmoins, il respectait son opinion. L'ignorait-elle ? Adela lui avait dit qu'il pouvait se fier à sa nouvelle amie les yeux fermés, et il suivait son conseil. Peut-être devrait-il s'assurer de mieux le faire savoir.

— Adela n'était pas...

Medea secoua fermement la tête et se reprit :

— Adela n'*est* pas attirée par Sir Hendry. Elle le trouve étrange depuis le premier jour. J'ai souvent plaisanté en lui disant qu'il avait un faible pour elle, mais uniquement parce que cela lui arrachait des moues de dégoût et parce que je trouve sa grimace comique quand elle fronce le nez.

Elle joignit les mains devant elle avec nervosité.

— Je suis vraiment désolée, Benedictus. Si j'avais su que Sir Hendry serait capable de faire une telle chose, j'aurais...

Elle jeta un rapide coup d'œil à son époux.

— Je ne sais pas exactement ce que j'aurais fait, mais je veux croire que j'aurais trouvé un moyen de l'en empêcher. Si quoi que ce soit devait arriver à Adela…

Elle s'interrompit brusquement, une main pressée contre son cœur.

Benedictus hocha la tête. Il était incapable de prononcer un mot. Une boule de la taille d'un poing se formait dans sa gorge et son cœur se brisa de nouveau en miettes. Si Adela était réellement quelque part aux mains de ce voyou, effrayée et seule, il se sentait prêt à réduire le monde entier en cendres pour la trouver. Mais si elle l'avait quitté de son plein gré… Il devrait trouver un moyen de le supporter.

— Ce n'est pas la faute de Medea ! intervint Theo en se glissant subrepticement entre son capitaine et sa femme.

Benedictus réprima une nouvelle vague de tristesse. Son plus proche chevalier pensait-il sincèrement qu'il était capable de lever la main sur Medea, juste parce qu'elle avait été la première à constater la disparition de son épouse ? Theo ne le connaissait-il pas mieux que cela ? Peut-être que non. Peut-être s'était-il trop éloigné de ceux qu'il avait autrefois considérés comme des amis, à tel point que ceux-ci voyaient en lui un étranger.

— Je suis le seul coupable, dit Theo en protégeant Medea d'un air farouche. Je sais que tu ne voulais pas que j'enquête sur cet homme, mais j'aurais dû le faire tout de même. J'ai juste demandé…

— Tu ne peux pas blâmer Theo ! cria presque la jeune femme en se campant de nouveau devant lui. Il a interrogé les habitués de la Cour, et nul n'avait de reproches à faire à Sir Hendry. Je lui ai dit de cesser de se mêler de la vie de cet homme. Je lui ai rappelé qu'il avait bien assez à faire pour ne pas perdre son temps à disséquer l'existence d'un chevalier parfaitement banal.

— Non, c'est...

Benedictus ravala sa salive. Theo et Medea étaient tous les deux prêts à se sacrifier pour se protéger mutuellement. Dans d'autres circonstances, cela aurait pu être drôle... Ils devaient avoir tellement peur d'éveiller sa colère ! Il ne leur aurait pourtant *jamais* fait de mal, surtout après toute la bonté dont ils avaient fait preuve avec Adela. Ils l'avaient accueillie, soutenue, étaient devenus ses amis. Bref, ils avaient fait davantage pour elle que lui, son époux. Il leva une main pour interrompre ce flot précipité d'excuses et de protestations.

— Aucun de vous n'est responsable de ce qui s'est passé. Si quelqu'un doit s'en vouloir de ne pas avoir surveillé Sir Hendry d'assez près, c'est uniquement moi.

Ils se turent tous les deux, et Benedictus leur en fut reconnaissant. Il avait besoin de réfléchir. Savoir qu'il aurait pu éviter cette catastrophe s'il avait pris la peine de passer plus de temps avec Adela durant les journées (et pas seulement le soir, dans leurs appartements) le frappait comme un coup de poing en plein ventre. Il allait devoir prendre le temps de réfléchir à son comportement, plus tard... Mais pour l'instant, le plus urgent restait de découvrir où Sir Hendry avait emmené sa femme et de la secourir.

— J'aimerais parler aux gardes à mon tour, Theo, et je souhaiterais que tu m'accompagnes. Medea... Merci pour tout ce que tu as fait, jusqu'à présent.

Il tressaillit devant l'expression choquée de la jeune femme, mais repoussa ses remords. Il n'avait pas le temps d'y réfléchir, pour le moment. Concentré sur sa propre respiration, il traversa le bureau en trois grandes enjambées et ouvrit la porte. Il allait *retrouver* Adela saine et sauve. Il n'avait pas le choix. L'alternative seule menaçait de briser sa volonté.

La salle de garde était étrangement silencieuse. Aucun des hommes alignés contre le mur face à Benedictus ne semblait respirer. Et tous gardaient les yeux obstinément baissés.

Au bout de la rangée, il reconnut Mattias, le jeune soldat qui avait éveillé la pitié d'Adela, le jour où les remontrances qu'il avait adressées à ce dernier avaient failli le faire pleurer. Celui-ci examinait un point des dalles avec ferveur, comme s'il voulait le brûler avec la seule force de ses yeux.

Benedictus s'approcha. Le jeune homme ravala sa salive.

— Où est-elle ?

Mattias secoua la tête.

Benedictus l'étudia, partagé entre la rage et le désespoir. Mattias *savait* quelque chose. Il en aurait mis sa main au feu. Il aurait voulu l'enfermer dans le plus sombre et le plus profond cachot qu'il aurait trouvé jusqu'à ce qu'il parle, mais il ne pouvait pas se permettre de perdre une seule minute. Chaque instant qui passait représentait un nouveau danger pour Adela.

— Où est-elle ? gronda-t-il, plus fort.

— Je ne sais pas, murmura Mattias.

Néanmoins, Benedictus remarqua qu'il n'osait toujours pas croiser son regard. Il avait assez d'expérience en matière d'interrogatoire pour savoir que c'était un signe évident de culpabilité.

— Je pense au contraire que tu sais quelque chose, fils, et je pense également que tu vas me le dire immédiatement, si tu ne veux pas passer quelques jours sur le chevalet.

Le garçon gémit, le regard embué. Benedictus aurait voulu le secouer comme un prunier. Si quelqu'un ici devait pleurer, c'était lui ! Sa femme avait disparu, pas celle de ces hommes. Elle avait sans doute peur pour sa vie, en ce moment même, et n'avait personne pour la défendre. La salle se mit à tourner quand il l'imagina aux prises avec

Hendry. Jamais elle n'aurait la force de se protéger contre cet homme, de repousser ses assauts s'il tentait de l'agresser.

— Mattias… Par pitié…

Il entendit tous les hommes retenir leur respiration. Jamais il n'avait supplié qui que ce soit, dans sa vie, mais il était prêt à s'y mettre, si cela pouvait l'aider à retrouver Adela.

— Par pitié, Mattias, répéta-t-il donc. Je dois savoir où elle se trouve. Elle doit avoir tellement peur. Tu peux ne pas m'apprécier, mais ma femme est quelqu'un de bien. S'il te plaît… Aide-la.

La douleur de son supérieur finit par triompher du mutisme du jeune homme et celui-ci fondit en larmes.

— Il a dit qu'ils s'aimaient.

Le cœur de Benedictus s'emballa de nouveau.

— Veux-tu parler de Sir Hendry ?

Mattias hocha la tête d'un air misérable.

— Il a dit qu'elle voulait s'enfuir avec lui, mais que vous les tueriez tous les deux si vous l'appreniez.

— Jamais je ne ferais de mal à Adela. Elle est la seule bonne chose que je connaisse, dans ma vie.

Cet aveu fit redoubler les sanglots de Mattias.

— Nous avons reçu l'ordre de regarder de l'autre côté, quand il la ferait sortir du château, ce matin, mais j'ai pensé…

Il renifla. À bout de patience, Benedictus aurait voulu hurler.

— J'ai trouvé étrange que Lady Adela n'ait même pas emporté de cape. Pour une femme qui s'enfuyait avec l'homme qu'elle aimait, je ne lui ai pas trouvé un air heureux.

Adela était donc bien quelque part, affolée et seule, sans même un vêtement pour la protéger du froid. Benedictus sentit ses genoux se mettre à trembler tant le simple fait de se tenir debout devenait un effort. Seulement, s'écrouler ici, devant ses hommes, n'aiderait pas sa femme. Il devait tenir bon, découvrir où Sir Hendry l'emmenait et ce qu'il avait l'intention de faire d'elle.

— Tu as dit « nous ». Qui d'autre a participé à cet enlèvement ?

Un lourd silence accueillit sa question. Soudain, l'un des hommes bondit vers la porte. Il n'alla pas loin : Benedictus le ceintura sans peine.

— Viens avec moi, dit-il. Les autres peuvent retourner à leurs postes.

Mattias s'écroula au sol, mais Benedictus ne le regarda même pas. Plus tard, il s'assurerait que le jeune homme soit relégué au rang de larbin dans les cuisines étouffantes ; mais pour le moment, une seule chose importait. Retrouver sa femme.

18

Adela était allongée sur la plage de sable, roulée en boule pour se protéger du froid. Elle avait cessé de vomir quelques instants plus tôt, mais n'avait pas encore la force de tenir debout. La traversée jusqu'aux côtes françaises avait été longue et difficile. Découvrir qu'elle souffrait atrocement du mal de mer n'avait fait qu'ajouter une épreuve de plus à sa situation désespérée. Elle avait déjà été affaiblie par une chevauchée de deux jours, presque sans eau ou nourriture. À présent, après les nausées qu'elle avait subies sur le bateau, elle n'avait presque plus rien dans le corps. Elle aurait sans doute dû réfléchir à un moyen de s'enfuir, mais elle était épuisée. La seule pensée qui emplissait son esprit et toute son âme était un intense soulagement à l'idée de se retrouver enfin sur un sol ferme, qui ne tanguait pas sous elle. Elle tira un peu plus sur les pans de la cape trop légère que Sir Hendry lui avait donnée, dans l'espoir de mieux se couvrir. L'étoffe fine la protégeait à peine du vent glacial, mais c'était mieux que rien...

La voix de son ravisseur lui parvenait, distante. Elle entendit quelques fragments de sa conversation avec les deux autres hommes qui les accompagnaient ; seulement, son cerveau fatigué ne parvenait pas à s'intéresser à leurs plans. Du moins, jusqu'à ce qu'elle entende le nom de son époux.

— Êtes-vous certain que Sir Benedictus viendra la chercher ? C'est une petite chose fragile et sans valeur. Maintenant qu'il a mis la main sur sa dot, a-t-il encore réellement besoin d'elle ?

Elle ferma les yeux. Elle s'était posé la même question en boucle durant leur interminable traversée. Oh ! elle ne doutait pas que *quelqu'un* se lancerait à sa recherche. On ne pouvait pas la laisser aux mains des Français sans rien faire : cela aurait envoyé un mauvais message et Benedictus ne pouvait pas se permettre de paraître faible. Elle était même presque certaine que son mari dirigerait la traque lui-même. Mais serait-il réellement dévasté si quelque chose lui arrivait ? Une nouvelle nausée la saisit, totalement différente de celles qu'elle avait connues sur le navire. Elle ignorait la réponse à cette interrogation, et cela la rendait malade. N'aurait-elle pas dû en être sûre ? Si *lui* mourait au combat, elle savait que toute lumière disparaîtrait de sa vie et que plus rien n'aurait jamais la moindre saveur…

— Il viendra, promit Sir Hendry. Je ne pense pas qu'il y ait le moindre amour entre eux. Il la regarde à peine lorsqu'ils sont ensemble… Mais c'est un homme loyal et fier. Il a fait vœu de la protéger et il tiendra parole. Il ne supportera pas non plus que nous l'insultions de cette manière.

— Peut-on compter sur le silence de vos hommes ?

Le complice de Hendry semblait sincèrement inquiet.

— Mes hommes me resteront fidèles jusqu'à la mort et ne diront rien. Par contre, les gardes qui travaillent pour Benedictus ont peur de lui et il n'aura aucun mal à les faire parler. Je pense qu'il découvrira très vite notre destination finale.

— Dans ce cas, pourquoi leur avoir dévoilé les détails de notre plan ?

Cette fois, le complice ne cacha pas sa colère et Adela pria pour que cette conversation dégénère en dispute. Peut-être pourrait-elle saisir sa chance, alors.

— Il sera rapidement sur nos traces !

L'homme jeta des regards paniqués autour de lui, comme s'il s'attendait à voir Benedictus jaillir des dunes. Sir Hendry, lui, se contenta de sourire.

— Nous *voulons* qu'il nous suive, idiot.

— Avez-vous perdu la tête ?

Hendry éclata de rire. Comment pouvait-il trouver le malheur des autres si distrayant, en toutes circonstances ? Il avait semblé si normal, à Windsor – ennuyeux, mais normal. À présent, on avait l'impression de se trouver face à un forcené dénué du moindre sens moral.

— Si Sir Benedictus nous suit, cela voudra dire qu'il ne sera plus en Angleterre. Nos navires auront enfin une nouvelle occasion de monter à l'assaut de la capitale. Plus important encore…

Son sourire s'élargit davantage.

— … si nous le capturons en France, nous serons libres de faire ce que nous voulons de lui.

Adela ne se rendit compte qu'elle pleurait que lorsqu'elle sentit un liquide salé sur ses lèvres. Elle essuya ses larmes d'un revers de manche. Depuis son enlèvement, elle avait mis un point d'honneur à ne pas trahir la moindre émotion devant Sir Hendry, en dépit du maelström qui faisait rage en elle. Elle n'allait certainement pas s'abandonner au désespoir maintenant, même en apprenant que la vie de Benedictus était peut-être en danger. Il lui avait souvent dit qu'il était l'un des meilleurs guerriers du royaume, et elle le croyait. Elle devait se raccrocher à cette certitude et garder la tête haute.

Une main brutale l'attrapa soudain par le col de sa cape et la remit sur pied. Elle ne protesta pas. Pas même quand on la poussa pour remonter la plage, en direction d'un cheval déjà harnaché, ou quand on la jeta en travers de la selle comme un ballot de laine.

Les vagues s'écrasaient au pied des jetées dans un grondement de tonnerre et l'écume arrosait le visage de Benedictus, même à bonne distance de l'eau. Il lui avait fallu une éternité pour arracher au garde traître les détails du plan de Hendry. Quand ils avaient enfin appris qu'Adela était bel et bien son otage, qu'on la conduisait dans une prison française, Theo avait immédiatement tenté d'empêcher Benedictus de partir la sauver lui-même.

« C'est un piège, avait-il dit. Les Français vont profiter de ton absence pour attaquer l'Angleterre, ou te capturer dès que tu poseras un pied sur leurs plages. Je vais partir la sauver en ton nom. Tu ne dois pas... »

Hélas pour lui, Benedictus avait déjà pris sa décision.

« Je dois la secourir moi-même. Je te fais entièrement confiance, mon ami, mais je ne serai en paix que lorsque je la saurai saine et sauve, à mes côtés. »

Theo l'avait dévisagé un long moment, assez longtemps pour le mettre mal à l'aise.

« Tu l'aimes.

— Non. »

Il en était certain. Il savait qu'il n'abandonnerait jamais sa destinée et son rang pour elle, comme Alewyn l'avait fait dès qu'il avait rencontré son épouse. Il ne perdrait jamais son temps à la contempler d'un air béat non plus, comme Theo pouvait le faire en présence de Medea. Il n'était pas capable d'éprouver ce genre d'émotions ; mais elle était sa femme et il était responsable de sa sécurité. Il était incapable d'envisager que l'on puisse lui faire du mal. Cette seule pensée aurait suffi à le terrasser. Seulement, ce n'était pas de l'amour. Il n'avait aucun doute là-dessus. N'est-ce pas… ?

« Je tiens énormément à elle et je ne veux pas qu'on la blesse. Je ne peux pas non plus laisser qui que ce soit m'insulter de la sorte sans répliquer, avait-il précisé.

— Je vois. »

Il y avait eu quelque chose, dans la voix de Theo, qui laissait supposer qu'il ne « voyait » pas, non, mais Benedictus n'avait pas eu le temps d'en débattre.

À présent, ils étaient à Douvres et, avec un peu de chance, pourraient bientôt s'embarquer pour la France. Chaque seconde passée loin d'Adela ressemblait à une éternité de torture.

— Nous ne pouvons pas prendre la mer aujourd'hui, lança le capitaine du bateau que Theo et lui avaient réquisitionné dès leur arrivée au port.

— Plus nous attendons, plus notre gibier s'enfoncera dans le territoire ennemi, et moins nous aurons de chances de le rattraper.

Benedictus se raccrochait à l'espoir d'un sauvetage rapide, comme un ivrogne s'agrippe à son tonneau de bière. Il avait *besoin* d'y croire.

— Nous ne pouvons pas prendre la mer aujourd'hui, répéta obstinément le capitaine. C'est trop dangereux.

Il se détourna et s'éloigna d'un pas vif, imité par son équipage nonchalant.

Benedictus les suivit des yeux jusqu'à ce qu'ils disparaissent dans la foule du quai. Puis il se retourna vers le large. Pour la première fois de sa vie, il se sentait absolument impuissant. Il aurait pu poursuivre le capitaine et insister pour qu'il les emmène en France immédiatement. Il était assez influent pour cela. Mais jamais il n'aurait contraint un homme à risquer sa vie inutilement, et les vagues de plus en plus monstrueuses semblaient en effet menaçantes…

Theodore lui donna une tape dans le dos pour le réconforter.

— Nous savons qu'elle était encore en vie hier, dit-il.

— Ce n'est pas suffisant, Theo. Rien ne sera suffisant, tant que je ne l'aurai pas serrée dans mes bras.

S'il avait longtemps pris soin de dissimuler la moindre faiblesse aux yeux de ses hommes, même des amis aussi intimes que Theo, il se moquait à présent d'étaler son désespoir au grand jour. De toute manière, depuis la disparition d'Adela, son compagnon l'avait vu au plus bas. Il ne l'avait pas quitté un seul instant, avait chevauché à ses côtés nuit et jour, et ne s'était pas plaint une seule fois. Dire que Benedictus avait failli considérer sa loyauté comme un acquis, un simple sens du devoir… Il ne commettrait plus cette erreur. Découvrir que Sir Hendry était en réalité un espion français infiltré à la Cour le poussait à remettre en question toutes les certitudes qu'il avait eues au sujet de la fidélité de ses hommes, mais il ne prendrait le temps de réfléchir à ses trop nombreuses erreurs de jugement que lorsqu'il aurait enfin retrouvé Adela. Jusque-là, son unique but était de la sauver.

— Allez, viens, reprit Theo. Nous allons trouver un moyen de te faire traverser la Manche.

Ensemble, ils arpentèrent de long en large les quais de Douvres. Leurs bottes étaient si détrempées qu'ils auraient tout aussi bien pu patauger pieds nus dans des flaques de boue. Enfin, ils trouvèrent un homme disposé à les laisser embarquer sur-le-champ. Il exigea un prix exorbitant pour effectuer la traversée, mais Benedictus aurait déboursé deux fois plus d'or s'il l'avait fallu.

Ses précédentes campagnes à l'étranger lui avaient depuis longtemps appris qu'il ne supportait pas les voyages en mer. En temps normal, il se contentait de s'agripper au bastingage, les yeux fixés sur l'horizon, luttant pour ne pas rendre son repas par-dessus la rambarde, en attendant d'atteindre sa destination. Il ne pouvait pas être malade. Il ne pouvait pas paraître vulnérable.

Mais ce trajet fut totalement différent. Le mauvais temps, auquel il n'était pas habitué, aggrava ses nausées et il ne put que se rouler dans un coin en priant pour ne pas mourir ici, avant d'avoir sauvé Adela.

La France s'avéra aussi froide et pluvieuse que l'Angleterre, mais au moins le sol restait enfin stable sous leurs pieds. En débarquant, Theo lui donna un coup de coude amusé.

— Je gage que tu n'es pas prêt à abandonner ta vie de chevalier pour sillonner les mers, hein ?

Malgré lui, Benedictus sourit.

— Disons juste que je ne suis pas pressé de remettre les pieds sur un navire, admit-il.

Puis soudain, son sourire s'évanouit. Avant d'envisager le voyage du retour, il devait d'abord retrouver sa femme et s'assurer qu'elle allait bien. Il était hors de question qu'il rentre sans elle, même si le royaume devait brûler en son absence – et qu'Edward aille au diable !

La première ville qu'ils trouvèrent sur leur route leur permit de rassembler de précieuses informations ; plus précieuses encore que ce qu'il avait espéré. Heureusement pour lui, Theo parlait français sans le moindre accent. Il n'eut aucun mal à leur trouver des chevaux et à découvrir que les ravisseurs d'Adela n'avaient qu'une demi-journée d'avance sur eux. Savoir qu'elle était encore vivante et si proche arracha des prières de gratitude à Benedictus.

— Le tavernier dit qu'il n'a pas apprécié la manière dont Sir Hendry a tenté de charmer son épouse. Apparemment, notre oiseau est aussi séduisant aux yeux des Françaises qu'à ceux des femmes de Windsor. Les hommes de cette ville ont vu son passage d'un très mauvais œil, expliqua

Theo tandis qu'ils sellaient leurs montures. Le patron a donc été ravi de me fournir tous les renseignements dont nous avions besoin. Il a aussi dit qu'Adela semblait malheureuse, mais en bonne santé et sans blessure apparente.

Benedictus hocha la tête, incapable de prononcer un mot. Il avait l'impression que tout son corps se liquéfiait, rongé par cette trop longue séparation.

Lorsqu'ils se mirent enfin en route, sa nervosité ne fit que croître. Il était soulagé de savoir qu'Adela était sauve, pour l'instant, mais il comprit vite que le simple fait qu'elle soit triste ou apeurée était une torture pour lui. Qu'un homme puisse se servir d'elle comme d'un pion pour attiser les rancœurs entre leurs deux pays et, ce faisant, éteindre l'étincelle de son sourire, lui donnait envie d'abattre des montagnes.

S'il savait depuis longtemps, maintenant, qu'Adela lui était chère et qu'elle était devenue l'une des personnes les plus importantes de sa vie, ce qu'il ressentait à présent était si intense qu'il avait peur de se laisser submerger. Theo avait-il raison ? Était-ce bien de l'amour ? Si c'était le cas, il n'était pas certain de vouloir ce genre de relation dans sa vie... C'était trop. Trop profond. Trop bouleversant. Si quoi que ce soit devait arriver à sa femme, il craignait de ne jamais s'en remettre.

19

Le feu ronflait, dans la cheminée de l'auberge, mais assise seule dans un coin de la salle, Adela ne profitait pas de sa chaleur. Sir Hendry l'avait placée loin de la porte tandis qu'il s'entretenait avec quelques hommes en français, parlant vite et bas. Comment avait-elle pu le croire anglais ? Elle ne comprenait plus. Plus ils s'enfonçaient dans le territoire ennemi, moins cela lui semblait crédible. Au fil des ans, elle avait lentement perdu ses notions de français. Elle parlait encore un peu la langue, bien sûr – comme tout le monde. Mais elle avait délaissé ses études, ces dernières années, et n'avait plus employé que l'anglais pour s'exprimer. À présent, ses lointains rudiments lui revenaient avec peine ; mais elle prenait soin de ne pas laisser ses ravisseurs deviner qu'elle pouvait comprendre ce qu'ils disaient. Lorsqu'ils s'adressaient à elle dans leur langue natale, elle se contentait de froncer les sourcils pour les pousser à se répéter en anglais. Ce n'était qu'une petite rébellion futile, mais cela lui permettait au moins de ne pas avoir l'impression de laisser la situation échapper totalement à son contrôle.

D'après les bribes qu'elle parvenait à saisir, ce soir, elle soupçonnait que Sir Hendry était contrarié par la lenteur de leur progression. Le roi de France les attendait depuis des jours et risquait de leur reprocher ce retard. Tant mieux. Elle avait fait tout son possible pour ralentir la troupe, traînant des pieds quand on lui disait de se dépêcher, devenant un poids mort quand on la soulevait de terre... Bref, se rendant aussi désagréable que possible à la moindre occasion.

Elle tira sur la manche de sa robe pour couvrir son poignet. Sa peau était irritée par la poussière et la boue qui s'y accrochaient. Elle ne pouvait, hélas, rien faire pour régler le problème. On ne la laissait jamais seule un instant et il était hors de question qu'elle se lave devant tous ces inconnus.

Sa peur avait fini par refluer, remplacée par une fureur sourde. Toute sa vie durant, elle avait été réprimandée et bousculée par son père. Peut-être aurait-elle mieux supporté cette nouvelle épreuve si Benedictus l'avait traitée de la même manière ; mais il ne l'avait jamais fait. Il ne l'avait jamais enfermée ou contrainte à suivre ses règles. Il lui avait accordé la liberté de prendre ses propres décisions au sujet de ses occupations, et cela lui avait peu à peu donné confiance en elle. Une confiance que son enlèvement avait failli réduire en miettes, depuis qu'elle avait dû quitter Windsor... Il lui en restait néanmoins suffisamment pour la décider à agir dès qu'elle le pourrait. Si jamais ils atteignaient le château du roi français, elle serait de nouveau prisonnière – comme autrefois. Jamais elle ne se résoudrait à endurer cela ! Et c'était compter sans ce qui risquait d'arriver à Benedictus, s'il était capturé en territoire ennemi. Elle devait trouver une solution pour mettre un terme à tout cela, et le plus vite possible. Tous les moyens lui paraissaient bons pour se rebeller.

Elle *devait* prendre enfin sa destinée en main.

Sir Hendry s'approcha d'elle et elle s'essuya nerveusement les mains sur sa robe. Elle n'avait pas le temps d'élaborer une stratégie. Elle devait faire quelque chose. Immédiatement.

— Levez-vous. Nous partons.

Il avait cessé tout effort pour se montrer agréable quelques jours plus tôt et lui laissait enfin voir l'homme qui se cachait sous son masque de chevalier enjôleur.

Elle ne bougea pas de son siège.

Il fit un pas de plus vers elle.

— Dépêchez-vous.

Il voulut lui attraper le bras pour l'obliger à obéir. Quand ses doigts lui effleurèrent la manche, elle bondit et tira la dague qu'elle portait cachée à la ceinture pour en presser la pointe contre son estomac.

— Je n'irai nulle part avec vous, gronda-t-elle entre ses dents.

Hendry éclata de rire. Elle serra son arme plus fermement.

— Vous ne me ferez pas de mal, Lady Adela. Vous n'avez pas ce genre de courage.

— Vous vous trompez ! Jamais je ne me laisserai emprisonner de nouveau. J'ai passé presque toute ma vie derrière la porte close de ma chambre et je suis prête à tout pour éviter de connaître de nouveau une telle existence. Ne vous méprenez pas : je possède bien ce genre de courage !

Elle se leva lentement, tenant sa dague d'une main assurée. En dépit de sa nonchalance de façade, Hendry pâlit. Elle devina le lustre d'un voile de sueur sur son front.

— Et quel est votre plan, Adela ? Allez-vous me poignarder et vous enfuir en courant ? Vous n'irez pas loin, toute seule...

À la vérité, elle n'avait aucun plan. Tout ce qu'elle désirait était quitter ce lieu au plus vite. Mais Sir Hendry n'avait pas besoin de savoir cela.

— Je m'en sortirai. J'ai toujours survécu, jusque-là, répliqua-t-elle.

Soudain, la porte s'ouvrit à la volée et une bouffée de vent glacial s'engouffra dans la salle. Elle commit l'erreur de tourner un instant la tête, surprise par ce bruit inattendu, et se figea. Son cœur se serra. Benedictus se tenait sur le seuil, sa haute silhouette encadrée dans l'embrasure de la porte. Elle cligna des paupières, certaine que son esprit lui jouait des tours. Mais non : il était toujours là. Pendant un bref instant, tout le monde le dévisagea. Lui aussi les regardait, l'air à la fois furieux et choqué.

Hendry fut le premier à se ressaisir. Il profita de la distraction d'Adela pour la désarmer d'un geste et l'attira devant lui en guise de bouclier. Elle se mordit la lèvre pour retenir un cri. Elle ne lui donnerait pas la satisfaction de savoir qu'elle était affolée.

Benedictus poussa un grognement de bête et fondit sur eux. Sir Hendry agita la dague devant Adela, le coupant net dans son élan.

— Je ne veux pas blesser votre femme, Sir Benedictus. Je l'apprécie, vous savez... Mais je n'hésiterai pas à frapper si vous m'y contraignez. À présent, j'aimerais que vous restiez exactement là où vous êtes, à moins que vous ne vouliez mettre sa vie en danger.

Sa main glissa sur la gorge d'Adela et elle tressaillit.

En face d'eux, Benedictus serra le poing, mais ne remua pas.

— Rendez-moi mon épouse, et je m'en irai. Je peux même vous promettre que je ne chercherai pas à vous faire payer cette trahison, dit-il d'une voix qui paraissait très calme.

Seulement, Adela le connaissait assez bien pour apercevoir la tension nerveuse dans sa mâchoire, qui trahissait habituellement sa colère.

Elle aurait voulu courir à lui, enfouir son visage dans son torse et le laisser la protéger de tout ce qui allait suivre. Néanmoins, elle s'obligea à rester immobile, osant à peine respirer.

Sir Hendry dévisageait Benedictus avec dédain.

— Dès l'instant où je vous la rendrai, vous me tuerez, dit-il avec un rire méprisant. Croyez-vous que je sois si stupide ? Adela et moi allons quitter cette auberge, et vous resterez ici. À moins que vous ne vouliez que quelque chose d'atroce arrive à votre femme sous vos yeux.

Il pressa la pointe de la dague contre la gorge d'Adela. La lame effilée lui mordit la chair et un mince filet de sang coula le long de son cou.

Le regard de Benedictus se fit plus dur que jamais. Elle frissonna malgré elle.

— Vous m'avez insulté, avez enlevé mon épouse au sein même du château où nous vivons. Je ne peux pas laisser un tel crime impuni. Je vais ramener ma femme en Angleterre. Vivante ou morte, cela m'importe peu.

Adela sentit brusquement la poigne de Sir Hendry se relâcher.

— Quoi ?

Benedictus haussa les épaules.

— Lady Adela a rempli son rôle. Elle a apporté au roi assez de fonds pour poursuivre cette guerre entre nos deux pays ; c'était tout ce que l'on attendait d'elle, dit-il froidement. Mais vous… Vous vous êtes infiltré au cœur même de la cour d'Angleterre et avez tout fait pour me voir déchoir. Je ne peux pas vous le pardonner. Faites ce que vous voulez d'Adela, mais sachez que vous ne quitterez jamais ces lieux en vie.

— Pensez-vous réellement pouvoir me vaincre en combat singulier ? glousse Hendry. Vous êtes vieux et passez vos journées assis derrière un bureau ! Tout ce que vous savez encore faire, c'est aboyer vos ordres aux hommes plus jeunes et plus aptes que vous ! Vous ne tiendriez pas une matinée, sur un champ de bataille.

Benedictus se fendit d'un rire cruel qu'Adela n'avait encore jamais entendu.

— Désirez-vous mettre vos théories à l'épreuve, ici et

maintenant ? Vous pleurerez et appellerez votre mère au bout de quelques instants…

Hendry repoussa violemment Adela sur le côté. Elle s'écroula sur les dalles et lâcha un cri de douleur quand un éclair lui traversa le bras. Son ravisseur tira son épée de son fourreau et chargea Benedictus. En quelques secondes à peine, tous les clients s'enfuirent, renversant tables et chaises dans leur panique. Seuls Hendry et ses deux complices restèrent. Ils encerclaient Benedictus, armes au poing. Adela sentit son cœur tambouriner contre ses côtes et sa bouche s'assécher en les voyant avancer ensemble.

Benedictus parut alors grandir. Ses bras semblaient plus formidables que jamais et il retroussa les lèvres comme un loup en chasse, poussant un grondement de bête. Sans prévenir, il tourna sur lui-même et désarma son premier assaillant avant de l'envoyer rouler dans un coin de la salle.

— Bandes de lâches ! Attaquez-le ! hurla Hendry.

Adela vit néanmoins que son second complice avait pris peur devant la puissance farouche de son époux. Celui-ci se fendit d'un sourire mauvais.

— Vous avez raison de me craindre. Mes talents de guerrier surpassent de loin les vôtres. Vous ne pourrez jamais me vaincre. Fuyez tant que vous le pouvez !

L'homme hésita, regarda tour à tour Benedictus et Hendry. Ce qu'il lut sur leurs visages déterminés le poussa à bondir vers la porte. Il disparut dans la nuit, laissant le battant claquer dans son dos.

Dans un rugissement de rage, Hendry fondit sur Benedictus. Adela hurla en voyant son épée l'atteindre au ventre. Son époux était-il blessé ? Avait-il évité le coup de peu ? Elle ne pouvait le dire : il n'avait même pas reculé d'un pouce. Son épée jaillit dans la lumière et il fit tomber une pluie d'attaques mortelles sur son ennemi. Adela ne put s'arracher à ce terrible spectacle. Chaque mouvement lui retournait l'estomac, mais une part d'elle s'émerveillait de la dextérité de Benedictus. Voilà donc le guerrier effroyable dont tout le monde parlait à la Cour. L'homme que les Français craignaient plus que toute l'armée anglaise réunie.

Hendry, acculé, reculait à présent en direction du coin de la pièce. Ses gestes devenaient de plus en plus désespérés et son regard affolé trahissait sa panique. Benedictus attaquait avec une telle rapidité que ses mouvements semblaient brouillés. Finalement, l'épée de Hendry tomba au sol et il ouvrit la bouche dans un rictus silencieux. Benedictus se tenait au-dessus de lui, le toisant, sa lame pointée vers son cou.

Adela ferma les yeux. Elle n'aimait certes pas Sir Hendry, l'avait maudit cent fois en secret depuis son enlèvement, mais elle ne voulait pas le voir mourir...

Il y eut un fracas, une chaise fut violemment poussée, puis elle perçut le choc sourd d'un corps qui s'écroulait.

Très vite, des bras vinrent la saisir et elle hurla.

— C'est moi, murmura Benedictus à son oreille. Tout ira bien, maintenant.

Il la serra fort contre lui et elle s'abandonna enfin contre son torse. Sous son oreille, le cœur de son époux battait la chamade.

Il glissa des doigts fiévreux dans ses cheveux.

— Tu es sauve. Je suis là.

Elle ravala sa salive.

— Est-il mort ?

Sa voix lui parvint cassée, comme si elle n'avait pas prononcé le moindre mot depuis des jours.

— Non, mais quand il reprendra ses esprits, il regrettera d'avoir survécu...

Benedictus lui caressa la joue, l'épaule, la hanche, avec une douceur infinie.

— Es-tu blessée ? Comment va ta gorge ?

— Ce n'est qu'une égratignure.

Son époux marmonna quelque chose si bas qu'elle ne le comprit pas.

— Par contre, je me suis fait mal au poignet dans ma chute.

— Laisse-moi l'examiner.

Il la lâcha et souleva avec soin sa main dans la sienne. Elle cria quand il toucha le point sensible.

— Désolé ! Désolé ! Je suis tellement navré, Adela. Plus que tu ne le crois...

— Ce n'est rien. Seulement, l'endroit que tu viens de serrer est... douloureux.

Comment pouvaient-ils avoir une telle conversation, si calmement ? Elle aurait presque cru qu'ils étaient de retour dans leur chambre, à Windsor, et non pas dans une taverne française jonchée de plusieurs corps inconscients. Elle aurait pu oublier que Benedictus avait failli lui briser le cœur en déclarant à Sir Hendry qu'elle ne comptait pas à ses yeux. Elle aurait pu croire qu'ils ne s'étaient pas disputés, qu'ils allaient pouvoir faire comme si toutes ces choses n'étaient pas arrivées. Hélas, elle ne pouvait ignorer tout cela et, tôt ou tard, elle allait devoir y réfléchir sérieusement. Elle allait devoir découvrir si ce qu'il avait dit était une simple tentative de diversion ou si une partie de ses paroles avait été sincère. Elle allait devoir décider quelle part de leur dispute importait réellement et quelle part elle pouvait balayer d'un revers de la main. Mais pour l'instant, elle allait se concentrer sur sa blessure au poignet et tout faire pour s'éloigner le plus possible de Hendry et de ses complices.

— Je ne pense pas que tu aies des os cassés, dit son époux en inspectant son bras. Néanmoins, je vais trouver quelque chose pour te faire un bandage serré. Ce sera moins douloureux pour toi, pendant notre voyage. Peux-tu tenir debout ?

— Oui.

Il l'aida à se relever. Elle chancela et il la rattrapa avant qu'elle s'écroule de nouveau.

— Adela, je...

Au même instant, la porte de l'auberge s'ouvrit et Benedictus fit volte-face, la main à son épée. Mais ce n'était que Theo, l'air épuisé et très inquiet.

— On dirait que la situation a dégénéré pendant que j'étais à l'écurie, dit-il.

— Que faisais-tu ? lança Benedictus avec humeur.

— Je m'occupais des chevaux, comme tu me l'as demandé.

— Tu aurais été bien plus utile ici !

Theo tressaillit sous cette attaque inattendue. Adela grimaça aussi. Pourquoi Benedictus était-il toujours aussi sec avec les gens qui tenaient à lui ? Heureusement, à l'exception de ce recul instinctif, Theo ne parut pas s'en offenser.

— Je garderai cela à l'esprit, pour la prochaine fois.

Il jeta un coup d'œil à la salle en désordre.

— Que veux-tu que je fasse de ces hommes ? demanda-t-il en indiquant d'un signe de tête les deux conspirateurs assommés, qui n'avaient pas encore bougé.

— Je m'en moque.

Benedictus souleva Adela dans ses bras et la pressa contre sa poitrine avec une infinie douceur.

Theo écarquilla les yeux.

— Tu t'en moques ? En es-tu sûr ? N'avons-nous pas besoin de découvrir pourquoi ils ont enlevé Adela et ce qu'ils avaient l'intention de faire d'elle ?

— Interroge-les autant que tu le souhaites. De notre côté, Adela et moi allons retourner au village d'Yvoire pour y trouver un abri. Nous te rejoindrons au navire après-demain.

Plus vite nous poserons le pied sur le sol anglais, mieux cela vaudra pour nous tous.

Il n'attendit pas la réponse de son compagnon et sortit de l'auberge, portant toujours Adela comme si elle ne pesait rien.

20

Ils chevauchèrent tout l'après-midi, sous une pluie battante. Le froid s'infiltrait dans les os d'Adela et tout son corps tremblait violemment, malgré la puissance du bras de Benedictus autour de sa taille. Chacun de ses mouvements était entravé par une intense et soudaine fatigue. Elle aurait tout donné pour une bonne nuit de sommeil.

Son époux ne lui avait posé aucune question au sujet des quelques jours qu'elle avait passés avec Hendry. Il ne lui avait pas demandé si elle s'était enfuie de son plein gré ou si son ravisseur l'avait traînée jusqu'en France. Sans doute avait-il déjà interrogé d'autres personnes qui avaient su lui apporter les réponses dont il avait besoin. Après tout, comment aurait-il pu la retrouver si vite, sans cela ? Ils voyagèrent donc en silence et, bien qu'Adela ait conscience que ce manque de communication symbolisait tout ce qui n'allait pas dans leur mariage, elle ne savait pas comment engager la conversation. Elle ne pouvait qu'observer Benedictus et tenter de deviner ses pensées. Que ressentait-il réellement, après tout ce qui venait de se passer ?

Malheureusement, leur mutisme semblait s'alourdir avec chaque lieue qu'ils parcouraient. Benedictus chevauchait, très droit, aussi inaccessible que la pierre, comme lors de leurs premiers jours de mariage. Elle aurait voulu franchir le gouffre qui s'ouvrait entre eux, les séparait toujours un peu plus, mais elle était trop fatiguée pour réagir et aucun mot ne lui venait à l'esprit.

Sa tête ballottait contre le torse de son époux. Elle sombrait régulièrement dans des limbes d'inconscience et n'avait même plus la force de garder les yeux ouverts. Après une éternité qui aurait pu durer des heures ou des jours, elle sentit qu'il la soulevait de nouveau pour la faire descendre de cheval et qu'il la portait dans une salle enfumée. Elle entendit vaguement un échange étouffé tandis qu'il retenait une chambre pour eux, mais ne put comprendre ce qu'il disait. Sans doute dut-elle s'endormir de nouveau, car elle ne fut plus consciente de quoi que ce soit avant de se réveiller devant un feu ronflant.

— Le tenancier va t'apporter des vêtements secs. Nous devons te débarrasser de cette robe détrempée avant que tu attrapes froid.

C'était la première fois qu'il lui adressait la parole depuis qu'il l'avait sauvée de ses ravisseurs, et cela suffit à la tirer de sa torpeur. Elle voulut dénouer les lacets de son corsage, mais réprima un petit cri quand un éclair de douleur lui traversa le bras.

— Doucement, murmura Benedictus en repoussant sa main avec douceur.

Ses doigts, légèrement tremblants, se débattirent un instant sur les nœuds serrés. Il s'arrêta, le temps de pousser un profond soupir.

— Nous allons devoir les couper.

Joignant le geste à la parole, il tira sa dague de sa ceinture et trancha les lacets. Puis il la débarrassa de ses vêtements, qui tombèrent au sol dans un lourd bruit mouillé. En dépit de la chaleur des flammes, elle sentit sa peau se hérisser, instantanément couverte de chair de poule. Il lui frotta énergiquement les bras avant d'attraper une couverture dans laquelle il l'enveloppa avec soin.

— Tu as si froid...

Ses paumes si familières se glissèrent sous la couverture et la frictionnèrent. Ce contact n'avait rien de sensuel ou d'affectueux. C'était un geste rationnel, dénué d'émotion. Malgré la tiédeur de ses mains, Adela se sentait toujours engourdie. Elle aurait vendu son âme pour être libérée des griffes de Hendry ; mais maintenant que son vœu s'était réalisé, elle ne ressentit pas le soulagement auquel elle s'attendait. Juste une obscurité qui semblait ne jamais devoir se dissiper. Elle ne désirait plus que le délicieux oubli du sommeil.

Benedictus s'assit sur le sol poussiéreux et s'adossa au mur de la chambre. Il contempla le lit, dans lequel Adela dormait à poings fermés. Dès qu'il avait découvert sa disparition, il avait été rongé par un seul besoin : la retrouver. Il n'avait pas un seul instant songé à l'état dans lequel il allait la découvrir – en partie parce que l'idée qu'elle puisse être blessée ou souffrir de quelque manière que ce soit avait ouvert un abysse obscur dans son cœur, mais aussi parce que le désir de la serrer de nouveau contre lui l'avait consumé corps et âme.

Quand il l'avait vue menacer Sir Hendry de sa dague, il avait été envahi par un étrange mélange de fierté et de terreur. Pour la première fois de sa vie, il avait hésité... Et cela avait failli coûter à Adela sa vie. Pourrait-il un jour se pardonner cet instant de faiblesse ? Rien n'était moins sûr.

Il avait su qu'il pouvait affronter ces trois hommes en même temps et triompher. Ils n'étaient rien. Des mouches agaçantes qui vous tournaient autour lors d'une journée d'été torride. Un geste bien placé suffisait à les écraser.

Mais voir une lame si proche du précieux corps de son épouse avait failli le priver de toutes ses forces. Lui, qui gardait son calme en toutes circonstances, avait paniqué. Il avait prononcé ces paroles atroces, méprisantes, au sujet d'Adela. Il avait prétendu qu'elle ne comptait pas à ses yeux. Ces mots ressemblaient tellement à ceux que son père employait tous les jours qu'ils l'écœuraient, à présent.

Sir Hendry l'avait cru, mais Adela ? Elle le connaissait mieux que cela, non ? Elle devait savoir qu'elle était plus importante à ses yeux que le montant de sa dot, que la simple idée qu'elle puisse souffrir – ou mourir – l'aurait tué. Il avait conscience qu'il n'avait jamais clairement exprimé ces sentiments et qu'elle lui avait vivement reproché son manque d'attention, mais ce qu'il éprouvait pour elle devait sauter aux yeux, non ? S'il n'en parlait pas, chacun de ses actes trahissait les secrets de son cœur. Enfin, la vérité lui apparut avec une évidente clarté. *Il l'aimait.* Et, oui, son amour était peut-être différent de celui que ses amis ressentaient pour leurs épouses, mais il n'était pas moins sincère. Il l'adorait. Elle était toute sa vie.

Hélas, il avait aussi un peu peur pour elle, depuis qu'il l'avait sauvée de ses ravisseurs. Elle lui avait à peine adressé la parole durant le trajet jusqu'ici, et il avait l'impression que son silence était différent de ceux qu'ils avaient connus durant leurs premiers jours de mariage. Ce calme semblait entraîner Adela vers les ténèbres, et il ne savait pas que faire pour l'atteindre, la ramener dans la lumière. Elle était roulée en boule au centre du matelas, profondément endormie. Il était juste heureux qu'elle puisse enfin se reposer. Elle lui avait juré que seul son poignet lui faisait mal. Pourtant… Pourtant, il y avait quelque chose de très différent en elle et il ne pouvait s'empêcher de songer qu'elle ne lui avait pas tout raconté de son calvaire. Il y avait un secret, une chose terrible dont elle ne voulait pas lui parler.

Elle n'avait pas réagi non plus à ses caresses, ses paroles réconfortantes. Il ne pouvait supporter de savoir que son corps était bien là mais que son esprit restait fermé. Comment franchir ce gouffre entre eux ? Comment lui dévoiler les sentiments qui lui faisaient battre le cœur ? Il avait toujours eu du mal à s'exprimer, et cela semblait à présent pire que jamais.

Il se releva. Il l'avait retrouvée, mais avait l'atroce impression qu'elle n'était pas là. Qu'elle restait perdue, loin de lui. D'où cela venait-il ? De nouveau, une boule se forma dans sa gorge. Il tenta de la ravaler, en vain. Elle refusait de s'en aller. Il grimpa donc sur le lit aux côtés d'Adela. Elle ne se réveilla pas quand il l'attira contre lui, ou quand il murmura son nom, le visage enfoui dans ses cheveux. Elle ne remua pas non plus quand des larmes qu'il n'aurait admises pour rien au monde vinrent mouiller ses boucles étalées sur l'oreiller.

21

Une barque les attendait déjà au bas de la plage. Le navire qui devait les ramener en Grande-Bretagne, lui, était amarré au large. Bien qu'Adela sache que ce bateau était le seul moyen pour eux de rentrer à la maison, elle ralentit le pas en le voyant apparaître. Dès qu'il l'emmènerait en haute mer, elle aurait de nouveau l'impression de mourir à petit feu jusqu'au moment où ils atteindraient enfin la côte. Près d'elle, Benedictus semblait tout aussi réticent à l'idée de monter à bord, même pour retrouver la sécurité de leur pays. Theo, qui les avait rejoints un peu plus tôt, le visage fermé mais résolu, s'avançait d'un pas déterminé vers les marins descendus les accueillir, comme si cette barque n'incarnait pas la porte de l'Enfer.

— C'est une telle torture, marmonna soudain Benedictus.

— Quoi donc ? Les voyages en mer ? demanda-t-elle, surprise.

Il hocha la tête.

— Cela me rend très malade.

Rougit-il ? Non, ce devait être la morsure froide du vent sur ses joues...

— Moi aussi, avoua-t-elle.

Ils échangèrent un regard consterné et suivirent les autres jusqu'à la mer. Juste avant de rejoindre le groupe,

Benedictus arrêta Adela en lui effleurant le dos de la main du bout des doigts.

— T'ont-ils fait du mal ? Hendry, ou les hommes qui voyageaient avec lui ?

Il baissa les yeux sur son corps et elle comprit immédiatement à sa pâleur soudaine, à l'intense émotion qui hantait son regard, ce qu'il tentait de lui demander à mots couverts.

— Personne ne m'a fait de mal, répondit-elle. Ils avaient simplement prévu d'exiger le paiement d'une rançon en échange de ma libération et de se servir de moi pour prendre la main dans les négociations en cours entre nos deux souverains.

Il hocha la tête, parut sur le point de dire autre chose. Elle attendit, retenant son souffle, mais les marins les appelèrent. Ils les poussèrent presque dans la barque pour prendre la mer avant le changement de marée, et l'instant des confidences fut perdu.

La traversée de la Manche fut aussi pénible qu'à l'aller. Adela ne put que s'étendre au milieu des lourds rouleaux de cordages épais qui encombraient le pont, sans bouger. Ses membres lui paraissaient trop lourds et son estomac trop fragile pour faire le moindre mouvement. La seule différence était que, cette fois, Benedictus était étendu tout contre elle, visiblement aussi malade et faible.

— Quelqu'un vient-il de dire que Douvres est en vue ? demanda-t-il soudain, après une éternité de torture sur les flots.

Sa voix était à peine audible, par-dessus les hurlements du vent. Adela ne la perçut que parce qu'il lui avait parlé à l'oreille. Il semblait souffrir autant qu'elle...

— Je n'ai absolument rien entendu.

— J'ai dû rêver, alors. J'ai tellement hâte d'arriver.

Jamais elle ne se serait doutée que son époux puisse être malade en mer. Au contraire, elle l'aurait cru capable de dominer les réactions de son corps par la seule force de sa volonté. Et pourtant, il paraissait presque encore plus mal en point qu'elle, comme s'il devait s'agripper à elle non pas pour la réconforter mais pour puiser de la force en elle. Comme si le simple fait de passer le bras autour de sa taille suffisait à l'apaiser. Elle se tourna face à lui et enfouit son visage dans son torse si familier. Il la serra un peu plus et elle sut qu'elle était en sécurité, ici et maintenant, quoi que l'avenir puisse encore leur réserver. Enfin, dans une bouffée de bonheur, elle parvint à s'endormir.

Il aurait été impossible de dire qui, de Benedictus ou d'Adela, aida l'autre à descendre sur le quai de Douvres. Il n'aurait d'ailleurs pas été prêt à admettre qu'il avait besoin de s'appuyer sur la frêle silhouette de sa femme pour tenir debout... Ensemble, ils remontèrent les planches inégales de la jetée d'un pas chancelant, comme deux ivrognes après une longue nuit de fête. Theo les suivait d'un pas lent. Pour une fois, ce dernier ne se moquait pas de lui, et il lui en était reconnaissant. Si leurs ennemis les avaient vus, en cet instant, ils auraient compris qu'une simple lame de fond pouvait le terrasser. Qu'on le place juste sur le pont d'un navire, et le guerrier le plus redouté du royaume devenait aussi impuissant qu'un nouveau-né. La seule chose dont il avait encore envie, après cette traversée chaotique, était trouver une chambre confortable dans la première auberge venue, se coucher avec sa femme et dormir pendant trois ou quatre jours.

Hélas, ce rêve s'évapora dès qu'ils posèrent un pied dans la ville.

Deux soldats coururent à leur rencontre. Ils portaient les cottes de mailles et les tabards des gardes du château de Windsor – Benedictus reconnut leurs couleurs avant même de pouvoir discerner leurs visages.

— Milord ! appela l'un des deux. Dieu merci, vous êtes de retour ! Profitant de votre absence, les Français se sont de nouveau infiltrés le long de la Tamise. Aux dernières nouvelles, nos troupes les retenaient, mais d'autres navires ennemis ont été aperçus le long de la côte et nous craignons une invasion !

Benedictus les dévisagea sans vraiment comprendre. Il avait l'impression de percevoir leurs voix à travers un épais brouillard déformant. Il comprenait l'urgence de la situation, bien sûr, mais son corps ne réagissait pas avec sa vivacité habituelle. Il aurait dû courir, ordonner qu'on lui prépare un cheval, aboyer des ordres dans toutes les directions. Étrangement, il se sentait pétrifié comme une statue.

Adela, qui marchait près de lui, se libéra de son étreinte avec souplesse et il ne fut pas assez rapide pour la retenir.

Ce vide soudain à ses côtés le tira de sa stupeur.

— Quand est-ce arrivé ?

Il n'avait été absent que cinq jours ! L'Angleterre ne pouvait tout de même pas tomber aux mains des Français en si peu de temps ! Hendry avait-il prévu cela depuis le début ? Avait-il enlevé Adela pour le détourner de ses responsabilités et tenter de s'emparer du trône pendant qu'il recherchait sa femme ? Si c'était le cas, alors son plan avait fonctionné avec une efficacité humiliante...

— Les derniers rapports que nous avons reçus datent de deux jours, milord.

Ce n'était pas très long et il restait encore un mince espoir de sauver la situation avant qu'elle dégénère en bataille rangée.

— Où est mon cheval ?

— Il vous attend dans l'écurie la plus proche. Nous le gardons sellé et prêt à partir depuis notre arrivée, dans l'espoir de voir rapidement apparaître votre navire. Les montures de Sir Theo et de votre épouse sont prêtes aussi.

En temps normal, Benedictus aurait apprécié une telle démonstration d'efficacité ; mais aujourd'hui, il aurait préféré pouvoir se reposer un peu en attendant que les chevaux soient préparés.

— Et nos provisions ? demanda-t-il encore.

— Déjà rassemblées aussi, milord.

L'homme semblait extrêmement fier de son talent d'anticipation.

— Beau travail, dit Benedictus.

Que pouvait-il répondre d'autre ? Il avait entraîné ces hommes pour les rendre disciplinés, organisés, et ne pouvait pas à présent critiquer leur initiative - même si cela le privait de quelques heures de sommeil bien méritées.

— Je veux aller à Brae, lança soudain une petite voix près de lui.

Il se tourna vers Adela. Elle était toujours pâle, sa peau paraissait presque translucide, et ses regards restaient fuyants. Elle faisait preuve de la même froideur inexplicable à son égard depuis qu'il l'avait retrouvée.

Il se passa nerveusement la main dans les cheveux. Pourquoi ravivait-elle leur dispute *maintenant* ? Ils auraient tout le temps d'en discuter quand le sort du royaume ne reposerait plus entre ses seules mains.

— Nous n'avons pas le temps de rendre une visite de courtoisie à mon frère, répliqua-t-il sèchement. Je dois rentrer à Windsor de toute urgence.

Elle acquiesça.

— C'est vrai, mais tu n'as pas besoin que je t'accompagne.

Le cœur de Benedictus s'emballa, tambourinant sauvagement contre ses côtes. Avait-il vraiment compris ce qu'elle essayait de lui dire ? Apparemment oui, car les paroles suivantes d'Adela vinrent confirmer ses soupçons :

— J'aimerais me rendre à Brae au lieu de retourner à Windsor.

Qu'est-ce que cela cachait ? Il ne pouvait pas la laisser partir de nouveau ! Pas après avoir traversé tant d'épreuves pour la retrouver. Pas quand elle était la seule personne dont il appréciait réellement la présence. Ne voyait-elle donc pas qu'il avait besoin d'elle ?

— Non. Je l'interdis.

Quelque chose vacilla au fond des yeux d'Adela.

— Vraiment ? murmura-t-elle dans un souffle.

Il songea soudain à tout ce qu'elle lui avait raconté, à son père qui avait contrôlé chaque aspect de sa vie depuis sa naissance et à sa propre promesse de ne jamais la brimer comme lui. Il se détourna soudain de ses hommes et la regarda droit dans les yeux.

— Est-ce vraiment ce que tu désires ? demanda-t-il à mi-voix, pour que les soldats ne puissent l'entendre.

Elle baissa les yeux.

— Oui.

Il lui prit le menton et redressa sa tête pour sonder son regard. Cela ne l'aida pas : son expression restait indéchiffrable et il ne comprenait toujours pas ce qui la poussait à le fuir ainsi.

— Je dois aller à Windsor. Je ne peux pas t'accompagner à Brae. Le comprends-tu ?

Elle hocha la tête et recula d'un pas. Il laissa retomber sa main, devenue inutile.

— Je le comprends. Tu as des responsabilités, un rôle essentiel à jouer. Je ne ferai rien pour t'en empêcher, tout comme je n'attends pas que tu abandonnes tout cela pour mon bien. Seulement, je suis épuisée. Je ne peux pas affronter Windsor, la Cour et tout ce qui va avec pour le moment. Tu n'as pas besoin de moi. La situation exige que tu agisses vite et je ne ferai que te ralentir. Dis-moi que tu me comprends, toi aussi.

Une terreur atroce lui noua le ventre. La seule chose qu'il comprenait, c'était qu'elle ne désirait pas rester avec lui. Derrière elle, ses hommes attendaient sa décision. Il ne pouvait pas se permettre d'escorter Adela jusqu'à Brae. Il n'avait pas un seul instant à perdre mais, pour la toute première fois de sa vie, il regretta de ne pas mener une existence plus oisive. Il aurait dû le lui dire. Il lui parut essentiel qu'elle le sache, avant leur séparation. Hélas, il refusait de montrer la moindre vulnérabilité à ses soldats. Plus que jamais, ils avaient besoin de voir en lui le commandant ferme et implacable auquel ils étaient habitués.

— Theo t'accompagnera, déclara-t-il au bout d'un moment.

— Peux-tu te passer de ses services ?

Non. Theo était l'un de ses meilleurs hommes et Benedictus avait besoin de lui à ses côtés, mais il était aussi l'un des trois seuls êtres humains auxquels il aurait été prêt à confier la sécurité de son épouse.

— Oui, je le peux, répondit-il pour la rassurer. Je crains de devoir te laisser, à présent. Chaque heure passée pourrait avoir de graves conséquences pour la survie de notre pays...

Elle hocha de nouveau la tête, sans croiser son regard. Il glissa encore une fois le doigt sous son menton pour le relever. L'expression d'Adela restait neutre, insondable. Il aurait préféré qu'elle se mette en colère, qu'elle exprime son agacement d'une manière ou d'une autre. Au moins, il aurait su que faire, que dire pour régler le problème.

Il se pencha et l'embrassa. Pendant un bref instant, il espéra qu'elle allait lui rendre son baiser... Mais elle ne fit pas le moindre mouvement dans sa direction, et son cœur se fendilla.

Il recula à regret.

— J'espère que tu te plairas, à Brae. Alewyn prendra bien soin de toi, je te le promets.

— Je n'en doute pas. Je te remercie d'avoir tant pris soin de moi, Benedictus, et je souhaite que le reste de ton voyage se passe sans le moindre accroc.

Elle se détourna et Benedictus, qui aurait juré sur son honneur qu'il n'était pas homme à pleurer, sentit des larmes lui picoter les paupières. Elle lui parlait comme à un étranger, et ce n'était pas parce qu'il était entouré par ses hommes ou parce qu'elle était encore en état de choc après ce qu'elle venait de traverser. C'était à cause de lui, de ce qu'il était. Comment allait-il pouvoir combler ce nouveau fossé entre eux ? Quand aurait-il seulement le temps *d'essayer* ?

22

La chevauchée le long de la route côtière, avec un vent salin qui faisait danser les cheveux d'Adela, suffit à dissiper les derniers vestiges de son mal de mer. Hélas, bien que son estomac ne se soulève plus à chaque instant, elle ne se sentait pas mieux pour autant. Au contraire, la tension lourde qui l'habitait semblait empirer avec chaque lieue qui passait.

Une profonde fissure s'était ouverte dans sa poitrine, comme si son cœur s'était littéralement fendu en deux. La douleur ne faiblissait pas, si aiguë qu'Adela était étonnée de ne pas y avoir succombé sur le coup.

— Je dois m'arrêter et me reposer un peu, dit-elle à Theo tandis qu'ils passaient le sommet d'un petit éperon rocheux.

Elle n'attendit pas sa réponse et fit ralentir son cheval avant de se laisser glisser de la selle. Son compagnon la rejoignit bientôt face à la mer, au sommet de la falaise. Il ne dit rien.

La Manche semblait si calme, vue de dessus. Elle n'avait plus rien du cauchemar iodé qui l'avait rendue si malade dans les bras de Benedictus, pendant leur traversée mouvementée. Les mouettes s'interpellaient à travers le paysage, volant haut dans le ciel, sans se douter de la détresse qu'éprouvait Adela, au-dessous d'elles.

Elle avait pris la bonne décision en refusant de rentrer à Windsor. Elle aimait Benedictus, mais il ne partageait pas ses sentiments. Mieux valait qu'elle garde ses distances, à l'avenir. Cela les épargnerait un peu, tous les deux. Elle pourrait profiter de son séjour chez Alewyn pour réparer son cœur en miettes et le renforcer avant d'affronter un éternel mariage dénué d'affection. Elle pourrait s'efforcer d'étouffer son amour pour son époux, afin de ne pas trop souffrir à chaque fois qu'il s'éloignait d'elle. Lorsqu'elle aurait réussi à rééduquer son âme ainsi, ils seraient enfin égaux et elle ne serait plus mise à la torture par ses propres émotions condamnées à rester sans réponse.

Ainsi, quand elle le reverrait, elle serait de nouveau l'épouse calme et rationnelle dont il avait besoin, et pas une personne désespérée d'obtenir de lui une attention qu'il ne pouvait pas accorder.

Oui, elle avait clairement pris la bonne décision. Et pourtant... La tristesse intense et silencieuse qu'elle avait lue dans les yeux de son mari lorsqu'elle lui avait annoncé qu'elle ne rentrerait pas avec lui la hantait un peu plus à chaque pas. Elle avait été trop bouleversée par ses propres émotions, sur le moment, pour relever ce détail. Mais à présent...

— Je ne lui demande pas de me placer au premier rang de ses priorités, dit-elle à voix haute, comme si elle poursuivait une conversation déjà entamée avec Theo.

— Je sais.

Cette confirmation, simple et posée, ne fit rien pour calmer la tornade qui faisait rage en elle.

— Jamais je ne lui aurais demandé de rester en arrière. Je ne m'attendais pas à ce qu'il laisse à un autre le soin de défendre le pays face aux Français. C'est sa responsabilité, son devoir.

— Oui.

— Je comprends qu'il doive travailler dur, sans doute plus dur que n'importe qui. Je sais qu'il doit placer les besoins du royaume avant mes caprices. Je ne lui en veux pas pour cela. Je... Seulement... C'est... Quand il... Cela me fait souffrir.

— Mmm...

— Je ne pensais pas tomber amoureuse de lui, et ce n'est pas sa faute s'il ne m'aime pas en retour. Je ne suis pas en colère contre lui. Il m'a expliqué à quoi m'attendre dès le premier jour. Si quelqu'un est responsable de la situation dans laquelle nous nous trouvons aujourd'hui, c'est moi. Je ne suis même pas certaine qu'il soit capable de *ressentir* de l'amour.

Ses paroles furent emportées par le vent et, pendant un très long moment, Theo garda le silence. Elle commençait déjà à penser qu'il n'allait pas répondre quand il murmura :

— Je ne suis pas sûr qu'il soit très juste de dire qu'il est incapable d'aimer. Je pense... peut-être... qu'il ressent plus d'émotions que vous ne le croyez. Il est même possible que l'intensité de ses sentiments soit plus profonde que nous ne l'imaginons, vous et moi.

Adela ferma les yeux et son cœur se serra douloureusement.

— Si c'est vrai, alors j'ai commis une terrible erreur.

Elle inspira profondément.

— Je dois en être certaine, Theo. Complètement et absolument certaine. Autant pour moi que pour le bébé que je crois porter en mon sein...

Elle ignora le hoquet de surprise de son compagnon et poursuivit :

— Je dois savoir, sans l'ombre d'un doute, que Benedictus est capable d'aimer malgré tout et qu'il éprouve des sentiments pour moi même s'il devait ne jamais parvenir à les exprimer clairement. Dans le cas contraire, je n'ose imaginer quel calvaire sera ma vie... Je ne pourrai jamais supporter une telle existence, une telle solitude.

— Il a supplié un homme.

Elle se retourna pour dévisager Theo, sans vraiment comprendre.

— Que voulez-vous dire ?

— Quand Benedictus a compris que l'on vous avait enlevée, il a supplié un homme de lui révéler l'endroit où vous vous trouviez, expliqua son compagnon sans la regarder, les yeux fixés sur l'horizon. Il a fait cela devant plusieurs de ses propres soldats. Des hommes qui l'ont toujours considéré comme le plus puissant guerrier du royaume. Jamais encore je n'avais vu Benedictus agir d'une telle manière. Pas une seule fois, durant toutes nos années d'amitié. Pas même quand il était plus jeune et moins... rigide.

Il se tourna lentement vers elle.

— Durant ces quelques dernières années, j'ai eu de plus en plus de mal à le comprendre ; et je n'ai pas été le seul. Tous ceux qui l'ont connu autrefois ont ressenti la même chose. Il est devenu plus dur, plus fermé, moins accessible. Il repousse brutalement tous ceux qui tentent de se lier avec lui. Je pensais que c'était à la fois à cause du comportement de ses parents et de la pression qu'il subit, depuis qu'il a pris la tête des chevaliers du roi. Je m'étais convaincu que cette austérité lui était devenue si habituelle qu'elle ferait désormais toujours partie de sa personnalité, que rien ne pourrait l'atténuer ou l'effacer. Il a coupé tous ses liens avec son frère lorsque celui-ci a quitté Windsor et j'ai cru qu'il était définitivement devenu un tyran incapable d'écouter une autre voix que la sienne. Mais à présent, je n'en suis plus si sûr...

Il s'interrompit et contempla de nouveau l'immensité de la mer, à leurs pieds.

Adela sentait son cœur se serrer plus que jamais. Benedictus était d'un naturel distant, certes, mais elle ne l'avait jamais vu comme un tyran. Il était trop attentionné, trop bon et trop loyal pour être dominateur à ce point. Jamais il n'aurait aimé avoir l'autorité absolue d'un roi. Certes, il montrait un certain visage au monde, mais cette façade cachait une personnalité bien plus complexe. Par exemple, Adela savait que sa relation conflictuelle avec son frère le rendait extrêmement triste – même s'il ne l'aurait admis devant personne, pas même face à son reflet dans le miroir. Elle voyait l'intensité de sa douleur au fond de ses yeux, là où nul autre ne l'aurait soupçonnée. Peut-être était-ce la réponse qu'elle recherchait avec un tel désespoir depuis des jours… Peut-être Benedictus l'aimait-il. Elle devait simplement faire l'effort de sonder le cœur de son époux un peu plus profondément pour s'en apercevoir.

Avait-elle empiré les choses en le quittant ainsi ? Plus important encore, pouvait-elle revenir vers lui en sachant qu'il ne l'aimerait peut-être jamais comme elle l'aimait ? En devinant que, même s'il devait développer de tels sentiments pour elle, il resterait probablement incapable de les exprimer jusqu'à la fin de ses jours ? Elle pressa une main contre son cœur. Quelle que soit sa décision, elle *devait* être la bonne – pour elle. Une fois sur le chemin, elle ne pourrait plus revenir en arrière.

23

L'humeur festive qui baignait le campement improvisé n'aurait pas pu être en décalage plus complet avec les émotions de Benedictus. Sur son passage, dans la lumière déclinante de ce crépuscule d'automne, ses hommes en liesse lui donnaient de grandes tapes dans le dos. Les soldats étaient pratiquement ivres de leur récente victoire ; une réaction normale, après un combat qui n'avait pas été gagné d'avance, bien au contraire. Quand Benedictus était enfin arrivé pour reprendre ses troupes en main, les Français étaient en train de grignoter du terrain. Enragé, il n'avait fait preuve d'aucune pitié face à ses ennemis, et ses hommes n'avaient à présent que des compliments à son égard. Partout, on portait aux nues l'efficacité avec laquelle il avait chassé les Français de leurs eaux et le courage absolu dont il avait fait preuve pendant les combats. Hélas, toutes ces flatteries n'étaient pas méritées… Benedictus avait commencé son entraînement au combat dès qu'il avait su marcher. L'agressivité et la force dont on avait besoin pour renverser un ennemi étaient comme une seconde nature pour lui. Dès qu'il avait pris la tête des troupes, il avait agi sans même réfléchir à ce qu'il faisait. Son esprit était au contraire resté consumé par la pensée d'Adela et le fait de savoir qu'elle ne l'attendrait pas à Windsor, à son retour.

La fureur qui avait alimenté ses coups n'avait rien eu à voir avec la progression de leurs ennemis. Elle provenait uniquement de lui, de la colère que ses propres actions avaient attisée.

Il n'aurait pas dû s'étonner qu'Adela choisisse de le quitter. N'était-ce pas ce que tous ses proches faisaient, tôt ou tard ? Au fond, il ne lui en voulait même pas. Elle méritait d'être avec un homme capable de lui montrer à quel point il l'aimait – même si le simple fait de l'imaginer dans les bras d'un autre lui donnait envie de déchirer le monde à mains nues. Il voulait la savoir heureuse. Cela surpassait tout le reste. S'il fallait pour cela qu'il accepte de la perdre, de lui rendre sa liberté pour qu'elle connaisse le bonheur ailleurs, il le ferait et apprendrait à vivre avec. Jamais il ne blâmerait Adela pour une faiblesse qui était finalement la sienne.

Il fut soulagé d'atteindre enfin sa tente. Il allait s'y enfermer et laisser tomber le masque qu'il avait dû porter toute la journée. Ici, il ne serait plus obligé de faire semblant de se soucier de leur victoire face aux Français. Avec un peu de chance, il allait même réussir à dormir quelques heures et, pour un temps, à oublier tout le reste...

L'intérieur de sa tente était plongé dans l'obscurité. Il cligna plusieurs fois des paupières, le temps de s'habituer aux ombres denses. Soudain, il perçut un mouvement furtif dans le fond et sa fatigue s'évanouit en un éclair. Il retint son souffle. Oui, il l'entendait, à présent... La respiration discrète d'un intrus, de quelqu'un qui n'avait rien à faire ici. Sa main descendit lentement jusqu'à la dague qu'il portait à la ceinture.

— Benedictus.

Il se figea.

— Adela ?

— Oui.

Un froissement de jupes se fit entendre, puis un doigt délicat lui effleura le dos de la main. Le cœur de Benedictus bondit dans sa poitrine. Était-elle bien là ? Était-ce bien réel ? Ne rêvait-il pas déjà, ivre de fatigue ?

— Tu es revenue.

— Oui.

Il cligna de nouveau des yeux, le temps de discerner des formes dans le noir. Le peu de lumière provenant des torches, à l'extérieur de la tente, lui permettait à peine de deviner des volumes, des courbes. Il tendit une main à l'aveuglette et caressa la joue de sa femme, sa mâchoire, la peau soyeuse sous son oreille, son cou.

Adela poussa un soupir tremblant et glissa les bras autour de sa taille pour l'attirer contre elle et le serrer fort.

— Pourquoi es-tu là ? demanda-t-il malgré lui.

Il la sentit tressaillir. Elle l'aurait sans doute lâché s'il ne s'était pas raccroché à elle au dernier moment, pour l'empêcher de s'écarter.

— Ne crois pas que je veuille que tu t'en ailles, s'empressa-t-il d'ajouter.

À présent qu'elle était là, contre tout espoir, il refusait de répéter ses erreurs passées. Peut-être ne saurait-il jamais exprimer ses sentiments avec l'élégance d'un poète, ou faire pleuvoir sur Adela toutes les petites attentions d'un galant de la Cour, mais il savait au moins se montrer franc et honnête. S'il lui ouvrait son cœur, sans rien cacher, la convaincrait-il de rester à ses côtés pour toujours ?

— Je pensais que tu te rendais au château d'Alewyn...

— C'était le cas, mais j'ai songé de nouveau à ta fatigue, pendant notre traversée de la Manche. La dernière fois que tu es parti pour combattre les Français, tu n'as pas pris la peine de dormir ou de manger convenablement, et j'ai pensé que tu pourrais avoir besoin de moi ici, pour te rappeler tout cela. Viens. J'ai réussi à faire venir un plateau ici, car je suis certaine que tu n'as rien avalé depuis ton arrivée au camp.

Il se laissa guider dans les profondeurs de la tente. Les inquiétudes d'Adela et ses douces attentions lui allégeaient déjà le cœur.

— Il y a des couvertures, par ici.

Elle se pencha et il l'entendit tapoter le sol du plat de la main à leur recherche. Il aurait dû répondre, dire quelque chose, mais une grosse boule se formait dans sa gorge et empêchait les paroles de passer.

— Ah, les voilà, reprit-elle. Viens t'asseoir près de moi.

Il était si agréable de suivre ses instructions aveuglément au lieu d'être celui qui donnait les ordres... Benedictus s'abandonna à ce bien-être sans résister. Un bol chaud fut placé dans sa main et il commença à manger sans réfléchir, une cuillerée après l'autre. Peu lui importait que le ragoût soit insipide. Il aurait eu tellement de choses à dire à sa femme, et pourtant, il ne savait pas par où commencer. Même dans la solitude de cet abri temporaire, ce souper improvisé semblait destiné à ressembler à tous les autres : silencieux, gêné, guindé. Pourquoi donc était-il à ce point incapable de parler à la personne à qui il avait pourtant le plus de choses à dire ?

Il eut à peine le temps de replacer sa cuillère dans son bol vide avant qu'Adela le lui prenne et le dépose sur un coffre près d'elle.

— Tu ne dois pas être à l'aise, dit-elle en tirant un peu sur sa cotte de mailles. Laisse-moi t'aider à retirer ton armure, puis tu pourras dormir un peu.

Il lui prit vivement la main.

— Non. Ce n'est pas ce que j'attends de toi.

— Oh. Dans ce cas... Si tu préfères, je peux m'en aller et te laisser convoquer tes hommes pour obtenir un compte rendu des événements de la journée, même si je reste convaincue que tu as besoin de repos.

Les yeux de Benedictus s'étaient suffisamment habitués à l'obscurité, à présent, pour lui permettre de voir les contours de la tête d'Adela. Elle avait les yeux baissés, contemplant leurs mains jointes. Sa voix semblait calme, rationnelle, mais elle avait les épaules voûtées. Il sentit son cœur se fendre. Elle était triste... à cause de lui. Parce qu'elle pensait que ses devoirs étaient plus importants qu'elle, à ses yeux.

— Je ne veux pas m'entretenir avec mes hommes, dit-il. C'est avec toi que je veux parler.

Elle releva la tête vivement, les lèvres entrouvertes sous le coup de la surprise. Il aurait voulu se pencher et gober cette bouche si sensuelle, mais il avait conscience que c'était là qu'il s'était fourvoyé avec elle, la première fois. Il avait tenté de lui montrer l'ampleur de ses sentiments en se servant de son corps comme d'une sorte de langage muet ; mais elle n'avait pas compris et ne savait toujours pas à quel point elle le hantait. Ce soir, il allait devoir tenter une nouvelle approche et trouver enfin les bons mots pour s'adresser à elle...

— Adela, je ne suis pas un bon orateur, commença-t-il.

Il étouffa un petit rire malgré lui. C'était le moins que l'on puisse dire, en effet...

— Je sais donner des ordres et résoudre des disputes politiques. Je peux réconcilier des barons et leurs guerres intestines en quelques phrases, mais quand il s'agit d'aborder des sujets qui me tiennent particulièrement à cœur... les mots... ne me viennent pas.

Il se toucha la poitrine pour lui indiquer l'ampleur de ce blocage et la vit hocher la tête. Certes, elle comprenait peut-être, mais il ne voulait pas s'arrêter là. Il devait s'assurer qu'elle sache précisément ce qu'il ressentait pour elle. Jamais plus il ne voulait connaître l'agonie de la voir se détourner de lui et le quitter.

— Ce que j'essaye de te dire, Adela, c'est que tu représentes tout pour moi.

Il l'entendit étouffer un petit cri et poursuivit :

— Je ne serai jamais capable de te susurrer de la poésie à l'oreille ou de démontrer mon amour par des frasques de tournoi, mais j'ai besoin de toi. Oh ! j'ai tant besoin de toi !

— Benedictus...

Elle s'approcha de lui sans prévenir et pressa sa bouche contre la sienne. Il aurait pu s'abandonner, laisser parler le désir brûlant qui frémissait toujours entre eux, mais il tenait à poursuivre leur conversation. Il avait besoin de s'assurer qu'elle comprenne réellement ce qu'il essayait de lui dire et voir s'il y avait la moindre chance pour qu'elle partage ses sentiments.

Il s'écarta donc d'elle avec douceur.

— J'adorerais poursuivre ceci, dit-il, mais je pense que nous ferions mieux de nous arrêter avant de perdre la tête.

Puis, la prenant dans ses bras, il l'attira contre son torse.

— Je ne voudrais pas que tu penses que tout le temps que nous passons ensemble est uniquement consacré au « membre niché entre mes cuisses », comme tu l'as appelé...

Avait-elle perçu le sourire dans sa voix ? Il l'espérait, car il ne voulait surtout pas qu'elle pense qu'il était contrarié par les paroles qu'elle avait pu prononcer.

— Je n'aurais pas dû dire cela, répondit-elle. C'était méchant et cela laissait sous-entendre que je n'apprécie pas le temps que nous passons ensemble alors que c'est l'une des plus grandes joies de mon existence.

Le cœur de Benedictus accéléra.

— Pour moi aussi, avoua-t-il. Mais je pense comprendre ce que tu essayais de m'expliquer, cette nuit-là. Tu aimerais que notre vie de couple ne se résume pas à ce qui peut se passer dans le lit conjugal.

— Elle était déjà plus riche que cela. Hélas, je ne l'ai vraiment compris qu'après avoir pris le temps d'y réfléchir très posément. Je sais que tu as du mal à exprimer tes émotions, Benedictus. Nous nous ressemblons beaucoup, sur ce point. Aucun de nous deux n'a beaucoup d'expérience en la matière. Néanmoins, je suis convaincue que nous pourrons apprendre, ensemble.

Ensemble. Cela lui plaisait beaucoup.

— Cela veut-il dire que tu ne te rends pas à Brae, finalement ?

— Je souhaite toujours y aller, mais avec toi. Et, avant que tu protestes, je comprendrais que tu ne puisses pas te permettre de quitter Windsor aussi longtemps ; mais je tiens à ce que tu sois honnête avec toi-même et avec moi. Est-ce parce que tu as trop de travail à faire, ou parce que tu en veux à Alewyn de t'avoir laissé en arrière ?

— Je... Il...

Benedictus bafouilla quelques instants, puis se tut. Il n'avait pas la force de terminer cette phrase.

— Tu peux tout me dire, mon amour.

De nouveau, son cœur bondit dans sa poitrine. Jamais encore elle ne l'avait appelé ainsi. Il était *son amour*. Elle était le sien. D'un seul coup, tout lui parut plus simple et il trouva le courage de lui ouvrir son cœur.

— J'ai été contrarié par le départ d'Alewyn, c'est vrai. J'ai parfois l'impression que tout le monde me quitte...

Sa voix lui parut faible, pitoyable. Une part de son esprit songea qu'il aurait dû avoir honte de faire à Adela un tel aveu, mais il était aussi soulagé d'avoir pu admettre la vérité et de l'accepter lui-même. Il avait vécu dans une atroce solitude depuis des années, et il avait fallu le départ de son épouse – le plus douloureux de tous, peut-être – pour qu'il le comprenne réellement.

— Il ne t'a pas abandonné, mon amour. Alewyn reste le frère que tu as toujours connu. Je suis certaine qu'il suffirait que tu abattes les murailles que tu as érigées autour de toi pour te rendre compte que tous tes compagnons d'armes seraient ravis de reprendre pleinement leur place à tes côtés...

Avant cette journée, Benedictus aurait affirmé qu'une telle requête était irréalisable, qu'il avait bien trop de responsabilités pour se permettre de baisser la garde, ne serait-ce qu'un instant. Bon sang ! Avant de poser le pied dans cette tente, il aurait encore assuré à sa femme qu'il n'avait aucune envie d'écouter ses suggestions ! Mais à présent qu'elle était de retour ici, avec lui, tout lui semblait soudain possible.

— Je vais essayer, mais j'ai peur de m'être trop bien habitué à cette manière d'affronter le monde pour parvenir à modifier mon comportement. Il n'y a qu'avec toi que je me sens assez détendu pour être naturel. Néanmoins, je vais tenter de changer... pour toi.

Elle posa une main sur son bras.

— Non, dit-elle, ce n'est pas ce que je désire. Je veux que tu sois toi-même. Je ne veux pas que tu *changes* pour me faire plaisir. Je t'aime tel que tu es. Si tu parviens, sans te trahir, à te détendre assez pour...

Benedictus ne l'écoutait plus. Son cœur battait trop fort pour cela.

— Répète ce que tu viens de dire.

Elle s'interrompit, clairement surprise.

— Je veux que tu sois toi-même... Est-ce cela qui... ?

— Non, pas cette partie. Tu as dit que tu m'aimais.

Elle s'éclaircit la voix.

— C'est la vérité.

Il glissa les doigts le long de sa mâchoire, puis dans ses

cheveux pour la pousser à redresser la tête et à le regarder. D'aussi près, il n'avait pas besoin de lampe pour sonder ses yeux si profonds. Il voulait la contempler sans ciller. Il voulait qu'elle le voie de même lorsqu'il dirait...

— Je t'aime aussi, Adela.

Le sourire qui illumina le visage de celle-ci fut plus précieux aux yeux de Benedictus que tout l'or du royaume. Il le goba sur ses lèvres, l'âme en fête et le corps réchauffé par une bouffée de joie qui semblait ne jamais devoir s'évanouir.

— J'aimerais tant pouvoir t'épouser de nouveau. Cette fois, je te montrerai par mes mots et par mes paroles à quel point je tiens à toi. Je commanderais le plus somptueux festin que ce pays ait jamais vu, pour que nul ne puisse douter de mon bonheur à l'idée de devenir ton époux...

Il sentit le rire d'Adela passer comme une vague dans tout son corps.

— Oh non ! dit-elle. Pas de festin. Nous ne sommes pas doués pour ce genre de chose...

Elle l'embrassa furtivement, tandis que ses mains descendaient dans une caresse délicieuse le long des bras de Benedictus.

— Prononçons nos vœux ici, en privé. Ce soir.

Elle inspira profondément.

— Benedictus, je te promets de ne plus jamais te quitter. De rester à tes côtés, quoi que la destinée puisse nous réserver. Je jure de toujours rester honnête avec toi, même quand ce que j'ai à te dire risque de ne pas te faire plaisir. Je jure de t'aimer toujours, où que nous conduise notre chemin, et de faire en sorte que tu ne doutes jamais de la sincérité de mon affection.

Benedictus ravala sa salive. Il avait tant de mal à trouver les bons mots, quand cela importait vraiment... Néanmoins, sa femme venait de lui dévoiler les secrets de son cœur et il devait à tout prix faire de même. Il laissa son pouce courir le long de sa ligne de mâchoire si délicate. Son pouls tambourinait sous ses doigts.

— Adela Monceaux, je te promets que tu occuperas toujours la première place dans mes pensées, même lorsque tu en douteras ou lorsque je ne saurai pas le montrer clairement. Je te jure de t'aimer à chaque instant de ma vie et de prendre soin de toi jusqu'au jour de ma mort. Je fais le serment de toujours être honnête avec toi au sujet de mes sentiments, même lorsque cela sera difficile pour moi, et que tu n'auras jamais de raison de douter de la sincérité de mon amour non plus.

Il l'embrassa une fois, deux fois, puis une troisième – en savourant pleinement chaque sensation.

Lentement, il descendit ensuite pour lui déposer une série de baisers fiévreux dans le creux du cou.

— J'ai aussi autre chose à te dire, murmura Adela tout en le laissant faire.

— Je crois que je devine de quoi il s'agit, répondit-il sur le même ton en posant sa paume sur le discret arrondi de son ventre. Nous allons avoir quelqu'un d'autre à aimer, au printemps prochain, n'est-ce pas ?

— Pourquoi faut-il que tu saches toujours tout ? C'est très frustrant…

Il l'embrassa un peu plus bas, explorant le décolleté de sa robe, et elle lâcha un petit gémissement.

— Non, répondit-il en la caressant encore et encore. Pas tout. Par exemple, je ne sais pas si tu préfères être embrassée ici…

Il pressa ses lèvres contre la peau sensible de son cou.

— Ou là…

Il descendit à la base de sa gorge.

— Ou bien à un tout autre endroit.

— Dans ce cas, répondit-elle d'une voix essoufflée et

gorgée de désir, je pense que tu devrais prendre le temps de mener ton enquête pour découvrir la réponse.

Il rit contre sa peau palpitante.

— Je pourrais bien te prendre au mot, tu sais…

Épilogue

Benedictus contempla le minuscule visage de sa fille. Elle n'était née que quelques heures plus tôt, et il l'aimait déjà tellement qu'il aurait été capable de renverser tous les royaumes d'Europe pour elle, s'il l'avait fallu.

Allongée dans le lit, près de lui, Adela somnolait doucement, un bras rejeté au-dessus de la tête, au milieu des oreillers.

Leur fille s'agita un peu et elle rouvrit les yeux.

— Comment va-t-elle ? demanda-t-elle d'une voix fatiguée.

— Bien. Elle s'étire, c'est tout.

Il était toujours aussi surpris de voir à quel point l'instinct de sa femme semblait lié au bien-être de leurs enfants. Elle paraissait deviner à coup sûr quand l'un d'eux avait besoin d'elle et n'hésitait jamais à leur accorder toute son attention, de jour comme de nuit. Jamais ils ne douteraient de l'amour inconditionnel de leurs parents ; mais Benedictus commençait à craindre que le dévouement d'Adela vis-à-vis de leur famille ne l'épuise à petit feu.

— Je pense que cette adorable fillette devrait être la dernière, pour nous, dit-il sans cacher son inquiétude.

Adela sourit tout en laissant le sommeil l'envahir lentement de nouveau.

— Tu dis cela à chaque fois...

— Six enfants, lui rappela-t-il. C'est bien suffisant pour n'importe qui, non ?

Sa femme lui caressa le bras.

— Tu n'aimes pas me voir en travail, c'est tout, dit-elle. Je suis sûre que ces mauvais souvenirs s'évanouiront avec le temps.

Il fronça les sourcils. Il n'en était pas aussi certain qu'elle.

— Je déteste te voir souffrir.

Elle sourit de nouveau, l'air un peu plus éveillée à présent.

— À chaque fois, cela me paraît un peu plus facile.

— Oui, pour *toi*, peut-être.

Sa remarque arracha un franc éclat de rire à Adela et il ne put s'empêcher de sourire. Il aimait tant la savoir heureuse. Même après toutes ces années, le simple fait d'être capable de lui apporter un peu de joie chaque jour l'emplissait d'une profonde satisfaction.

— Dois-tu aller relever Theo de son poste ? demanda-t-elle dans un murmure en tendant déjà le bras pour lui prendre leur fille.

— Je suis sûr qu'il pourra s'en sortir un peu plus longtemps sans moi. Je pense qu'il fatigue de plus en plus avec l'âge. Il semble préférer passer ses journées dans mon bureau, confortablement assis, plutôt que de patrouiller dans les couloirs de Windsor en quête de complots et de traîtres.

Adela sourit de plus belle et ferma les yeux avec contentement.

— Si seulement tu n'avais pas installé ces coussins sur le banc, mon amour. À présent, tout le monde pense que tu t'adoucis aussi...

Benedictus sourit également, les yeux toujours fixés sur sa fille. Aucun de ses chevaliers ne risquait de l'accuser du moindre relâchement. Néanmoins, sous l'influence d'Adela, il avait peu à peu appris l'art du compromis. Le premier pas qu'il avait fait en direction de ses hommes, tant d'années plus tôt, avait été d'installer les coussins que sa femme avait brodés pour rendre son bureau un peu plus confortable et accueillant aux yeux de ses visiteurs.

Cela ne l'empêchait pas d'attendre de chacun de ses chevaliers un dévouement absolu, et jamais il ne compterait ceux qui travaillaient sous ses ordres parmi ses amis – à l'exception de Theo. Celui-ci était son frère de cœur. Ce dernier connaissait le meilleur et le pire de ses actions, mais emporterait ce savoir dans sa tombe. Benedictus ferait de même pour lui, d'ailleurs. Theo qui, contrairement à ce qu'il avait affirmé en plaisantant, n'était ni vieux ni fatigué, mais cherchait seulement à lui laisser assez de temps avec sa famille et était prêt à travailler de longues heures pour leur permettre de profiter ensemble de leur bébé. Theo, en qui il plaçait une confiance absolue et qui aurait été hors de lui si Benedictus était entré dans le bureau, en cet instant, pour le relever de ses responsabilités temporaires...

Soudain, la porte s'ouvrit à la volée, mais il ne tressaillit même pas. Qu'il était loin, le temps où il s'emparait instinctivement de son épée au moindre bruit, s'attendant toujours au pire !

Une fillette entra en courant dans la chambre, le regard brûlant d'indignation.

— Oncle Alewyn dit que je dois laisser Alaric gagner notre tournoi, de temps en temps ! Il dit qu'il n'a que quatre ans et que je dois veiller sur mes frères et mes cousins sans chercher à les battre tout le temps ; mais ce n'est pas juste, hein, papa ? Je suis la meilleure, donc je devrais gagner, non ?

Benedictus se mordit la lèvre pour réprimer un grand éclat de rire. Son aînée, la belle et farouche Ida, allait bientôt pouvoir triompher de ses hommes les plus entraînés... Mais heureusement, pour l'instant, elle restait encore sa petite fille et il espérait que cela dure le plus longtemps possible.

— Le plus important, Ida, est d'être toujours gentille, dit Adela depuis le lit.

— Oh ! le bébé est-il arrivé ? s'écria la fillette, oubliant immédiatement son désir de triompher de ses frères et de ses jeunes cousins.

— Oui, répondit Benedictus en levant le petit corps emmailloté qu'il tenait contre son cœur. Viens dire bonjour à ta nouvelle sœur.

Ida poussa un petit cri de joie et effleura les doigts minuscules du bébé avec affection.

— Elle est si belle... Je vais chercher les autres ! Ils seront pressés de la voir !

Ida disparut sans attendre la réponse de ses parents.

— Te sens-tu assez bien pour recevoir tout le monde ? demanda Benedictus, inquiet.

Adela se redressa contre les coussins, et son époux l'examina discrètement. Quelques mèches poisseuses de sueur lui collaient encore au front et de vagues cernes lui alourdissaient les paupières. Son cœur se serra. Comment était-il possible d'aimer quelqu'un à ce point, après tant d'années ? Loin de faiblir, ses sentiments pour elle semblaient se renforcer avec le passage des ans.

— Je sais ce que tu essayes de faire, dit-elle en se calant dos à la tête de lit.

— Quoi donc ?

— Tu me surveilles. Tu as peur que je ne me brise en deux comme une brindille. Pourtant, depuis le temps, tu devrais savoir que je ne suis pas aussi fragile que j'en ai l'air. Je vais bien, Benedictus. Je te promets que je te le dirais, si ce n'était pas le cas.

C'était la vérité. Depuis leurs retrouvailles, ils s'efforçaient d'être tous les deux parfaitement honnêtes au sujet de ce qu'ils ressentaient. Cela les avait certes conduits à quelques moments de tension au fil des ans, mais Benedictus pouvait à présent fièrement déclarer qu'il connaissait mieux sa femme que n'importe qui – et c'était mutuel.

Ils n'eurent pas le temps d'échanger un mot de plus avant que la chambre soit envahie du sol au plafond par un flot d'enfants excités. Certains étaient à eux, les autres étaient ceux d'Alewyn. Et tous se battaient pour s'approcher de la dernière-née de la famille.

C'était bruyant. C'était chaotique. C'était désordonné.

Et c'était absolument parfait.

Vous avez aimé ce livre ? Découvrez très bientôt la série « La passion contre l'épée » de Michelle Willingham, dans votre collection Les Historiques.